El Mesías
El niño judío

ANNE RICE

b
EDICIONES B
GRUPO ZETA S.L.

Barcelona • Bogotá • Buenos Aires • Caracas • Madrid • México D.F. • Montevideo • Quito • Santiago de Chile

Título original: *Christ the Lord: Out of Egypt*

Traducción: Luis Murillo Fort

1.ª edición: septiembre 2006

© 2005 by Anne O'Brien Rice
© Ediciones B, S. A., 2006
   Bailén, 84 - 08009 Barcelona (España)
   www.edicionesb.com

Printed in Spain
ISBN: 84-666-3003-1
ISBN 13: 978-84-666-3003-0
Depósito legal: B. 32.825-2006

Impreso por LIBERDÚPLEX, S.L.U.
Ctra. BV 2249 Km 7,4 Polígono Torrentfondo
08791 - Sant Llorenç d'Hortons (Barcelona)

El Mesías
El niño judío

ANNE RICE

Traducción de Luis Murillo Fort

Para Christopher

Cuando Israel salió de Egipto,
la casa de Jacob de un pueblo extraño,
fue Judá su santuario,
Israel sus dominios.

El mar lo vio y se apartó,
el Jordán se tornó atrás,
las montañas saltaron cual carneros,
como corderos las colinas.

¿Qué tienes, mar, para apartarte,
y tú, Jordán, para volverte atrás,
las montañas para saltar como carneros,
o como corderos, vosotras las colinas?

Tiembla, tierra, a la vista del Señor,
a la presencia del Dios de Jacob,
el que convierte la roca en estanque,
el pedernal en una fuente de agua.

Salmo 114

1

Yo tenía siete años. ¿Qué sabe uno cuando tiene siete años? Todo ese tiempo, pensaba, habíamos vivido en la ciudad de Alejandría, en la calle de los Carpinteros, con otros galileos como nosotros, y tarde o temprano volveríamos a casa.

Era mediada la tarde. Estábamos jugando, mi pandilla contra la suya, y cuando él se lanzó sobre mí, bravucón como era, más corpulento que yo, haciéndome perder el equilibrio, le grité:

—¡Nunca conseguirás lo que quieres!

En ese momento sentí que la fuerza salía de mí. Él se desplomó en el suelo arenoso y todos hicieron corro a su alrededor. El sol pegaba fuerte y el pecho me subía y bajaba de la agitación. Contemplé a mi rival. Estaba tan pálido y quieto...

Alarmados, todos retrocedieron un paso. En la calle no se oyó otra cosa que los martillos de los carpinteros. Yo nunca había oído tanta quietud.

—¡Está muerto! —dijo por fin el pequeño Josías, y al instante todos corearon:

—¡Está muerto! ¡Está muerto!

Supe que era verdad. El chico yacía en el polvo, inerte. Y yo me sentía vacío. La fuerza se lo había llevado todo, me había dejado vacío.

La madre del chico salió de su casa y lanzó un grito que pronto se convirtió en alarido. Empezaron a acudir mujeres de todas partes.

Mi madre me agarró rápidamente y echó a correr calle abajo. Entramos en nuestro patio y nos metimos en la penumbra de la casa. Todos mis primos nos rodearon. Santiago, mi hermano mayor, corrió la cortina, dio la espalda a la luz y con voz temerosa dijo:

—Ha sido él. Jesús lo ha matado.

—¡No digas eso! —saltó mi madre, y me abrazó con tanta fuerza que casi me cortó la respiración.

José el Grande se despertó.

José el Grande era mi padre porque estaba casado con mi madre, pero yo nunca lo llamaba padre. Me habían enseñado a llamarle José. Yo ignoraba la razón.

Estaba haciendo la siesta en la estera. Habíamos trabajado todo el día en casa de Filo, y José y el resto de los hombres se habían echado a dormir en la hora de más calor. Se puso en pie.

—¿Qué es todo ese griterío? —preguntó—. ¿Qué ha sucedido?

Miró a Santiago, el mayor de sus hijos. Lo había tenido con una esposa que había muerto antes de que José desposara a mi madre.

Santiago lo dijo otra vez:

—Jesús ha matado a Eleazar. Jesús lo maldijo y el otro cayó muerto.

José me miró con cara inexpresiva y adormilada. En la calle los gritos iban en aumento. Se acarició su espeso pelo rizado.

Mis primos pequeños empezaron a entrar por la puerta, uno detrás de otro. Mi madre temblaba de nervios.

—No puede ser —dijo—. Jesús nunca haría una cosa así.

—Yo lo vi —insistió Santiago—. Y también vi cuando hizo unos gorriones con arcilla. El maestro le dijo que no hiciera esas cosas en el sabbat. Pero Jesús miró los pájaros de barro y se convirtieron en pájaros de verdad. Echaron a volar. Y ahora ha matado a Eleazar, madre. Yo lo vi.

Mis primos eran como un círculo de rostros blancos en la oscuridad: el pequeño Josías, Judas, el pequeño Simeón y la pequeña Salomé. Observaban nerviosos, temiendo que los hicieran salir. Salomé tenía mi edad y era la más querida de todos mis primos y primas. Era como mi hermana.

Entonces entró el hermano de mi madre, Cleofás, el más locuaz de la familia, y padre de todos estos primos salvo de Silas, que llegó a continuación y era mayor que Santiago. Silas fue hacia un rincón, y enseguida entró su hermano Leví; los dos querían ver qué estaba pasando.

—José, ahí fuera están todos —dijo Cleofás—. Jonatán, hijo de Zakai, y sus hermanos dicen que Jesús ha matado a su muchacho. Pero es porque tienen envidia de que hayamos conseguido ese encargo en casa de Filo, y de que consiguiéramos el otro encargo anterior, y de los encargos y más encargos que nos harán. Ellos creen que hacen las cosas mejor que nosotros...

—Pero ¿el chico ha muerto? —preguntó José—. ¿O vive todavía?

Salomé se acercó y me dijo al oído:

—¡Haz que viva, Jesús, como hiciste que vivieran aquellos pájaros!

El pequeño Simeón se reía, demasiado crío para entender lo que estaba pasando. El pequeño Judas lo sabía, pero guardaba silencio.

—Basta —dijo Santiago, el pequeño mandamás de los niños—. Salomé, calla.

Oí los gritos en la calle. Y también otros ruidos. Lanzaban piedras contra nuestra casa. Mi madre rompió a llorar.

—¡No hagáis eso! —gritó mi tío Cleofás, y salió con vehemencia por la puerta. José le siguió.

Me zafé de los brazos de mi madre y eché a correr, adelanté a mi tío y a José y fui hacia la multitud, que agitaba los puños y no cesaba de proferir gritos. Tan rápido corrí que ni siquiera repararon en mí. Como un pez en el agua, zigzagueé entre la gente que gritaba y gritaba, hasta que llegué a casa de Eleazar.

Las mujeres estaban de espaldas a la puerta y no me vieron colarme en la habitación.

Lo habían colocado sobre una estera en la oscura estancia. Su madre estaba allí, sollozando, apoyada en su hermana.

Sólo había una lámpara que apenas daba luz.

Eleazar estaba pálido, los brazos a los costados, la misma túnica sucia y las plantas de los pies ennegrecidas. Estaba muerto. Tenía la boca entreabierta y los dientes asomaban sobre el labio inferior.

Entró el médico griego (en realidad era judío), se arrodilló, miró a Eleazar y meneó la cabeza. Entonces me vio y dijo:

—Fuera.

La madre se volvió, y al verme empezó a gritar.

Yo me incliné sobre él.

—Despierta, Eleazar —ordené—. Despierta ahora mismo. —Apoyé la palma de la mano en su frente y la fuerza salió. Mis ojos se cerraron y me sentí mareado. Entonces le oí inspirar.

Su madre se puso a gritar como una loca, los oídos me zumbaban. Su hermana gritaba también; todas las mujeres gritaban.

Caí de espaldas al suelo, exhausto. El médico me observó con curiosidad. Me sentía enfermo. La habitación estaba más oscura y había entrado más gente.

Eleazar volvió en sí y, antes de que pudieran sujetarlo, se lanzó sobre mí dándome rodillazos y puñetazos; me pegó y atizó, me golpeó la cabeza contra el suelo y me pateó sin miramientos.

—¡Hijo de David! ¡Hijo de David! —gritaba furioso, mofándose de mí—. ¡Hijo de David! —Y me soltaba una patada en la cara o en las costillas, hasta que su padre logró agarrarlo por la cintura y lo levantó en volandas.

Me dolía todo el cuerpo y apenas me llegaba el aire.

—¡Hijo de David! —seguía gritando Eleazar.

Alguien me alzó en vilo y me sacó de la casa. Yo todavía boqueaba de la paliza. Me pareció que la gente chillaba más que antes, y alguien dijo que ya venía el maestro. Mi tío Cleofás le gritaba en griego a Jonatán, el padre de Eleazar, y Jonatán le respondía también a gritos, mientras Eleazar seguía increpándome: «¡Hijo de David!»

José me llevaba en brazos, pero la muchedumbre no lo dejaba avanzar. Cleofás empujó al padre de Eleazar, quien a su vez trató de darle un puñetazo, pero otros hombres los contuvieron. A lo lejos, Eleazar seguía gritando.

Y entonces el maestro declaró:

—Este chico no está muerto (cállate, Eleazar). ¿Quién ha dicho que estaba muerto? (Eleazar, ¡deja de gritar de una vez!) ¿A quién se le ha ocurrido que el niño estaba muerto?

—Él le ha devuelto la vida —dijo uno del grupo.

Estábamos en nuestro patio, pues la multitud nos había seguido y entrado detrás de nosotros, los familiares de Eleazar gritándose entre sí y el maestro pidiendo calma.

También habían llegado mis tíos Alfeo y Simón. Eran hermanos de José y acababan de despertarse. Trataban de contener a la gente con ademanes y gestos fieros.

Mis tías Salomé, Esther y María estaban allí también, con todos los primos correteando por en medio como si fuera una fiesta, salvo Silas, Leví y Santiago, que estaban con los mayores.

Luego ya no vi nada más.

Mi madre me llevó en brazos a la oscura habitación principal. Tía Esther y tía Salomé la rodeaban. La gente continuaba lanzando piedras contra la casa. El maestro alzó la voz, en griego.

—¡Tienes sangre en la cara! —susurró mi madre entre sollozos—. Tu ojo sangra y tienes cortes en la cara. Mira cómo te han dejado. —Hablaba en arameo, que era nuestra lengua pese a que no la utilizábamos mucho.

—No me duele —dije, queriendo demostrar que no me importaba.

Mis primos aparecieron presas de la agitación y me rodearon. Salomé me sonrió como diciendo que ella ya sabía que podía devolverle la vida a Eleazar. Yo le apreté la mano.

Pero allí estaba Santiago con su severa mirada.

El maestro entró de espaldas en la habitación con las manos en alto. Alguien apartó la cortina y la luz lo inundó todo. Irrumpieron José y sus hermanos. Y luego Cleofás. Tuvimos que movernos para hacer sitio a tanta gente.

—Estáis hablando de José, Cleofás y Alfeo, ¡qué es

eso de querer echarlos! —dijo el maestro a la multitud—. ¡Llevan entre nosotros más de siete años!

La airada familia de Eleazar se asomó a la estancia. De hecho, el padre logró entrar.

—Siete años, por eso mismo, ¡que vuelvan todos a Galilea! —gritó—. ¡Siete años es demasiado tiempo! ¡Ese chico está poseído por el demonio! ¡Juro que mi hijo estaba muerto!

—¿Te lamentas de que ahora esté vivo? ¡Qué es lo que te pasa! —le espetó Cleofás.

—¡Hablas como un loco! —agregó Alfeo.

Y así siguieron durante largo rato, entre gritos y amenazas, mientras las mujeres asentían y se lanzaban miradas, y más gente iba sumándose a la discusión.

—¡Ah, cómo es posible que digáis estas cosas! —exclamó el maestro como si estuviera en la Casa de Estudio—. Jesús y Santiago son mis mejores alumnos. Y estos hombres son vecinos vuestros. ¿Qué ha pasado para que os pongáis en su contra? ¡Oíd las barbaridades que decís!

—¡Sí, tus alumnos, tus alumnos! —exclamó el padre de Eleazar—. Pero nosotros tenemos que vivir y trabajar. ¡La vida es algo más que ser alumno!

Mi madre se apretó contra la pared, ya que el gentío iba en aumento. Yo quería escapar de sus brazos, pero no podía. Ella tenía mucho miedo.

—Sí, trabajar, eso es —dijo mi tío Cleofás—, y ¿quién eres tú para decir que no podemos vivir aquí? Queréis echarnos, sí, pero sólo porque a nosotros nos confían más trabajo, porque somos mejores y porque damos a la gente lo que la gente quiere...

De pronto José adelantó las manos y rugió:

—¡Silencio!

Y todos callaron. Todo aquel populacho enmudeció.

José nunca había alzado la voz.

—¡El Señor creó la vergüenza para una discusión como ésta! —dijo—. Deshonráis mi casa.

Nadie abrió la boca, todos los ojos pendientes de él. Incluso el propio Eleazar estaba allí y lo miraba. Tampoco el maestro habló.

—Ahora Eleazar está vivo —dijo José—. Y resulta que nosotros volvemos a Galilea.

Silencio.

—Partiremos para Tierra Santa tan pronto terminemos los trabajos que tenemos pendientes aquí. Os diremos adiós, y si nos encargan algún nuevo trabajo mientras hacemos los preparativos, os lo pasaremos a vosotros.

El padre de Eleazar estiró el cuello, asintió con la cabeza y separó las manos. Tras encogerse de hombros, hizo una ligera reverencia y se volvió para marcharse. Sus hombres lo imitaron. Eleazar me lanzó una última mirada, y luego se marcharon todos.

La muchedumbre abandonó nuestro patio, y mi tía María, la egipcia, que era la esposa de Cleofás, entró y corrió a medias la cortina.

Sólo quedamos los de nuestra familia. Y el maestro, que no estaba nada contento. Miró ceñudo a José.

Mi madre se enjugó los ojos y me miró a la cara, pero entonces el maestro se puso a hablar. Ella me abrazó y noté que las manos le temblaban.

—¿Os marcháis a casa? —dijo el maestro—. ¿Y os lleváis a mis alumnos? ¿A mi buen Jesús? ¿Y qué esperáis encontrar allí, si puede saberse? ¿La tierra de la leche y la miel?

—¿Te burlas de nuestros antepasados? —repuso Cleofás.

—¿O te burlas del Altísimo? —dijo Alfeo, cuyo griego era tan bueno como el del maestro.

—No me burlo de nadie —dijo éste, mirándome—, pero me desconcierta que decidáis abandonar Egipto por una simple trifulca.

—Eso no tiene nada que ver —dijo José.

—Entonces, ¿por qué? Jesús está progresando mucho aquí. Filo está muy impresionado con sus avances, y Santiago es una maravilla, y...

—Sí, y esto no es Israel, ¿verdad? —repuso Cleofás—. No es nuestro hogar.

—Exacto, y tú les estás enseñando griego, ¡las Sagradas Escrituras en griego! —dijo Alfeo—. Y nosotros en casa tenemos que enseñarles hebreo porque tú no sabes nada de hebreo, y eso que eres el maestro. Y la Casa de Estudio no es más que eso, griego, y tú lo llamas la Torá, y Filo, sí, el gran Filo, nos encarga trabajo, lo mismo que sus amigos, y todo eso está muy bien y estamos muy agradecidos, sí, pero él también habla griego y lee las Escrituras en griego, y le maravilla lo que estos chicos llegan a saber de griego...

—Todo el mundo habla en griego ahora —dijo el maestro—. Los judíos de todas las ciudades del Imperio hablan griego y leen las Escrituras en griego...

—¡Jerusalén no habla griego! —replicó Alfeo.

—En Galilea leemos las Escrituras en hebreo —observó Cleofás—. ¿Entiendes tú algo de hebreo? ¡Y te haces llamar Maestro!

—Oh, estoy cansado de vuestros ataques, no sé por qué os aguanto. ¿Adónde pensáis llevar a vuestros chicos, a una sucia aldea? Porque si os vais de Alejandría iréis a un sitio así.

—En efecto —dijo Cleofás—, y no es ninguna sucia aldea, sino la casa de mi padre. ¿Sabes alguna palabra de hebreo? —insistió. Y pasó a salmodiar en hebreo el salmo que tanto le gustaba y que nos había enseñado—: «El Señor guarde mis idas y venidas, a partir de ahora y para siempre.» —Y añadió—: Bien, ¿sabes qué significa eso?

—¡Como si tú lo supieras! —le espetó el maestro—. Me gustaría oír tu explicación. Tú sólo sabes lo que os explicó el escriba de vuestra sinagoga, nada más, y si has aprendido suficiente griego aquí como para insultarme a gritos, mejor que mejor. ¿Qué sabe cualquiera de vosotros, judíos cabezotas de Galilea? Vinisteis a Egipto buscando refugio, y os vais tan cabezotas como llegasteis.

Mi madre estaba nerviosa.

El maestro me miró.

—Y llevarse a este niño, a este niño tan sabio...

—¿Y qué propones que hagamos? —replicó Alfeo.

—¡Oh, no! No preguntes tal cosa —susurró mi madre. Sólo en muy contadas ocasiones ella tomaba la palabra.

José la miró de reojo antes de mirar al maestro.

—Siempre pasa igual —continuó éste con un sonoro suspiro—. En tiempos de dificultades, venís a Egipto, sí, siempre a Egipto. Egipto acoge a las heces de Palestina...

—¡Las heces! —exclamó Cleofás—. ¿Llamas heces a nuestros antepasados?

—Ellos tampoco hablaban griego —dijo Alfeo.

Cleofás rió:

—Y el Señor no habló griego en el monte Sinaí.

Mi tío Simón intervino con voz queda:

—Y el sumo sacerdote de Jerusalén, cuando impone sus manos sobre el carnero, seguramente se olvida de enumerar nuestros pecados en griego.

Todos se echaron a reír. Los mayores y tía María. Pero mi madre continuaba llorando. Tuve que quedarme a su lado.

Hasta José sonreía.

El maestro, enojado, prosiguió:

—... si hay hambruna venís a Egipto, si no hay trabajo venís a Egipto, si a Herodes le da la vena asesina venís a Egipto, ¡como si al rey Herodes le importara algo el destino de un puñado de judíos galileos como vosotros! ¡La vena asesina! Como si...

—Basta ya —dijo José.

El maestro calló.

Todos los hombres lo miraron. Nadie dijo una palabra ni se movió.

¿Qué había pasado? ¿Qué había dicho el maestro? La vena asesina. ¿Habían sido ésas sus palabras?

Hasta el propio Santiago tenía la misma expresión que los mayores.

—Oh, ¿pensáis que la gente no habla de estas cosas? —preguntó el maestro—. Como si yo creyera esas patrañas.

Nadie dijo nada.

Luego, en voz baja, José tomó la palabra.

—El Señor creó la paciencia para esto, pero la mía se ha agotado. Volvemos a casa precisamente porque es nuestro hogar —dijo mirando al maestro—, y porque es la tierra del Señor. Y porque Herodes ha muerto.

El maestro se quedó de piedra. Todo el mundo mostró su perplejidad, incluso mi madre. Las mujeres se miraron entre sí.

Todos los niños sabíamos que Herodes era el rey de Tierra Santa y un hombre malo. Hacía poco tiempo había hecho algo terrible, había profanado el Templo de Jerusalén, o eso oímos comentar a los hombres.

El maestro miraba ceñudo a José.

—No está bien decir una cosa así —lo reprendió—. No puedes decir esas cosas del rey.

—Está muerto —insistió José—. La noticia llegará dentro de dos días en el correo de Roma.

El maestro no supo qué cara poner. Todos los demás guardaron silencio, las miradas fijas en José.

—¿Y cómo lo sabes? —preguntó el maestro.

No hubo respuesta.

—Tardaremos un poco en preparar el viaje —dijo José al cabo—. Hasta entonces, los chicos tendrán que trabajar con nosotros. Me temo que de momento se ha acabado la escuela para ellos.

—¿Y qué pensará Filo cuando se entere de que os lleváis a Jesús? —preguntó el maestro.

—¿Qué tiene que ver Filo con mi hijo? —terció mi madre, asombrando a todos los presentes.

Siguió un nuevo silencio.

Supe que no era un momento fácil.

Tiempo atrás el maestro me había llevado a presencia de Filo, un rico erudito, para presentarme como alumno ejemplar. Filo se había encariñado conmigo e incluso me llevó a la Gran Sinagoga —tan grande y tan hermosa como los templos paganos de la ciudad—, donde los judíos ricos se congregaban con ocasión del sabbat, un lugar al que mi familia nunca iba. Nosotros íbamos a la pequeña Casa de Oración que había en nuestra misma calle.

Fue a raíz de aquellas visitas que Filo nos encargó trabajo: hacer puertas y bancos de madera y unas estanterías para su nueva biblioteca, y al poco tiempo sus amigos empezaron a encargar trabajos similares a nuestra familia, cosa que supuso buenos estipendios.

Filo me había tratado como a un invitado cuando me llevaron a conocerlo. E incluso cuando hubimos montado las puertas en sus pivotes y llevado los bancos recién pintados, Filo había pasado un rato hablando con nosotros y haciendo comentarios elogiosos sobre mí a José.

Pero ¿hablar de esto ahora?, ¿de que Filo me había tomado cariño? No era el momento. Los hombres miraban inquietos al maestro. Habían trabajado duro para Filo y sus amistades.

El maestro no respondió a mi madre.

José dijo:

—¿A Filo le sorprenderá que me lleve a mi hijo conmigo a Nazaret?

—¿Nazaret? —dijo el maestro con frialdad—. ¿Qué es eso? Nunca he oído hablar de Nazaret. Vosotros vinisteis de Belén. Aquella horrible historia... Filo opina que Jesús es el alumno más prometedor que ha tenido nunca; si se lo permitieras, él educaría a tu hijo. Eso es lo que Filo tiene que ver con tu hijo, él mismo se ofreció a encargarse de su educación...

—Filo no tiene nada que ver con nuestro hijo —repitió mi madre, sorprendiendo de nuevo a todos al tomar la palabra, mientras sus manos me sujetaban con fuerza por los hombros.

Adiós a aquella casa con suelos de mármol. Adiós a aquella biblioteca repleta de pergaminos y al olor a tinta. «El griego es la lengua del Imperio. ¿Ves esto? Es un mapa del Imperio. Sostenlo por ese extremo. Mira. Roma gobierna en toda esta extensión. Aquí está Roma, aquí Alejandría, ahí Jerusalén. Mira, ahí tienes Antioquía, Damasco, Corinto, Éfeso, todas grandes ciudades donde viven judíos que hablan griego y tienen la Torá en griego. Pero aparte de Roma no hay ciudad más grande que Alejandría, donde nos encontramos ahora.»

Volví al presente. Santiago me estaba mirando y el maestro me hablaba.

—... pero a ti te cae bien Filo, ¿no es así? Te gusta responder a sus preguntas. Te gusta su biblioteca.

—Él se queda con nosotros —dijo José con calma—. No irá a ver a Filo.

El maestro continuó mirándome fijamente. Aquello no era justo.

—¡Jesús, habla! —dijo—. Tú quieres que te eduque Filo, ¿verdad?

—Señor, yo haré lo que mis padres decidan —respondí y me encogí de hombros. ¿Qué más podía decir?

El maestro levantó las manos al cielo, meneó la cabeza y finalmente dijo:

—¿Cuándo partiréis?

—Tan pronto podamos —respondió José—. Tenemos trabajo que terminar.

—Quiero comunicar a Filo que Jesús se marcha —dijo el maestro, y se dispuso a marchar, pero José añadió:

—Las cosas nos han ido bien en Egipto. —Sacó unas monedas y se las entregó—. Te agradezco que hayas enseñado a mis hijos.

—Sí, claro, y ahora te los llevas a... ¿cómo has dicho que se llama...? José, en Alejandría viven más judíos de los que hay en Jerusalén.

—Es posible, maestro —dijo Cleofás—, pero el Señor mora en el Templo de Jerusalén, y su tierra es la Tierra Santa.

Todos los hombres asintieron en señal de aprobación, y las mujeres asintieron también, lo mismo que yo y Salomé y Judas y Josías y Simeón.

El maestro no pudo menos que asentir con la cabeza.

—Y si terminamos pronto el trabajo —dijo José con un suspiro— podremos llegar a Jerusalén antes de la Pascua judía.

Todos lanzamos vítores al oírlo. Era estupendo. Jerusalén. La Pascua. Salomé batió palmas y hasta el propio Cleofás sonrió.

El maestro inclinó la cabeza, se llevó dos dedos a los labios y nos dio su bendición:

—Que el Señor os acompañe en vuestro viaje. Y que lleguéis sanos y salvos a vuestra casa.

Luego partió.

De golpe, toda la familia empezó a hablar la lengua materna por primera vez en toda la tarde.

Mi madre se dispuso a curarme los cortes y las magulladuras.

—Oh, han desaparecido —susurró al examinarme—. Estás curado.

—Sólo eran magulladuras —dije. Estaba contentísimo de que volviéramos a casa.

2

Aquella noche después de cenar, mientras los hombres descansaban tumbados en sus esteras en el patio, se presentó Filo.

Se sentó a tomar un vaso de vino con José, como si no le preocupara ensuciarse la ropa blanca que vestía, y cruzó las piernas como haría cualquier hombre. Yo me senté al lado de José, confiando en escuchar lo que hablasen, pero mi madre me llevó dentro.

Se puso a escuchar detrás de la cortina y me dejó hacerlo a mí también. Tía Salomé y tía Esther se sumaron a nosotros.

Filo quería que me quedara a fin de instruirme para después volver a casa convertido en un joven culto. José lo escuchó en silencio y luego le dijo que no, que era mi padre y debía llevarme consigo a Nazaret, que eso era lo que tenía que hacer. Le dio las gracias por su ofrecimiento y le ofreció más vino, y añadió que se ocuparía de que yo recibiera una buena educación de judío.

—Olvida, señor —dijo con su hablar pausado—, que en el sabbat todos los judíos del mundo son filósofos y eruditos. Y otro tanto ocurre en la aldea de Nazaret.

Filo asintió y sonrió.

—Irá a la escuela por las mañanas, como todos los chicos —prosiguió José—. Y debatiremos sobre la Ley y los profetas. E iremos a Jerusalén y allí, en las festividades, quizá podrá escuchar a los maestros del Templo. Como yo hice muchas veces.

Entonces Filo, resignándose, le ofreció un regalo de despedida, un pequeño bolso, pero José le agradeció el gesto y rehusó.

Luego Filo descansó un rato y habló de diversas cosas, de la ciudad y los trabajos que habían hecho nuestros hombres, y del Imperio, y luego le preguntó a José cómo podía estar tan seguro de que el rey Herodes había muerto.

—La noticia llegará con el correo romano —repitió José—. Yo lo supe por un sueño, y eso significa que debemos volver a casa.

Mis tíos, que habían permanecido sentados en la oscuridad, dijeron que estaban de acuerdo y hablaron de lo mucho que despreciaban al rey.

Las extrañas palabras del maestro, cuando había mencionado la vena asesina, vinieron a mi mente, pero los hombres no lo mencionaron. Finalmente, Filo se dispuso a partir.

Ni siquiera se sacudió el polvo de sus finos ropajes al levantarse. Le dio las gracias a José por el buen vino y nos deseó lo mejor.

Seguí a Filo y lo acompañé un trecho por la calle. Llevaba con él a dos esclavos que portaban antorchas, y yo nunca había visto la calle de los Carpinteros tan iluminada a esas horas. Supe que la gente nos observaba desde los patios, donde descansaban a la brisa marina que corría al anochecer.

Me dijo que no olvidara nunca Egipto ni el mapa del Imperio que me había enseñado.

—Pero ¿por qué no vuelven todos los judíos a Israel? —le pregunté—. Si somos judíos, ¿no deberíamos vivir en la tierra que el Señor nos dio? No lo entiendo.

Filo guardó silencio, y al cabo dijo:

—Un judío puede vivir donde sea y ser judío. Tenemos la Torá, los profetas, la tradición. Vivimos como judíos allá donde estemos. ¿No llevamos acaso la palabra de Nuestro Señor allá donde vamos? ¿No llevamos la Palabra a los paganos dondequiera que vivamos? Si yo estoy aquí es porque mi padre, y su padre antes que él, vivían aquí. Tú vuelves a casa porque tu padre así lo quiere.

Mi padre.

Sentí un escalofrío: José no era mi padre. Siempre lo había sabido, pero no podía comentarlo con nadie, nunca. Tampoco lo hice en ese momento.

Asentí con la cabeza.

—No te olvides de mí —dijo Filo.

Besé sus manos y él se inclinó y me besó en ambas mejillas.

Posiblemente le esperaría una buena cena en su casa de suelos de mármol y lámparas por todas partes y hermosas cortinas. Y habitaciones superiores con vistas al mar.

Se volvió una vez para decirme adiós y luego desapareció con sus esclavos y sus antorchas.

Por un momento me sentí profundamente triste, lo suficiente para saber que nunca olvidaría esa dolorosa despedida. Pero estaba muy excitado pensando en el regreso a Tierra Santa.

Me apresuré a volver.

Al llegar al patio, oí llorar a mi madre. Estaba sentada al lado de José.

—Pero no sé por qué no podemos instalarnos en Belén —estaba diciendo—. Es allí donde deberíamos ir.

Belén, mi ciudad natal.

—Nunca —repuso José—. Ni siquiera cabe como posibilidad. —Siempre le hablaba con dulzura—. ¿Cómo se te ha ocurrido que podríamos volver a Belén?

—Tenía esta esperanza —insistió ella—. Han pasado siete años y la gente olvida. Si alguna vez llegaran a comprender...

Mi tío Cleofás, que estaba tumbado de espaldas con las rodillas levantadas, se reía por lo bajo, como solía reírse de tantas cosas. Tío Alfeo no dijo nada; parecía estar contemplando las estrellas. Santiago miraba desde el umbral; quizás estaba escuchando.

—Piensa en todos los signos —dijo mi madre—. Recuerda aquella noche, cuando llegaron los hombres de Oriente. Sólo por eso...

—Ya basta —dijo José—. ¿Crees que lo habrán olvidado? ¿Crees que habrán olvidado algo? No, no podemos volver a Belén.

Cleofás rió de nuevo.

José no le hizo caso y tampoco mi madre. Él la rodeó con el brazo.

—Recordarán la estrella —dijo—, los pastores que bajaron de las colinas. Se acordarán de los hombres de Oriente. Pero sobre todo, se acordarán de la noche en que...

—No lo digas, por favor. —Mi madre se tapó los oídos con las manos—. Por favor, no digas esas palabras.

—Pero es que debemos llevarlo a Nazaret. Es la única alternativa. Además...

—¿Qué estrella? ¿Qué hombres de Oriente? —intervine, sin poder contenerme—. ¿Qué ocurrió?

Cleofás volvió a reír por lo bajo.

Mi madre me miró, sorprendida. No sabía que yo estaba allí.

—No te preocupes por eso —dijo.

—Pero ¿qué ocurrió en Belén?

José me miró.

—Nuestra casa está en Nazaret —me dijo mi madre con tono más firme, el tono con que se habla a un niño—. En Nazaret tienes muchísimos primos. Nuestros parientes Sara y el viejo Justus nos estarán esperando. Volvemos a casa. —Se puso de pie y me indicó que la siguiese.

—Sí —dijo José—. Partiremos lo antes posible. Tardaremos unos días, pero llegaremos a Jerusalén a tiempo para la Pascua y luego iremos a casa.

Mi madre me tomó de la mano para llevarme dentro.

—Pero ¿quiénes eran esos hombres de Oriente, mamá? —pregunté—. ¿No puedes decírmelo?

Mi tío no dejaba de soltar risitas socarronas.

Pese a la oscuridad, capté la extraña expresión de José.

—Algún día te lo contaré todo —dijo mi madre. Ahora no lloraba. Volvía a mostrarse fuerte por mí, ya no era la niña que era con José—. Por ahora no debes preguntarme esas cosas. Te lo contaré cuando llegue el momento.

—Haz caso a tu madre —dijo José—. No quiero que hagas más preguntas, ¿entendido?

Eran amables, pero sus palabras sonaron directas y perentorias. Todo aquello me resultaba muy extraño.

Si no hubiese intervenido en su conversación quizá me habría enterado de más cosas. Intuía que se trataba de algo muy secreto. ¿Cómo no iba a serlo? Y en cuanto a que yo los hubiera oído, seguramente lo lamentaban.

No quería dormirme. Estaba tumbado sobre mi manta, pero el sueño no venía ni yo lo deseaba. Nunca quería dormir. Pero ahora mi mente era un torbellino, entre la perspectiva de volver a casa, meditar sobre los extraños sucesos de ese día y, encima, esas cosas tan extrañas que les había oído hablar.

¿Qué había pasado hoy? Lo ocurrido con Eleazar y el recuerdo de los gorriones, aun siendo muy vago, estaban en mi mente como formas brillantes que no lograba traducir en palabras. Nunca había sentido nada parecido a cuando noté que la fuerza salía de mí justo antes de que Eleazar cayera muerto, ni después, un instante antes de que se levantara de la estera y me agrediese. Hijo de David, hijo de David, hijo de David...

Todos fueron entrando en la casa para dormir. Las mujeres se acomodaron en su rincón y Justus, el hijo pequeño de Simón, se acurrucó pegado a mí. La pequeña Salomé canturreaba con voz queda a la recién nacida Esther, que, milagrosamente, estaba callada.

Cleofás tosía, mascullaba para sí y volvía a dormirse.

Una mano tocó la mía. Abrí los ojos. Era Santiago, mi hermano mayor.

—Pero qué has hecho —susurró.

—¿Yo?

—Matar a Eleazar y luego resucitarlo.

—Sí. ¿Y qué?

—No vuelvas a hacerlo nunca más —dijo.

—Ya lo sé.

—Nazaret es un pueblo muy pequeño y las habladurías podrían perjudicarnos.

—Lo sé —dije.

Santiago dio media vuelta.

Me puse de costado, apoyando la cabeza en un brazo, y cerré los ojos. Acaricié el pelo de Justus. Sin despertarse, se arrimó más a mí.

¿Qué sabía yo?

—Jerusalén, en cuyo Templo mora el Señor —musité. Nadie me oyó.

Filo me había dicho que era el mayor templo del mundo. Visualicé los gorriones que había hecho con arcilla. Los vi cobrar vida, batir las alas, y oí la exclamación de mi madre y el grito de José: «¡No!», y luego cómo los pájaros se perdían de vista como puntitos en el cielo.

—Jerusalén...

Volví a ver a Eleazar levantándose de la estera.

El día que me recibió en su casa, Filo había dicho que el Templo era tan bello que la gente acudía a verlo por millares. Paganos y judíos de todas las ciudades del Imperio, hombres y mujeres iban allí a ofrecer sacrificios al Señor de Todos.

Mis ojos se abrieron de golpe. Todos dormían.

¿Qué significaba todo aquello? ¿De dónde me venía aquella fuerza? ¿Estaba todavía ahí? José no me había dicho una sola palabra al respecto. Mi madre tampoco me había preguntado qué había ocurrido con Eleazar. ¿Llegamos a hablar alguna vez de los gorriones? No. Nadie quería hablar de estos asuntos. Y yo tampoco podía preguntar a nadie. Hablar de semejantes cosas fuera de la familia era imposible. Como también lo era que me quedara en la gran ciudad de Alejandría y estudiara con Filo en su casa de suelos de mármol.

A partir de ahora tendría que andar con mucho ojo, pues incluso en las cosas más nimias yo podía hacer mal uso de lo que había dentro de mí, esa fuerza capaz de causarle la muerte a Eleazar y devolverle luego la vida.

Oh, por supuesto había sido muy divertido ver sonreír a todos ante la rapidez con que yo aprendía: Filo, el maestro, los otros niños. Y yo me sabía muchas cosas del libro sagrado, en griego y en hebreo, gracias a José, tío Cleofás y tío Alfeo, pero esto era diferente.

Ahora sabía algo que escapaba a mi capacidad de definir con palabras.

Me entraron ganas de despertar a José, de pedirle que me ayudara a comprender. Pero él me diría que no hiciera más preguntas sobre esto ni sobre lo otro, lo que les había oído hablar. Porque esta fuerza que albergaba en mi interior se encontraba de algún modo ligada a lo que ellos hablaban en el patio, y a aquellas extrañas palabras del maestro que habían provocado un silencio general. Seguro que ambas cosas estaban relacionadas.

Eso me entristeció tanto que me dieron ganas de llorar. Era culpa mía que tuviéramos que irnos de allí. Era culpa mía, y, aunque todos parecían contentos, yo me sentía triste y culpable.

Tendría que guardarme todas estas reflexiones, pero estaba decidido a averiguar qué había pasado en Belén. Lo averiguaría como fuese, aun cuando tuviera que desobedecer a José.

Pero por ahora, ¿cuál era el mayor secreto en todo esto? ¿Cuál el meollo? «No debo hacer mal uso de quien soy.» Sentí un escalofrío y me quedé inmóvil. Me sentí muy pequeño y me envolví en la manta. El sueño me sobrevino como si un ángel me hubiera rozado.

Mejor dormir, ya que todos dormían. Mejor dejarse llevar, ya que todos lo hacían. Mejor confiar, ya que ellos confiaban... El sueño me vencía y no pude seguir pensando.

Cleofás tosía otra vez. Iba a enfermar como le sucedía a menudo. Y supe que ésa iba a ser una noche de sufrimiento. Oí los estertores que le brotaban del pecho.

3

A los pocos días llegó al puerto la noticia de la muerte de Herodes. Galileos y judíos no hablaban de otra cosa. ¿Cómo lo había sabido José? El maestro se presentó de nuevo, exigiendo una respuesta, pero José no reveló nada.

Nos costó mucho terminar las tareas que nos habían encomendado, acabando puertas, bancos y dinteles, y las piezas que aún quedaban por desbastar y pulir, antes de entregarlas a los pintores. Después hubo que recoger las cosas que ya estaban pintadas y colocarlas en las casas de sus propietarios, lo cual me gustaba porque me recreaba viendo diferentes clases de habitaciones y gente distinta, aunque siempre trabajábamos con la cabeza y la mirada gachas, por respeto, pero eso no me impedía ver y aprender cosas nuevas. Pero todo esto suponía volver a casa al anochecer, cansado y hambriento.

Era más trabajo del que José había pensado, pero él no quería marcharse sin dejar todos los pedidos completados, todas las promesas cumplidas. Mientras tanto, mi madre se ocupó de informar de nuestro regreso a la vieja Sara y sus primos. Santiago se encargó de escribir el texto y juntos fuimos a llevar las cartas al mensajero. Los preparativos tenían a todo el mundo muy agitado.

Las calles volvían a sernos propicias ahora que todo el mundo sabía que nos marchábamos. Otras familias nos hacían regalos, cosas como pequeñas lámparas de cerámica, una vasija de barro, ropa de buen lino.

Ya se había decidido viajar por tierra (y prevista la compra de burros) cuando una noche tío Cleofás se levantó tosiendo y dijo:

—Yo no quiero morir en el desierto. —Últimamente estaba pálido y flaco y ya no trabajaba mucho con nosotros. Eso fue todo lo que dijo. Nadie respondió.

De modo que hubo cambio de planes: viajaríamos en barco. Nos saldría caro, pero José dijo que no importaba. Iríamos al viejo puerto de Jamnia y arribaríamos a Jerusalén a tiempo para la Pascua. A partir de entonces, Cleofás durmió mejor.

Llegó el momento de la partida. Vestidos con nuestra mejor ropa y calzado, salimos cargados de paquetes y dio la impresión de que la calle entera salía a despedirnos.

Hubo lágrimas, y hasta Eleazar vino a saludarme; yo lo correspondí. Tuvimos que abrirnos paso entre la mayor multitud que jamás había visto en el puerto, mi madre preocupada de que no nos desperdigáramos y yo llevando a Salomé bien agarrada de la mano, mientras Santiago nos decía una y otra vez que nos mantuviésemos juntos. Los heraldos hacían sonar sus trompetas anunciando la partida de los barcos, hasta que llegó la hora del que zarpaba para Jamnia, y luego otro, y otro más. Por todas partes la gente gritaba y agitaba las manos.

—Peregrinos —dijo tío Cleofás, riendo otra vez como antes de enfermar—. El mundo entero va a Jerusalén.

—¡El mundo entero! —exclamó la pequeña Salomé—. ¿Has oído eso? —me dijo.

Reí con ella.

Avanzamos a empujones y codazos, aferrados a nuestros fardos, con los hombres mayores gesticulando y las mujeres vigilando que nadie del grupo se extraviase. Por fin, enfilamos la pasarela del barco, por encima de aquella agua turbia.

En mi vida había conocido una experiencia como la de pisar la cubierta de un barco, y en cuanto nuestras cosas fueron apiladas y las mujeres se hubieron sentado encima, mirándose las unas a las otras con el velo puesto, y Santiago nos hubo mirado con una expresión de seria advertencia, Salomé y yo corrimos hacia la borda y a duras penas nos metimos entre las piernas de la gente para contemplar el puerto y la gente que atiborraba el muelle, vociferando, empujándose y agitando los brazos.

Vimos cómo recogían la pasarela y las amarras. El último tripulante saltó a bordo, y el agua se ensanchó entre el barco y el muelle hasta que, de pronto, notamos una sacudida y todos los pasajeros lanzaron un grito mientras poníamos proa a mar abierto. Yo estreché a la pequeña Salomé y nos reímos del puro placer de notar el barco moviéndose bajo nuestros pies.

Saludamos y gritamos a personas que ni siquiera conocíamos, y la gente nos saludó a su vez. El buen humor de todos era palpable.

Por un momento pensé que la ciudad desaparecería tras los barcos y sus mástiles, pero cuanto más nos alejábamos, más se apreciaba Alejandría, la veía como jamás la había visto. Una sombra cruzó mi ánimo y, de no ser por la felicidad de la pequeña Salomé, quizá no me habría sentido tan dichoso.

El olor del mar se volvió limpio y maravilloso y el viento arreció, agitando nuestros cabellos y refrescando nuestros rostros. Estábamos alejándonos de Egipto y me entraron ganas de llorar como un crío.

Entonces oí que nos gritaban que mirásemos el Gran Faro, como si fuésemos tan tontos que no lo advirtiésemos erguido a nuestra izquierda.

Desde tierra firme yo había contemplado muchas veces el mar y el Gran Faro, pero ¿qué era eso comparado con verlo ahora frente a mí?

La gente lo señalaba y Salomé y yo lo apreciamos en toda su grandeza. Se levantaba sobre su islote como una enorme antorcha apuntando al cielo. Pasamos frente a él como si se tratara de una especie de templo sagrado, profiriendo murmullos de admiración.

El barco siguió adentrándose en el mar, y lo que al principio parecía un lento avance se convirtió en una apreciable velocidad. El mar empezó a agitarse y se oyeron gritos entre las mujeres.

La gente se puso a entonar himnos. La tierra quedaba cada vez más distante. El faro se hizo muy pequeño y finalmente se perdió de vista.

La multitud se dispersó, y por primera vez me volví y contemplé la enorme vela cuadrada henchida por el viento y a la tripulación afanándose con los cabos, los hombres junto a la caña del timón y todas las familias arracimadas alrededor de sus bultos. Era hora de regresar a nuestro grupo, pues sin duda nos echarían de menos.

La gente cantaba cada vez más fuerte y pronto un himno en concreto se propagó entre la multitud, y la pequeña Salomé y yo cantamos también, aunque el viento se llevaba la letra de la canción.

Tuvimos que abrirnos paso para dar con nuestros familiares, pero al fin lo logramos. Mi madre y mis tías trataban de coser como si estuviesen en casa, y mi tía María decía que tío Cleofás tenía fiebre mientras dormía acurrucado bajo una manta, perdiéndose aquel inusual espectáculo.

José estaba un poco aparte, aposentado en uno de los pocos baúles que teníamos, callado como siempre, contemplando el cielo azul y la parte superior del mástil, donde ahora había una gavia. Tío Alfeo estaba en plena conversación con otros pasajeros acerca de los problemas que nos aguardaban en Jerusalén.

Santiago no perdía detalle, y pronto me sumé yo también al grupo, aunque no quise acercarme demasiado por temor a que se dispersaran al verme. Vociferaban para hacerse oír por encima del rugido del viento, apiñados en un reducido espacio, pugnando por evitar que las ráfagas los despojaran de sus capas y por mantener el equilibrio a causa de los vaivenes del barco.

Decidí escuchar lo que decían y me acerqué a ellos. La pequeña Salomé quiso acompañarme, pero su madre la retuvo y yo le indiqué que después volvería por ella.

—Os digo que es peligroso —decía en griego uno de los hombres. Era alto, de piel muy oscura, e iba ricamente vestido—. Yo en vuestro lugar no iría a Jerusalén. Yo tengo mi casa allí, mi esposa y mis hijos me esperan. Debo ir por fuerza. Pero os aseguro que no es un buen momento para todos estos barcos de peregrinos.

—Yo quiero ir —repuso otro, igualmente en griego, aunque su habla era más tosca—. Quiero ver qué está pasando. Estuve allí cuando Herodes hizo quemar vivos a Matías y Judas, dos de los mejores eruditos que hemos tenido nunca. Quiero exigir justicia a Herodes Arquelao. Quiero que los hombres que sirvieron a su padre sean castigados. Habrá que ver cómo maneja Arquelao esta situación.

Me quedé pasmado. Había oído contar muchas cosas malas del rey Herodes, pero no sabía nada de un nuevo Herodes, hijo del anterior.

—Bien, ¿y qué le dice Arquelao al pueblo? —replicó tío Alfeo—. Algo tendrá que decir, ¿no?

Mi tío Cleofás, que por fin se había levantado, se acercó al grupo.

—Probablemente mentiras —dijo, como si él supiera algo—. Tiene que esperar a que el César diga si va a ser rey. No puede gobernar sin que el César lo confirme en su corona. Nada de lo que diga tiene la menor importancia. —Y se rió de aquella manera burlona.

Me pregunté qué pensarían de él los demás.

—Arquelao reclama paciencia, claro está —dijo el primero de los hombres, hablando en un griego tan fluido como el del maestro, o el de Filo—. Y espera la confirmación del César, en efecto, y le dice al pueblo que espere. Pero el pueblo no escucha a sus mensajeros. No quieren saber nada de paciencia. Quieren acción. Quieren venganza. Y seguramente la tendrán.

Esto me dejó perplejo.

—Tenéis que comprender —dijo el más tosco, y también más airado— que el César no conocía las atrocidades que cometió Herodes. ¿Cómo va a saber todo lo que sucede en el Imperio? Yo os digo que es preciso un ajuste de cuentas.

—Sí —dijo el más alto—, pero no en Jerusalén durante la Pascua, cuando acuden peregrinos de todas partes del Imperio.

—¿Por qué no? —preguntó el otro—. ¿Por qué no cuando está todo el mundo allí?, ¿cuando al César le llegue la noticia de que Herodes Arquelao no controla a quienes claman justicia por la sangre de los asesinados?

—Pero ¿por qué Herodes quemó vivos a los dos maestros de la Ley de Moisés? —pregunté de improviso. Yo mismo me sorprendí.

José abandonó sus cavilaciones, pese a que estaba lejos, y miró hacia mí y luego a los hombres.

Pero el alto, el más sosegado, ya estaba respondiendo a mi pregunta.

—Porque descolgaron el águila de oro que Herodes había hecho colocar a la entrada del Templo, por eso. La Ley de Moisés establece claramente que dentro de nuestro Templo no puede haber imágenes de seres vivos. Tú ya eres lo bastante mayor para saberlo. ¿O no lo sabías? Que Herodes construyera el Templo no le autorizaba a poner la imagen de un ser vivo. ¿Qué sentido tenía llevar a cabo la reconstrucción de un templo majestuoso si lo que pretendía era transgredir la Ley de Moisés y profanarlo con esa imagen?

Entendí lo que decía aunque sus palabras no eran fáciles de entender. Me estremecí.

—Esos hombres eran fariseos, maestros de la Ley de Moisés —prosiguió el alto, mirándome fijamente—. Fueron con sus alumnos a retirar el águila. ¡Y Herodes los mató por ello!

José estaba ahora a mi lado.

El tosco le dijo:

—No te lo lleves. Deja que aprenda. Así conocerá los nombres de Matías y Judas. Estos dos chicos deberían conocerlos —añadió señalándonos a Santiago y a mí—. Hicieron lo que era justo, aun sabiendo la clase de monstruo que era Herodes. Todo el mundo lo sabía. A vosotros, que estabais en Alejandría, ¿qué más os daba? —Miró a mis tíos—. Pero nosotros vivíamos allí, teníamos que sufrir sus atrocidades. Las hubo de todas clases. Una vez, por un mero capricho de loco, temiendo que hubiera nacido un nuevo rey, un hijo de David, envió a sus soldados desde Jerusalén hasta el pueblo de Belén y...

—¡Basta! —ordenó José, aunque levantó la mano sonriendo gentilmente.

Me apartó de allí y me llevó con las mujeres. Dejó que Santiago se quedara con los demás.

El viento se llevaba sus palabras.

—Pero ¿qué pasó en Belén? —pregunté.

—Oirás hablar de Herodes toda tu vida —respondió José con voz queda—. Recuerda lo que te dije: hay ciertas preguntas que no quiero que hagas.

—¿Iremos a Jerusalén a pesar de todo?

José no respondió.

—Ve a sentarte con tu madre y los niños —dijo.

Obedecí.

El viento soplaba con fuerza y el barco se mecía. Me sentí mareado y tenía frío.

La pequeña Salomé me esperaba con muchas preguntas. Me acurruqué entre ella y mi madre. Allí se estaba calentito, y enseguida me encontré mejor.

Josías y Simeón estaban ya dormidos en su cama improvisada entre los fardos. Silas y Leví se habían ovillado con Eli, un sobrino de tía María y tío Cleofás que había venido a vivir con nosotros. Señalaban hacia la vela y el aparejo.

—¿Qué decían? —quiso saber Salomé.

—En Jerusalén están pasando cosas —respondí—. Espero que vayamos. Tengo ganas de conocer la ciudad. —Pensé en todo lo que había oído decir y añadí—: Imagínate, Salomé, gente de todo el Imperio está yendo a Jerusalén.

—Ya lo sé. Debe de ser muy emocionante.

—Sí —suspiré—. Espero que Nazaret también sea un lugar bonito.

Mi madre dijo:

—Sí, primero tienes que ver Jerusalén —dijo con cierta tristeza—. En cuanto a Nazaret, parece que eso es la voluntad de Dios.

—¿Es una ciudad grande? —preguntó Salomé.

—Ni siquiera es una ciudad —dijo mi madre.

—¿No? —pregunté.

—Es un pueblo —dijo—. Pero una vez lo visitó un ángel.

—¿La gente dice eso? —preguntó la pequeña Salomé—. ¿Que un ángel bajó a Nazaret? ¿Ocurrió de verdad?

—La gente no lo dice, pero yo lo sé —contestó mi madre, y se quedó callada.

Ella era así. Soltaba una cosita, y luego nada. Después podía guardar silencio por más que la cosiéramos a preguntas.

Mi tío Cleofás volvió, tosiendo y enfermo, se tumbó y mi tía lo tapó y le dio unas palmaditas.

Nos oyó hablar de ángeles en Nazaret (dijo que confiaba en que pudiéramos verlos) y empezó a reírse para sí de aquella manera suya.

—Mi madre dice que una vez un ángel visitó Nazaret —le expliqué. Eso quizá lo obligaría a comentar algo—. Mi madre asegura que lo sabe.

Él siguió riendo mientras se acomodaba para dormir.

—¿Tú qué harías, padre, si vieras un ángel del Señor en Nazaret? —le preguntó Salomé.

—Lo que hizo mi querida hermana. Obedecer al ángel en todo cuanto él me dijese. —Y reanudó su risita particular.

Mi madre montó en cólera y miró ceñuda a su hermano. Mi tía meneó la cabeza dándole a entender que no hiciera caso. No era la primera vez, tratándose de su esposo. Normalmente, mi madre hacía lo mismo, ignorar a su hermano.

La pequeña Salomé reparó en la furia de mi madre. Yo no supe a qué atenerme, pues me extrañaba mucho. Alcé los ojos y vi que José estaba allí, observando, y comprendí que lo había oído. Me supo muy mal. No sabía qué hacer. Pero José se mantuvo al margen, absorto en sus pensamientos.

Entonces caí en la cuenta de algo que no había notado antes. Era que José aguantaba al tío Cleofás pero de hecho nunca le respondía. Por él había decidido hacer este viaje en barco en vez de por tierra. Y por él iría a Jerusalén, con todas las dificultades que eso suponía. Pero nunca le decía nada. Nunca reaccionaba a las risas de Cleofás.

Y Cleofás reía por todo. En la Casa de Oración, se reía cuando las historias de los profetas le parecían graciosas. Empezaba a reír por lo bajo, y luego los niños, como yo mismo, lo imitábamos. Así lo había hecho con la historia de Elías. Y cuando el maestro se enfadó, Cleofás se mantuvo en sus trece, asegurando que algunos pasajes eran graciosos. Y que sin duda el maestro lo sabía. Entonces los mayores se pusieron a discutir con el maestro sobre la historia de Elías.

Mi madre se sosegó y siguió con sus remiendos, esta vez con un trozo de buen algodón egipcio. Parecía que nada hubiera ocurrido.

El capitán del barco gritaba a su tripulación. Al parecer, los marineros no podían descansar nunca.

Supe que era mejor no decir nada más.

El mar centelleaba mientras el barco cabeceaba, transportándonos suavemente. Otras familias estaban cantando, y como sabíamos las letras nos unimos entonando con fervor...

Qué más daban los secretos.

Íbamos camino de Jerusalén.

4

Hasta la pequeña Salomé y yo estábamos cansados de los bandazos del barco cuando por fin arribamos al pequeño puerto de Jamnia. Era un puerto que sólo utilizaban entonces los peregrinos y los barcos de carga lentos, y tuvimos que anclar lejos debido a los bajíos y los escollos.

Dos barcas nos llevaron a tierra, los hombres repartidos para cuidar de las mujeres en una y de los niños en la otra. Las olas eran tan grandes que pensé que íbamos a zozobrar, pero me lo pasé muy bien.

Por fin pudimos saltar y recorrer la pequeña distancia que nos separaba de la playa.

Todos nos postramos de rodillas y besamos el suelo, dando gracias por haber llegado sanos y salvos. Enseguida nos apresuramos, mojados y tiritando, hacia la pequeña localidad de Jamnia, bastante lejos de la costa, donde encontramos una posada.

Estaba repleta de gente. Nos alojaron en una pequeña habitación en el piso de arriba, llena de heno, pero no nos importó porque estábamos muy contentos de haber llegado. Yo me dormí escuchando a los hombres discutir entre sí, gritos y risas que venían de abajo mientras más y más peregrinos iban entrando.

Al día siguiente elegimos unos burros entre los muchos que había en venta e iniciamos un lento viaje por la hermosa llanura con sus distantes arboledas, alejándonos de la costa brumosa en dirección a las colinas de Judea.

Cleofás tenía que viajar montado aunque al principio protestó, y eso aminoraba nuestro avance —muchas familias nos adelantaban—, pero la alegría de estar en Israel era tan grande que no nos importaba. José dijo que teníamos tiempo de sobra para llegar a Jerusalén a tiempo de la purificación.

En la siguiente posada, preparamos nuestros jergones en una gran tienda contigua al edificio. Algunos que se dirigían a la costa nos previnieron de que no continuáramos, que lo mejor era dirigirse a Galilea. Pero Cleofás estaba como poseído cantando «Si yo te olvidara, Jerusalén» y las demás canciones que recordaba sobre la ciudad.

—Llévame hasta las puertas del Templo y déjame allí, ¡como mendigo, si quieres! —le rogó a José—, si es que tú piensas ir a Galilea.

José asintió con la cabeza y le aseguró que iríamos a Jerusalén y visitaríamos el Templo.

Pero las mujeres empezaron a asustarse. Temían lo que podríamos encontrar en Jerusalén, y también por Cleofás. Su tos iba y venía, pero la fiebre no le remitía y estaba sediento e inquieto. Aun así no paraba de reír, como siempre, por lo bajo. Se reía de los niños pequeños, de lo que decía otra gente. A veces me miraba y reía, y otras reía para sí, tal vez recordando cosas.

A la mañana siguiente iniciamos la lenta ascensión a las colinas. Nuestros compañeros de viaje se habían puesto ya en camino, y ahora estábamos con gente venida de muchos lugares diferentes. Se oía hablar en griego tanto como en arameo, e incluso en latín. Nuestra familia había dejado de hablar en griego a otra gente y sólo empleaba el arameo.

Hasta el tercer día de viaje no divisamos la Ciudad Santa desde un cerro. Los niños empezamos a dar brincos de excitación y gritar de entusiasmo. José sólo sonreía. Ante nosotros el camino serpenteaba, pero allí lo teníamos: el lugar sagrado que siempre había estado en nuestras oraciones, nuestros corazones y nuestros cánticos.

Había campamentos en torno a las grandes murallas, con tiendas de todos los tamaños, y era tanta la gente que se dirigía hacia allí que durante horas apenas si pudimos avanzar. Ahora se oía hablar casi exclusivamente en arameo y todo el mundo estaba pendiente de encontrar a algún conocido. Se veía gente saludándose o llamando a sus amigos.

Durante un buen rato mi campo de visión se redujo bastante. Iba en un numeroso grupo de niños mezclados con hombres, de la mano de José. Sólo sabía que nos movíamos muy lentamente y que estábamos más cerca de las murallas.

Por fin conseguimos franquear las puertas de la ciudad.

José me agarró por las axilas y me subió a sus hombros. Entonces sí vi claramente el Templo sobre las callejas de Jerusalén. Me apenó que la pequeña Salomé no pudiera verlo, pero Cleofás dijo que la llevaría consigo subida al burro, de modo que tía María la izó y la niña pudo verlo también.

¡Estábamos en la Ciudad Santa, con el Templo justo enfrente de nosotros!

En Alejandría, como cualquier buen chico judío, yo

nunca había mirado las estatuas paganas, ídolos que no significaban nada para un chico que tenía prohibido contemplar tales cosas y las consideraba carentes de significado. Pero había pasado por los templos y visto las procesiones, mirando solamente las casas a las que José y yo teníamos que ir —raramente salíamos del barrio judío—, y supongo que la Gran Sinagoga era el mayor edificio en que yo había entrado nunca. Además, los templos paganos no eran para entrar en ellos. Incluso yo sabía que supuestamente eran la casa de los dioses cuyo nombre recibían y por los cuales eran erigidos. Pero conocía su existencia y, con el rabillo del ojo, les había tomado las medidas. Lo mismo que a los palacios de los ricos, lo cual me había dado lo que cualquier hijo de carpintero llamaría una escala de las cosas.

Mas del Templo de Jerusalén yo no conocía medida alguna. Nada que me hubiera comentado Cleofás o Alfeo o José, ni siquiera Filo, me había preparado para lo que tenía ahora ante mis ojos.

Era un edificio tan grande, tan majestuoso y tan sólido, un edificio tan resplandeciente de oro y blancura, un edificio que se extendía de tal manera a derecha e izquierda, que barrió de mi mente todo cuanto yo había visto en Alejandría, y las maravillas de Egipto perdieron relevancia. Me quedé sin respiración, mudo de asombro.

Cleofás tenía ahora en brazos al pequeño Simeón para que pudiera ver, y la pequeña Salomé sostenía a Esther, que berreaba no sé por qué. Tía María tenía en brazos a Josías, mientras Alfeo se ocupaba de mi primo el pequeño Santiago.

En cuanto al otro Santiago, mi hermano, que tantas cosas sabía, él sí lo había visto. Siendo muy pequeño había estado allí con José, antes de nacer yo, pero incluso él parecía asombrado, y José permanecía en silencio como si se hubiera olvidado de nosotros y de cuantos nos rodeaban.

Mi madre estiró el brazo y me tocó la cadera. La miré y sonreí. Me pareció tan guapa como siempre, y tímida con el velo que le cubría gran parte de la cara. Estaba visiblemente contenta de estar aquí por fin, disfrutando de la vista del Templo.

Pese a la multitud allí reunida, pese a las idas y venidas, a los empujones y demás, observé que se imponía un silencio colectivo. La gente contemplaba el Templo admirándose de su tamaño y su belleza, como si tratara de fijar ese momento en la memoria, porque muchas de aquellas personas venían de muy lejos e incluso por primera vez.

Yo quería seguir adelante, entrar en el recinto sagrado —pensaba que lo íbamos a hacer—, pero no fue posible.

Marchábamos en aquella dirección pero pronto lo perdimos de vista, internándonos por estrechas y sinuosas callejuelas donde los edificios parecían juntarse sobre nuestras cabezas, apretujados entre la riada de gente. Los nuestros preguntaban por la sinagoga de los galileos, que era donde debíamos alojarnos.

Sabía que José estaba cansado. Después de todo, yo tenía ya siete años y él había cargado conmigo un buen rato. Le pedí que me bajara.

Cleofás tenía mucha fiebre, mas reía de dicha. Pidió agua. Dijo que quería bañarse pero tía María le dijo que no. Las mujeres aconsejaron acostarlo cuanto antes.

Mientras mi tía lo miraba al borde de las lágrimas, el pequeño Simeón empezó a berrear. Yo lo cogí en brazos, pero pesaba mucho para mí y fue Santiago quien se hizo cargo.

Y así seguimos avanzando por aquellas callejuelas, no muy diferentes de las de Alejandría pero mucho más atestadas. La pequeña Salomé y yo reímos al recordar que «el mundo entero estaba aquí», y por doquier se oía hablar, algunos en griego, unos pocos en hebreo, otros pocos en latín, y la mayoría en arameo como nosotros.

Cuando llegamos a la sinagoga, un gran edificio de tres plantas, ya no quedaba alojamiento, pero cuando nos disponíamos a intentarlo en la sinagoga de los alejandrinos, mi madre llamó a gritos a sus primos Zebedeo y su esposa, a quienes acompañaban sus hijos, y todos empezaron a abrazarse y besarse. Nos invitaron a compartir el sitio que tenían en el tejado, donde ya esperaban algunos primos más. Zebedeo se encargaría de todo.

La esposa de Zebedeo era María Alejandra, prima de mi madre y a la que siempre llamaban también María, lo mismo que a mi tía, la mujer de Cleofás, hermano de mi madre. Y cuando las tres se abrazaron y besaron, una de ellas exclamó: «¡Las tres Marías!», y eso las puso muy contentas, como si nada más importara.

José estaba ocupado pagando el hospedaje y nosotros fuimos con Zebedeo y su clan. Zebedeo tenía hermanos casados y con hijos. Cruzamos un patio donde estaban alimentando a los burros, subimos una escalera y a continuación una escala hasta el tejado, los hombres transportando a Cleofás, que se reía todo el rato porque le daba vergüenza.

Una vez arriba, fuimos recibidos por un ejército de parientes.

Entre ellos destacaba una anciana que hizo ademán de abrazar a mi madre cuando ésta la llamó por su nombre.

—Isabel.

Era un nombre que yo conocía bien. Como el de su hijo, Juan.

Mi madre se lanzó en brazos de la anciana. Hubo llanto y abrazos y finalmente me pidieron que me acercara, a ella y a su hijo, un chico de mi edad que no abría la boca para nada.

Como digo, yo tenía noticias de la prima Isabel lo mismo que de muchos otros parientes, pues mi madre había enviado muchas cartas desde Egipto y recibido otras tantas de Judea y Galilea. Yo solía acompañarla cuando iba a casa del escriba de nuestro barrio para dictarle las cartas. Y cuando ella recibía alguna, la leíamos y releíamos muchas veces, de modo que cada nombre tenía una historia que yo conocía.

Me impresionó mucho Isabel, que era serena y atenta, y su rostro me resultó agradable de un modo que no fui capaz de definir con palabras. Era algo que me ocurría a menudo con los ancianos, encontraba fascinantes sus arrugas y el hecho de que sus ojos brillaran todavía bajo los pliegues de piel. Pero puesto que estoy narrando la historia desde el punto de vista del niño que yo era, lo dejaremos así.

También mi primo Juan tenía la delicadeza de su madre, aunque de hecho me hizo pensar en mi hermano Santiago. Como cabía esperar, los dos se vigilaban de cerca. Juan tenía el aspecto de un chico de la edad de Santiago, cosa que no era, y llevaba el pelo muy largo.

Juan e Isabel vestían prendas blancas muy limpias. Supe, por lo que mi madre y su prima hablaban, que Juan estaba dedicado al Señor desde su nacimiento. Nunca se cortaba el pelo y nunca compartía el vino de la cena.

Todo esto lo vi en cuestión de segundos, porque no cesaban los saludos, las lágrimas y los abrazos, la emoción general.

En el tejado ya no cabía nadie más. José iba encontrando primos y, puesto que él y María eran también primos, eso significaba doble alegría. Y mientras tanto, Cleofás se negaba a beber el agua que su esposa le había llevado, el pequeño Simeón lloraba, y la recién nacida Esther berreó hasta que su padre Simón la tomó en brazos.

Zebedeo y su mujer estaban haciendo sitio para nuestra manta, y la pequeña Salomé intentó levantar a la pequeña Esther. El pequeño Zoker se soltó e intentó escapar. La pequeña María berreaba también, y entre eso y todo cuanto sucedía alrededor de mí, era casi imposible prestar atención a nada.

Así pues, agarré de la mano a la pequeña Salomé y empecé a zigzaguear entre los mayores hasta llegar al borde del tejado. Había allí un murete lo bastante alto para ser seguro.

¡Se veía el Templo! Los tejados de la ciudad subían y bajaban a lomos de las colinas hasta los imponentes muros del Templo mismo.

Llegaba música de la calle y oí gente cantando. El humo de las fogatas olía apetitoso y por todas partes la gente charlaba sin cesar, y aquello era como oír un cántico sagrado.

—Nuestro Templo —dijo con orgullo la pequeña Salomé, y yo asentí con la cabeza—. El Señor que creó el cielo y la tierra vive allí.

—El Señor está en todas partes —dije.

Ella me miró.

—¡Pero en este momento se encuentra en el Templo! —exclamó—. Ya sé que el Señor está en todas partes, pero pensaremos que ahora está en el Templo. Hemos venido para ir allí.

—De acuerdo —dije.

—Para estar con los suyos, ahora el Señor está en el Templo —explicó ella.

—Así es. Y también en todas partes. —Seguí contemplando el imponente edificio.

—¿Por qué insistes? —preguntó ella.

Me encogí de hombros.

—Sabes que es verdad. El Señor está aquí, ahora mismo, contigo y conmigo. El Señor siempre está con nosotros.

Ella rió, y yo también.

Las fogatas creaban una bruma ante nuestros ojos, y todo aquel bullicio, paradójicamente, aclaró mis pensamientos: Dios está en todas partes y también en el Templo.

Mañana entraríamos al recinto. Mañana pisaríamos el patio interior. Mañana, y luego los hombres recibirían la primera rociada de la purificación mediante la sangre de la vaquilla como preparativo para el banquete de Pascua, que comeríamos todos juntos en Jerusalén para celebrar la salida de Egipto de nuestro pueblo hacía muchos, muchos años. Yo estaría con los niños y las mujeres, pero Santiago estaría con los hombres. Cada cual miraría desde su lugar, pero todos estaríamos dentro de los muros del Templo. Cerca del altar donde serían sacrificados los corderos pascuales; cerca del sagrario al que sólo tenía acceso el sumo sacerdote.

Supimos de la existencia del Templo desde que tuvimos edad para entender. Supimos de la existencia de la Ley de Moisés antes incluso de saber nada más. José, Alfeo y Cleofás nos la habían enseñado en casa, y luego el maestro en la escuela. Conocíamos la Ley de memoria.

Sentí una paz interior en medio de todo el bullicio de Jerusalén. La pequeña Salomé parecía sentirla también. Nos quedamos allí sin hablar ni movernos, y ni las risas ni las charlas ni los llantos de los bebés, ni la música siquiera, nos afectaron durante un largo rato.

Después, José vino a buscarnos y nos llevó de nuevo con la familia.

Las mujeres estaban regresando con comida que habían comprado. Era hora de reunirse todos y hora de rezar.

Por primera vez vi un gesto de preocupación en José cuando miró a Cleofás, que seguía discutiendo con su esposa por el agua, negándose a beberla. Lo miré y supe que Cleofás no sabía lo que decía. Su cabeza no funcionaba bien.

—¡Ven a sentarte a mi lado! —me llamó.

Así lo hice, a su derecha. Estábamos todos muy juntos. La pequeña Salomé se sentó a su izquierda.

Cleofás estaba enfadado, pero no con ninguno de los presentes. De repente preguntó cuándo llegaríamos a Jerusalén. ¿No se acordaba nadie de que íbamos a Jerusalén? Todo el mundo se asustó al oírlo.

Mi tía ya no pudo aguantar más y levantó las manos al cielo. La pequeña Salomé se quedó muy callada, observando a su padre.

Cleofás miró en derredor y se dio cuenta de que había dicho algo extraño. Y al punto volvió a ser el de siempre. Cogió el vaso y bebió el agua. Inspiró hondo y luego miró a su esposa, que se le acercó. Mi madre fue con ella y la rodeó con el brazo. Mi tía necesitaba dormir, eso estaba claro, pero no podía hacerlo ahora.

La salsa, recién sacada del brasero, estaba muy caliente, lo mismo que el pan. Yo me moría de hambre.

Era el momento de la bendición. La primera oración que decíamos juntos en Jerusalén. Incliné la cabeza. Zebedeo, que era el mayor de todos, dirigió la plegaria en nuestra lengua, y las palabras me sonaron un poco distintas.

Después, mi primo Juan, hijo de Zacarías, me miró como si estuviera pensando algo muy importante, pero no dijo nada.

Por fin empezamos a mojar el pan. Estaba muy sabroso; no sólo había salsa sino un espeso potaje de lentejas y alubias cocidas con pimiento y especias. Y había también higos secos para compensar su fuerte sabor, y a mí me encantó. No pensaba en otra cosa que en la comida. Cleofás se había animado a comer un poco, lo cual alegró a todos.

Era la primera cena buena desde que habíamos salido de Alejandría. Y era abundante. Comí hasta quedar ahíto.

Después, Cleofás quiso hablar conmigo e hizo que los demás se alejaran. Tía María volvió a gesticular su desespero y se fue a descansar un rato, mientras tía Salomé se ocupaba del pequeño Santiago y los otros niños. La pequeña Salomé ayudaba con la recién nacida Esther y el pequeño Zoker, a quienes quería mucho.

Mi madre se acercó a Cleofás.

—¿Qué quieres decirle? —le preguntó, sentándose a su izquierda, no muy pegada a él pero sí cerca—. ¿Por qué quieres que os dejemos solos? —Lo dijo de un modo amable, pero algo la preocupaba.

—Tú vete —le dijo Cleofás. Parecía ebrio pero no lo estaba. Había bebido menos vino que nadie—. Jesús, acércate para que pueda hablarte al oído.

Mi madre se negó a irse.

—No lo tientes —le dijo.

—¿A qué viene eso? —repuso Cleofás—. ¿Crees que he venido a la Ciudad Santa para tentar a mi sobrino? —Y me acercó tirando de mi brazo. Sus dedos quemaban—. Voy a decirte algo —empezó susurrándome—. Que no se te olvide. Llévalo en tu corazón junto con la Ley de Moisés, ¿me oyes? Cuando ella me contó que había venido el ángel, yo la creí. ¡Se le había aparecido un ángel!

El ángel, sí, el ángel que había bajado a Nazaret. Se le había aparecido a mi madre. Era lo que Cleofás había dicho en el barco. Pero ¿qué significaba?

Mi madre lo miró fijamente. La cara de Cleofás estaba húmeda y sus ojos desorbitados. Tenía fiebre.

—La creí —repitió—. Soy su hermano, ¿no? Ella tenía trece años y estaba prometida a José, y te aseguro que en ningún momento se alejó de la casa, nadie pudo haber estado con ella sin que lo viéramos, ya sabes a qué me refiero, hablo de un hombre. No había ninguna posibilidad, y yo soy su hermano. Recuerda mis palabras. Yo la creí. —Se reclinó en la pila de ropa que había a su espalda—. Era una niña virgen, una muchacha al servicio del Templo de Jerusalén para tejer el gran velo con las otras elegidas, y luego en casa vigilada por nosotros.

Se estremeció. Miró a mi madre largamente. Ella apartó la vista y se alejó, pero no demasiado. Se quedó de espaldas a nosotros, cerca de nuestra prima Isabel que nos estaba observando. No supe si ella había oído algo.

Me quedé quieto y miré a Cleofás. Su pecho subía y bajaba con cada estertor, y volvió a estremecerse. Mi mente iba reuniendo todos los datos a fin de sacar algún sentido a lo que acababa de decir. Era la mente de un niño que había crecido durmiendo en la misma habitación con hombres y mujeres, a la que daban otras habitaciones, y que también había dormido en el patio al aire libre con los hombres y las mujeres en plena canícula, viviendo siempre cerca de ellos y ellas, oyendo y viendo muchas cosas. No cesaba de pensar, pero no conseguía entender lo que Cleofás me había dicho.

—Recuerda lo que acabo de decirte. ¡Yo la creí! —insistió.

—Pero no estás del todo seguro, ¿verdad? —pregunté en voz baja.

Abrió desmesuradamente los ojos y su expresión cambió, como si acabara de despertar de la fiebre.

—Y José tampoco lo está, ¿verdad? —añadí—. Y por eso nunca yace con ella.

Mis palabras se habían adelantado a mis pensamientos. Lo que dije me sorprendió a mí tanto como a él. Noté un súbito escalofrío y un escozor por todo el cuerpo. Pero no intenté retractarme de mis palabras.

Cleofás se incorporó un poco, su cara pegada casi a la mía.

—Es justo lo contrario —resolló—. Nunca la toca porque sí la cree. ¿No lo entiendes? ¿Cómo podría tocarla después de aquello? —Empezó a reír de aquella manera solapada—. ¿Y tú? ¿Tienes que crecer antes de cumplir las profecías? Sí, sin duda. ¿Y tienes que ser niño antes de llegar a hombre? Por supuesto. —Su mirada cambió como si hubiera dejado de ver cosas delante de él. Jadeó de nuevo—. Así ocurrió con el rey David. Una vez ungido, volvió a ser pastor de sus rebaños, ¿recuerdas? Hasta que Saúl mandó llamarlo. ¡Hasta que el buen Dios decidió llamarlo! ¡Eso es lo que confunde a todos! ¡Que tú tengas que crecer como cualquier niño! Y la mitad del tiempo no saben qué hacer contigo. Y sí, ¡claro que estoy seguro! ¡Siempre lo he estado!

Volvió a tumbarse, fatigado, incapaz de continuar, pero no dejó de mirarme. Sonrió, y volví a oír su risa.

—¿Por qué ríes tanto? —le pregunté.

—Es que todavía me divierte —respondió—. Sí, me divierte. ¿Vi yo al ángel? Claro que no. Quizá si lo hubiera visto no me reiría, o puede que riera todavía más. Mi risa es mi manera de hablar, ¿entiendes? Recuérdalo. Ah, escucha a la gente en las calles. Claman justicia. Venganza. ¿Has oído? Herodes hizo tal cosa y tal otra. ¡Han apedreado a los soldados de Arquelao! ¿Qué me importa a mí ahora? ¡Yo lo que quisiera es poder respirar media hora sin que me dolieran los pulmones!

Levantó una mano para tocarme la nuca, y yo me agaché y besé su húmeda mejilla.

«Haz que pase este dolor.»

Él tragó aire y enseguida pareció quedarse dormido; su pecho subía y bajaba normalmente, sin sacudidas. Le apoyé una mano y noté su corazón. «Vigor para estos momentos. ¿Qué daño puede hacer eso?»

Cuando me aparté, tuve ganas de ir hasta el borde del tejado y llorar. ¿Qué acababa de hacer? Tal vez nada. No, pero no creía que fuese nada. Y lo que él me había dicho, ¿qué significado tenía? ¿Cómo debía entender estas cosas?

Quería obtener respuestas, sí, pero aquellas palabras sólo me planteaban nuevas preguntas y me dolía la cabeza. Estaba asustado.

Me senté recostado contra el murete. Ahora apenas si podía ver más allá. Con todas las familias apiñadas a escasa distancia, con tanta gente de espaldas a mí y tanta conversación y tantas nanas cantadas a los niños pequeños, mi presencia pasaba prácticamente inadvertida.

Era ya de noche y había teas encendidas por toda la ciudad, fuertes gritos de alegría, mucha música. Aún se veían fogatas, tal vez para cocinar, tal vez para mitigar el fresco. Yo tenía un poco de frío. Pensé asomarme y contemplar lo que estaba pasando abajo, pero luego desistí. En el fondo me daba igual.

Un ángel había visitado a mi madre, un ángel. Yo no era hijo de José.

Mi tía María me pilló desprevenido. Se agachó delante de mí y me obligó a mirarla a la cara. Tenía el rostro anegado en lágrimas y su voz sonó gruesa cuando preguntó con vehemencia:

—¿Puedes curarlo?

Me quedé tan sorprendido que no supe qué decir.

Mi madre se acercó e intentó apartarla de mí. Se quedaron allí de pie, rozando mi cara con sus ropas. Hablaban en susurros pero enfadadas.

—¡No puedes pedirle eso! —dijo mi madre—. ¡Es un niño y tú lo sabes!

Tía María sollozó.

¿Qué podía decirle yo a mi tía?

—¡No lo sé! —exclamé—. ¡No lo sé!

Entonces sí me eché a llorar. Levanté las rodillas y me encogí todavía más. Luego me enjugué las lágrimas.

Las lágrimas desaparecieron.

Las familias ya se habían instalado para pasar la noche y los pequeños dormían. En la calle, un hombre tocaba el caramillo y otro cantaba. El sonido se oyó claramente unos segundos para luego perderse en el rumor general.

La niebla me impedía ver las estrellas, pero la visión de las antorchas que parecían oscilar por las colinas de la ciudad y, sobre todo, el Templo, imponente como una montaña iluminada, borraron de mi mente cualesquiera otros pensamientos.

Me sobrevino una sensación de paz y me dije que en el Templo rezaría para comprender no sólo lo que me había dicho mi tío, sino también todo lo que había oído.

Mi madre regresó a mi lado.

Apenas si había sitio junto al murete para los dos. Se arrodilló y apoyó el peso en sus talones. La luz de las antorchas alumbró su cara cuando dirigió la vista al Templo.

—Escúchame —dijo.

—Te escucho —respondí. Lo hice en griego, sin pensar.

—Aún es pronto para lo que voy a decirte —susurró también en griego—. Pensaba hacerlo cuando fueses más mayor.

La oí pese al ruido de las calles y el rumor de las conversaciones en el tejado.

—Pero ya no puede postergarse más —añadió—. Mi hermano lo ha precipitado. Ojalá él hubiera sabido sufrir en silencio, pero no ha sido así. De modo que te lo contaré. Tú escucha y no me hagas preguntas. Por lo que respecta a esto, haz como dijo José. Ahora escucha.

—Te escucho —repetí.

—Tú no eres hijo de un ángel.

Asentí con la cabeza. Me miró y la luz de las antorchas brilló en sus ojos. Guardé silencio.

—El ángel me dijo que la fuerza del Señor vendría a mí —prosiguió—. Y así fue. La sombra del Señor vino a mí (yo la sentí) y a su debido tiempo empecé a notar la vida que crecía en mi seno. Y eras tú.

No dije nada y ella bajó la vista.

El ruido de la ciudad había cesado. Mi madre me pareció muy bella a la luz de las antorchas. Tan bella quizá como Sara se lo pareció al faraón, o Raquel a Jacob. Mi madre era bella. Modesta pero hermosa, por más velos que llevase para ocultarlo, por mucho que inclinara la cabeza o se ruborizara.

Sentí ganas de estar en su regazo, entre sus brazos, pero me quedé quieto. No era correcto moverse ni decir nada.

—Y así sucedió —dijo, levantando de nuevo la vista—. Jamás he estado con un hombre, ni entonces ni ahora, ni lo estaré nunca. He sido consagrada al Señor.

Asentí con la cabeza.

—No puedes entenderlo, ¿verdad? No comprendes lo que intento decirte.

—Sí comprendo —dije. José no era mi padre, sí, lo sabía. Yo nunca le había llamado padre. Lo era ante la Ley, y había desposado a mi madre, pero él no era mi padre. Y ella, que se comportaba siempre como una muchacha y las otras mujeres como sus hermanas mayores, lo sabía, sí, desde luego que lo sabía—. Todo es posible con el Señor —dije—. El Señor hizo a Adán del barro y Adán no tuvo una madre. El Señor puede crear un hijo sin necesidad de padre. —Me encogí de hombros.

Ella meneó la cabeza. Ahora no era una muchacha, pero tampoco una mujer. Era dulce y parecía triste. Cuando volvió a hablar, no parecía la de siempre.

—Oigas lo que oigas cuando lleguemos a Nazaret —dijo—, no olvides lo que te he dicho esta noche.

—¿La gente dirá cosas...?

Ella cerró los ojos.

—¿Por eso tú no querías volver allí, a Nazaret? —pregunté.

Mi madre exhaló el aire y se llevó la mano a la boca. Estaba azorada. Inspiró hondo y luego susurró con dulzura:

—¡No has entendido lo que te he dicho! —Se la veía dolida, creí que se echaría a llorar.

—No, mamá, sí que lo entiendo —dije enseguida. No quería que sufriera—. El Señor puede hacer cualquier cosa.

Parecía decepcionada, pero me miró y, haciendo un esfuerzo, me sonrió.

—Mamá —dije tendiéndole los brazos.

La cabeza me vibraba de tanto pensar. Recordé los gorriones, a Eleazar muerto en la calle y resucitando después, y tantas otras cosas, cosas que se deslizaban por mi mente demasiado llena de cosas. Y las palabras de Cleofás: que yo debía crecer como cualquier otro niño, igual que el pequeño David había permanecido en el rebaño hasta que lo llamaron, y que no dejara que mi madre estuviese triste. ¿Qué había querido significarme con eso?

—Lo veo. Lo sé —le dije a mi madre. Sonreí apenas, de aquella manera que sólo hacía con ella. Era más una señal que una sonrisa.

Ella me correspondió con la suya: una sonrisa menuda. De repente pareció olvidarse de todo lo que había pasado y me tendió sus brazos. Me incorporé de rodillas y entonces me abrazó con fuerza.

—Ya basta por ahora —dijo—. Basta con que tengas mi palabra —me susurró al oído.

Al cabo de un rato, nos levantamos y volvimos con la familia.

Me tumbé en mi lecho de fardos y ella me tapó, y bajo las estrellas, mientras la ciudad cantaba y Cleofás cantaba también, me dormí profundamente.

Después de todo, era el sitio más lejano al que podía ir.

5

Por la mañana, las calles estaban tan atestadas que casi no podíamos movernos, pero aun así avanzamos, incluso los bebés en brazos de sus madres, camino del templo.

Cleofás había descansado y se encontraba un poco mejor, aunque todavía se lo veía muy débil y necesitaba ayuda.

Yo iba a hombros de José, y la pequeña Salomé en los de Alfeo, disfrutando de la vista mientras la multitud nos arrastraba por las callejas y bajo las arcadas, hasta que llegamos a la gran explanada delante de la enorme escalinata y los muros dorados del Templo.

Allí las mujeres y los niños pequeños se separaron de los hombres en sendas filas que se dirigían lentamente hacia los baños rituales, porque había que bañarse a conciencia antes de entrar en el Templo.

Aquello no era la ceremonia de la Pascua propiamente dicha, que constaba de tres etapas, la primera de ellas cuando los hombres fueran rociados ese mismo día dentro del Templo. Lo nuestro se trataba sólo de una limpieza general puesto que veníamos de un largo viaje, y porque nos disponíamos a penetrar en el recinto sagrado. Y ya que los baños estaban allí, nuestra familia quiso hacerlo pese a que la Ley de Moisés no lo exigía perentoriamente.

Nos llevó bastante tiempo. El agua estaba fría y nos alegramos cuando por fin pudimos vestirnos otra vez, salir de nuevo a la luz y reunirnos con las mujeres. La pequeña Salomé y yo volvimos a tomarnos de la mano.

Parecía que la multitud iba en aumento, aunque yo no concebía cómo podía haber cabida para más gente de la que ya había. Cantaban los salmos en hebreo. Unos rezaban con los ojos casi cerrados, otros simplemente charlaban, y los niños lloraban como suelen hacerlo en cualquier parte.

Una vez más, José me subió a sus hombros. Y, cegados casi por la luz que despedían aquellos muros, empezamos a subir la escalinata.

Mientras ascendíamos peldaño a peldaño advertí que todo el mundo estaba tan abrumado como yo por la magnitud del templo, y que la gente parecía rezar en voz alta aunque las palabras que pronunciaban no fueran oraciones.

Parecía imposible que el hombre pudiera construir muros de semejante altura, mucho menos decorarlos con un mármol tan absolutamente blanco. Las voces reverberaban en las paredes, pero cuando llegamos arriba y hubimos de apretujarnos para pasar por la verja, vi soldados abajo en la plaza, algunos de ellos montados a caballo.

No eran soldados romanos (yo no sabía qué otra cosa podían ser), pero la gente puso mala cara. Incluso desde tanta distancia pude distinguir que algunos los increpaban puño en alto; los caballos se encabritaban como suelen hacer los caballos, y me pareció ver volar piedras.

El lento paso de la espera se me hacía insoportable. Supongo que quería que José empujara fuerte para poder pasar, pero él no era de ésos. Y además teníamos que mantenernos todos juntos, lo cual incluía a Zebedeo y su gente, así como a Isabel y el pequeño Juan y los primos de cuyos nombres ya no me acordaba.

Por fin franqueamos las puertas y, para mi sorpresa, nos encontramos en un enorme túnel cuyos hermosos detalles decorativos apenas se distinguían. Los rezos de la gente resonaban en el techo y las paredes. Me sumé a los rezos, pero sin dejar de mirar alrededor, y de nuevo volví a notar que me faltaba el aliento, igual que cuando Eleazar me había dado una patada dejándome sin resuello.

Por fin llegamos a un gran espacio abierto dentro del primer patio interior del templo, y fue como si todo el mundo se pusiera a gritar a la vez.

A cada lado, pero lejos, muy lejos, se veían las columnas de los soportales y entre ellas una cola interminable de gente, mientras que ante nosotros se levantaba, altísima, la pared del sagrario. Y la gente que estaba subida a los tejados era tan pequeñita que yo ni siquiera podía verles la cara, tan grande era ese lugar santo.

Pude oír y oler a los animales reunidos más allá en los porches, los animales que se vendían para ser sacrificados, y el ruido de toda la gente se acumulaba en mis oídos.

Pero la sensación general de la muchedumbre cambió; todo el mundo era feliz de estar allí. Todos los niños reían de felicidad. El sol brillaba con fuerza, como no lo hacía en las estrechas calles de la ciudad, y el aire era límpido y agradable.

También se oían gritos y sonidos de caballos, no sus cascos, sino los relinchos que daban al ser sofrenados bruscamente por las riendas.

Pero, por ahora, estaba absorto en mirar las relucientes paredes que circundaban los dos grandes patios. Yo era demasiado pequeño para que me llevaran al patio de los hombres y hoy me quedaría con las mujeres. Pero podría ver cómo rociaban a los hombres con el primer rito de purificación de la Pascua.

Todo ello era para mí asombroso, y lo asombroso de estar allí dentro superaba mi capacidad de expresarlo. Sabía muy bien que alrededor de mí había personas de todas partes del Imperio, y era tan maravilloso como nosotros esperábamos que fuera. Cleofás había logrado llegar con vida, había vivido para ser purificado y comer el banquete pascual con nosotros. Tal vez también lograría llegar con vida a casa.

Era nuestro templo y era el templo de Dios, y era magnífico haber entrado aquí y estar tan cerca de la presencia de Dios.

Había muchos hombres corriendo por encima de los porches y también sobre otros tejados, pero se los veía pequeñísimos, como he dicho, y no podía oírlos pese a que adivinaba, por cómo agitaban los brazos, que estaban gritando.

De súbito nos vimos zarandeados por el gentío. Creí que José se caería pero no fue así. Entonces una gran exclamación surgió de la muchedumbre. La gente empezó a gritar, en especial las mujeres, y los niños estaban muy excitados. Quedamos tan apretujados que José no podía moverse conmigo encima.

Por primera vez vi allá al fondo muchos soldados a caballo que se dirigían hacia nosotros entre la multitud. Fuimos barridos hacia atrás como si la muchedumbre fuera agua, y luego hacia delante, y mi madre y tía María gritaban y la pequeña Salomé también, mientras trataba de agarrarse a mí, pero estábamos demasiado distanciados como para que yo alcanzara su mano.

Casi todos los que teníamos alrededor gritaban en arameo, pero muchos otros lo hacían en griego.

—¡Salid, salid! —gritaban los hombres. Pero no había forma de moverse. De pronto oí los balidos de las ovejas, como si alguien estuviese ahuyentando los animales. Enseguida me llegó el mugir de vacas y bueyes, un sonido espantoso.

Los soldados estaban cada vez más cerca, y venían con las lanzas en alto. No había dónde refugiarse.

Entonces, como salidas de la nada, empezaron a volar piedras.

Todo el mundo gritaba. Un soldado fue alcanzado por una lluvia de piedras antes de caer de su montura y quedar sumergido entre la muchedumbre. Un hombre vestido con un manto se subió al caballo y empezó a pelear con un soldado que le clavó su espada dos veces en el vientre; la sangre brotó a borbotones.

Tuve la sensación de que me quedaba sin respiración, igual que cuando Eleazar me había pateado. Abrí la boca todo lo posible y ni siquiera así entraba el aire. José intentó bajarme de sus hombros, mas la aglomeración de gente se lo impidió, y además yo no quería bajar. Todo aquello era terrible, pero quería verlo.

La gente entonó oraciones, ya no los alegres salmos de antes sino plegarias pidiendo ayuda, pidiendo ser rescatados. Algunos caían al suelo. Lo mismo ocurría por doquier en el recinto. Retrocedimos de nuevo como una ola al retirarse.

José estiró el brazo y con ayuda de otras manos consiguió izarme sobre su cabeza y bajarme al suelo, llevándome en volandas mientras se abría paso entre la gente que gritaba y forcejeaba.

Pero cuando mis pies pisaron el mármol no pude moverme. Incluso mi túnica había quedado atascada entre las de quienes me rodeaban apretadamente.

—¡Salomé! —grité—. ¡Pequeña Salomé! ¿Dónde estás?

—¡Yeshua! —llamó ella en arameo—. Agárrame.

Vi su cabeza a unos pasos de mí, como si estuviera nadando entre un mar de cuerpos agitados. Tiré de ella y la puse conmigo delante de José, y entonces creí oír la risa de Cleofás. Estaba delante de mí y se reía con su carcajada de siempre.

La multitud se movió hacia un lado y luego al frente, y todos nos caímos. Unas manos tiraron de mí y yo logré agarrar a la pequeña Salomé por la cabeza.

—¡Poneos de rodillas y quedaos quietos! —ordenó José.

¿Qué podíamos hacer para salir de ese tumulto? Obedecimos. Mi madre exclamó:

—¡Mi hijo, mi hijo!

José y Cleofás alzaron sus manos y rezaron al Señor. Sujeté a Salomé con una mano y levanté la otra.

—¡Oh, Señor, tú eres mi refugio! —entonó José. Cleofás rezó otra oración.

—Tiendo mis manos hacia ti, oh, Señor —dijo mi madre.

—¡Oh, Señor, rescátame! —exclamó la pequeña Salomé.

Todo el mundo clamaba al Señor.

—¡Que los malvados caigan en su propia trampa! —exclamó Santiago muy cerca de mí.

—Líbrame, Señor, de todo el mal que me rodea —oré, pero no pude oír mi propia voz. Los rezos iban en aumento, y tal era el murmullo que casi superaba las exclamaciones y gritos que salían de la refriega.

Los mugidos de los bueyes eran horribles, y los chillidos de las mujeres me hacían daño.

Levanté entonces los ojos y vi que alrededor de nosotros todo el mundo estaba de rodillas. Zebedeo se puso en pie para implorar al Señor y luego inclinó la cabeza, y sólo fue uno de los muchos que lo hicieron.

Al mismo tiempo había gente que avanzaba como vadeando aquel mar de cuerpos, pisoteándonos y empujándonos en su intento de huir. Por un momento quedé aplastado contra el mármol del suelo, al lado de la pequeña Salomé, pero sin dejar de protegerle la cabeza con mi brazo.

De pronto sentí una salvaje determinación y pugné por levantarme. A empujones, conseguí situarme junto a José y me puse de pie como si me dispusiera a correr.

Vi la gran plaza. Más allá, la gente corría en todas direcciones, las ovejas huían despavoridas mientras los soldados a caballo pisoteaban a todo el que encontraban a su paso, y las personas, incluso las que estaban de rodillas, se levantaron y la emprendieron a pedradas contra los soldados.

Había grupos de gente que parecían muertos amontonados.

Se elevaron salmos al cielo.

—Huyo hacia ti, oh, Señor, para que me escondas... Clamé a ti, oh, Señor...

Soldados a caballo perseguían a la gente, hombres y mujeres que ahora corrían hacia nosotros.

—¡José, mira! —exclamó mi madre—. Agárralo, haz que se eche en el suelo.

Yo me zafé de las manos que pretendieron sujetarme.

La gente corrió en desbandada sobre los que estaban arrodillados, pasó sobre ellos como si fueran rocas en la costa. Los que rezaban gimieron, y al ver que un jinete venía hacia nosotros, los cuerpos se separaron a ambos lados.

Alguien me tiró al suelo empujándome por la nuca y la espalda. Oí el resoplido del caballo y el repiqueteo de los cascos. Di con la cabeza en las piedras del suelo y por el rabillo del ojo vi las patas del caballo casi encima de mí. Cuando el animal se empinó, del montón de gente apiñada se levantó un hombre, sacó una piedra de entre la túnica y se la arrojó al soldado.

—¡Sólo el Señor tiene derecho a gobernarnos! —gritó en griego—. ¡Lleva este mensaje a Herodes! ¡Y al César también!

Entonces sacó otra piedra y el soldado le clavó su lanza en el pecho, traspasándolo por completo. El hombre soltó la piedra y cayó hacia atrás con los ojos desorbitados.

Mi madre sollozó y la pequeña Salomé se puso a gritar:

—¡No mires, no mires!

Pero ¿podía yo apartar la vista de ese hombre en sus últimos momentos? ¿Iba a dar la espalda a su muerte?

El soldado levantó su lanza, izando horriblemente a aquel desdichado con ella. De su boca manaba sangre. A continuación agitó el cuerpo como si fuese un saco hasta que logró recuperar su lanza y la víctima cayó a tierra. Rodó sobre su costado izquierdo y sus ojos miraron hacia nosotros, directamente a mí.

Ya no pude ver el caballo, sólo oí el terrible sonido que produjo al encabritarse. El soldado fue atacado desde todos los flancos por la gente y lo descabalgaron violentamente. Su cuerpo se perdió entre un montón de personas que se cebaban en él a golpes.

Los nuestros siguieron rezando.

El moribundo, si lo oyó o se enteró, no pareció darse cuenta.

No nos veía. No sabía nada del soldado. La sangre que manaba de su boca se extendía por el suelo.

Mi madre gritaba espantosamente.

La gente que había derribado al soldado se puso de pie y echó a correr en todas direcciones. Más personas se levantaron y los imitaron. Más allá, otros seguían rezando de rodillas.

El cuerpo del soldado quedó cubierto de sangre.

El moribundo intentó alargar la mano hacia nosotros, pero su brazo cayó inerte, y exhaló el último aliento.

Pasó gente corriendo entre nosotros y el cadáver. Oí otra vez las ovejas.

Noté que mi madre resbalaba e intenté agarrarla, pero ella cayó al suelo con los ojos cerrados.

De nuevo volaban piedras. Al parecer, nadie había entrado en el Templo sin llevar piedras encima. Algunas piedras nos impactaban en cabezas y hombros.

Cuando José levantó los brazos para rezar, yo me escabullí de su lado y me hinqué de rodillas.

La multitud se dispersaba. Había cuerpos tirados por todas partes. Y allá donde mirara veía hombres peleando y muriendo.

Sobre los hermosos porches, hombres que parecían diminutos y negros contra el cielo azul peleaban también, soldados esgrimiendo sus espadas contra quienes trataban de pegarles con palos.

Vi a lo lejos, donde ya no había multitud, a otro hombre que atacaba a un soldado, embistiendo contra la lanza que el otro le estaba clavando. Las mujeres lloraban y corrían hacia los caídos. No les importaba nada más. Sólo lloraban y gritaban, aullando como perros. Los soldados no les hacían daño.

Pero nadie acudió junto a nuestro muerto, el hombre que yacía ensangrentado y mirando sin ver. Él estaba solo.

Pronto hubo soldados por todas partes, tantos que no habría podido contarlos. Llegaron a pie, avanzando entre las familias que permanecían arrodilladas y fueron cercándonos por la derecha y la izquierda.

Ya nadie peleaba.

—¡Reza! —me ordenó José, interrumpiendo un instante sus propias oraciones.

Obedecí. Levanté los brazos y recé.

—Pero las almas de los justos están en manos del Señor y ningún tormento puede lastimarlas.

Aparecieron más soldados a caballo. Alzaron sus voces, hablando en griego. Al principio no distinguí lo que decían, pero entonces uno de ellos se aproximó a pie tirando de la brida de su caballo.

—¡Marchaos, idos a vuestras casas! —nos ordenó—. Salid de Jerusalén, por orden del rey.

6

La quietud no era tal. Estaba cargada de llanto y sollozos y del sonido de los caballos y los soldados gritándonos que nos marcháramos.

Había muertos abandonados sobre los soportales. Yo pude verlos. Y nuestro muerto también seguía solo. Las ovejas campaban por todas partes, ovejas sin mácula que habrían sido sacrificadas en la Pascua. Algunos hombres corrían tras ellas, así como tras los bueyes que seguían mugiendo, y esos mugidos eran sin duda el sonido más espantoso.

Nos pusimos de pie, porque José así lo hizo. Cleofás temblaba como una vara y reía por lo bajo, sin que ningún soldado lo oyera.

Tía Salomé y tía Esther sostenían a mi madre por los brazos. Ella parecía desfallecer y gemía. José consiguió llegar a su lado, pero los pequeños seguían en el suelo. Yo sujetaba a la pequeña Salomé.

—Mamá, tenemos que irnos —le dije—. Mamá, despierta. Nos marchamos.

Ella se esforzaba por recuperarse, pero hubo que empujarla para que caminara. Tío Alfeo estuvo un rato con

Silas y Leví, que le hacían preguntas en voz baja. Ambos habían cumplido ya los catorce años y, probablemente, no tenían del incidente la misma visión que nosotros los pequeños.

Toda la gente avanzó hacia la salida.

Cleofás fue el único de nosotros que hizo como la mujer de Lot, darse la vuelta.

—Mirad allí —dijo a nadie en particular—. ¿Veis a los sacerdotes? —Señaló hacia lo alto del muro del patio interior—. Han sido lo bastante listos como para ponerse a salvo, ¿no? Quizá sabían que los soldados iban a atacarnos.

Los vimos por primera vez: unos hombres congregados allá arriba, desde donde seguramente habían observado todo lo que pasaba. Costaba distinguirlos, tan alto estaban, pero me pareció que llevaban sus mejores ropajes y tocados, aunque quizá no era así.

¿Qué habían pensado al ver todo aquello? ¿Y quién vendría a recoger nuestro muerto solitario? ¿Cómo limpiarían toda aquella sangre que había profanado el Templo?

Pero no hubo mucho tiempo para mirar. Ahora sólo quería salir de allí. Todavía no estaba asustado y mis ojos lo registraban todo. El miedo vendría después.

Los soldados se acercaron por detrás gritando órdenes. Hablaron primero en griego y luego en arameo. Eran los mismos que habían matado a toda esa gente. Nos movimos lo más rápido que pudimos.

Un soldado anunció a gritos que ese año no habría celebración de la Pascua.

—¡La fiesta ha terminado, no hay Pascua! ¡No hay Pascua! Idos a vuestras casas.

—¡No hay Pascua! —repitió Cleofás por lo bajo, riendo socarrón—. ¡Como si ellos pudieran decidirlo! ¡Mientras haya un judío con vida en el mundo, habrá Pascua cuando toca Pascua!

—Calla —dijo José—. Procura no mirarlos. ¿Qué pretendes? ¿Quieres que mezclen la sangre de más judíos y galileos? ¡No los provoques!

—Esto es abominable —dijo Alfeo—. Debemos salir de la ciudad cuanto antes.

—Pero ¿está bien marcharse precisamente **ahora**? —preguntó mi primo Silas. Tío Alfeo lo hizo callar con un gesto y un gruñido.

Mi tío Simón, siempre reservado, no dijo nada.

Al enfilar el túnel, la gente empezó a apresurar el paso. José me alzó. Los otros hombres hacían lo mismo con sus pequeños. Cleofás lo intentó con Simeón, su hijo más pequeño, que lloraba para que lo auparan, pero tuvo otro acceso de tos, de modo que las mujeres se hicieron cargo del niño. Mi madre lo aupó en brazos. Era una buena señal. Tenía al niño en brazos, todo iría bien para los dos.

Me costaba ver en aquella penumbra, pero ahora no importaba. La pequeña Salomé no dejaba de sollozar, pese a los intentos de tía María por consolarla. Yo no podía hacer nada, pues iba bastante separado de ella.

—¡No hay Pascua! —dijo Cleofás, y tuvo otro acceso de tos—. ¡Este rey que no espera a que el César lo ratifique en el trono acaba de suprimir la Pascua! Este rey, que tiene ya las manos tan manchadas de sangre como su padre, que se pone a la altura de su padre...

—Cállate ya —le advirtió Alfeo—. Si te oyen, se lanzarán contra nosotros.

—Sí, ¿y a cuántos inocentes han matado ahí dentro? —repuso Cleofás.

José alzó la voz como había hecho en Alejandría.

—¡No dirás una palabra más sobre esto hasta que hayamos salido de Jerusalén! ¿Entendido?

Cleofás no replicó, pero tampoco volvió a abrir la boca. Ni él ni nadie.

Salimos a la luz y nos encontramos con que todo estaba tomado por soldados que vociferaban órdenes como si nos maldijeran. Había muertos en las calles; parecía que estuvieran durmiendo. Las mujeres rompieron a llorar al ver tantos cadáveres, porque teníamos que pasar junto a ellos o por encima de ellos, y algunas personas lloraban de rodillas mientras otras pedían limosna.

Nuestros hombres empezaron a sacar monedas, como hacían otros. Algunos eran demasiado desdichados para que les importara algo así, o no lo necesitaban.

Por todas partes, incluso con las prisas, la gente lloraba. También nuestras mujeres, y mi tía María se lamentaba entre sollozos de que ésta era su primera peregrinación, que estando en Egipto siempre había deseado venir aquí, y qué macabro espectáculo había tenido que presenciar.

Al llegar a la sinagoga, el miedo se respiraba en el aire. José nos congregó en el patio mientras esperábamos a que las mujeres recogieran nuestros fardos del tejado. Alfeo y él fueron por los burros. Santiago nos dijo que nos estuviéramos quietos y callados y que no soltáramos a los más pequeños. Yo tenía cogido de la mano a Simeón. Cleofás se recostó contra la pared, sonriendo, y dijo cosas que nadie entendió.

Los gritos de dolor por los muertos seguían en mis oídos. No podía dejar de pensar en aquel hombre que había muerto tan cerca de nosotros. ¿Habría ido alguien a enterrarlo? ¿Qué pasaría si nadie lo hacía?

Yo no había mirado la cara del soldado que lo mató ni de ningún otro. Lo único que vi de ellos fueron sus botas, su oscura y bruñida coraza, y sus lanzas. ¿Cómo podría olvidar jamás aquellas lanzas?

—¡Marchaos de Jerusalén! —gritó alguien en hebreo también allí, en el patio de la sinagoga—. Idos a vuestras casas. No hay Pascua.

¿Y el muerto? Sin duda sabía que el soldado lo mataría cuando arrojara la piedra que escondía entre su ropa. Había llevado piedras al Templo con el fin de lanzarlas contra los soldados. Sin embargo, su aspecto era como el de cualquiera de nosotros. La misma clase de manto y de túnica, el mismo pelo oscuro y rizado, una barba como la de José y mis tíos. Un judío como nosotros, aunque había gritado en griego. ¿Por qué en griego? ¿Y por qué lo había hecho? ¿Por qué se había abalanzado contra aquel soldado, cuando sabía que éste acabaría con su vida?

Vi mentalmente el momento en que la lanza lo traspasaba, una y otra vez, y la expresión de su rostro. Vi los muertos diseminados por todo el patio del Templo, y las ovejas descarriadas. Me tapé los ojos con las manos. No podía dejar de ver estas cosas.

Sentí frío. Me acurruqué junto a mi madre, quien enseguida me rodeó con sus brazos. Me quedé de pie, pegado a ella, a su suave túnica.

Nos colocamos junto a Cleofás, dejando que el pequeño Simeón se moviera y jugara por allí. Le dije a mi tío:

—¿Por qué tiraba piedras ese hombre, si sabía que el soldado iba a matarlo?

Cleofás lo había visto. Lo habíamos visto todos, ¿no?

Él pareció meditar una respuesta y levantó los ojos hacia la poca luz que llegaba a aquel patio.

—Era un buen momento para morir —dijo—. Tal vez el mejor que ese hombre había tenido nunca.

—¿Te pareció bueno? —pregunté.

Se rió, como siempre, y luego me miró y dijo:

—¿Y a ti? ¿Te pareció un buen momento? —No esperó mi respuesta—. Herodes Arquelao es un necio —me susurró al oído en griego—. César debería ponerle en ridículo. ¡Rey de los judíos! —Meneó la cabeza—. Estamos exiliados en nuestra propia tierra, ésa es la verdad. ¡Por eso peleaban! ¡La gente quiere deshacerse de esta infame familia de reyes que levantan templos paganos y viven como déspotas paganos!

José cogió a Cleofás del brazo y se lo llevó.

—Te he dicho que no hables —le espetó—. Ni una palabra más mientras estemos aquí, ¿entiendes? Me da igual lo que pienses: cierra tu bocaza.

Cleofás guardó silencio. Empezó a toser otra vez y emitió ruiditos como si estuviera hablando, pero no estaba hablando.

José se ocupó de atar los fardos al burro. Con voz más suave, dijo:

—Ahora ni palabra, ¿has entendido, hermano?

Cleofás no respondió. Mi tía María se acercó a él y le secó el sudor de la frente. De modo que me había equivocado al creer que José no le respondía.

Cleofás no dio muestras de haberlo oído. Estaba absorto en su risa queda, mirando a lo lejos, como si José no hubiera abierto la boca. Y ahora tenía la cara bañada en sudor, y eso que el día no era caluroso.

Por fin, todos los clanes juntos, José y Zebedeo se pusieron en cabeza y salimos del patio de la sinagoga.

—Hermano —le dijo José a Cleofás—, cuando estemos fuera de las murallas, quiero que montes este burro.

Cleofás asintió con la cabeza.

Avanzamos penosamente por la calle, más apretujados que un rebaño de ovejas.

El llanto de las mujeres era más sonoro cuando pasábamos bajo las arcadas o por lugares estrechos y de muros altos. Vi puertas y ventanas bien cerradas, lo mismo que las cancelas de los patios. La gente pasaba por encima de los mendigos y de los que estaban acurrucados aquí y allá. Los hombres repartían monedas. José me entregó una y me dijo que se la diese a un mendigo. Lo hice y el hombre me besó los dedos. Era un anciano flaco y de pelo blanco, con unos ojos azules y brillantes.

Me dolían las piernas y también los pies de andar por el basto pavimento, pero no era momento de quejarse.

Tan pronto hubimos salido de la ciudad, nos encontramos con un panorama aún más terrible que el que nos había ofrecido el patio del Templo. Las tiendas de los peregrinos estaban destrozadas y había cadáveres por doquier. Bienes y mercancías estaban esparcidos por todas partes y la gente no se paraba a recogerlos.

Los soldados a caballo pasaban como energúmenos entre la gente indefensa, gritando órdenes, sin prestar atención a los muertos. Teníamos que seguir adelante, todo el mundo tenía que seguir adelante. El lugar estaba lleno de soldados, unos con la lanza en ristre, otros empuñando la espada.

No podíamos detenernos para ayudar a nadie, como tampoco había sido posible en la ciudad. Los soldados empujaban a la gente con sus lanzas, y la gente se apresuraba para que no los tocaran de manera tan vergonzosa.

Pero, más que nada, fue la cantidad de muertos lo que nos dejó pasmados. Eran innumerables.

—Esto ha sido una matanza —dijo mi tío Alfeo. Atrajo hacia sí a sus hijos Silas y Leví y dijo, para que todos lo oyeran—: Fijaos en lo que ha hecho este hombre. Ved y no lo olvidéis nunca.

—Ya lo veo, padre —dijo Silas—, pero ¡deberíamos quedarnos! ¡Deberíamos pelear!

Habló en susurros pero todos pudimos oírlo, y las mujeres le rogaron que no dijera esas cosas. José replicó con voz tajante que no nos quedaríamos allí.

Me eché a llorar. Lloré, pero no sabía por qué. Sentí que me quedaba sin respiración, pero no podía refrenar mi llanto.

—Pronto llegaremos a las colinas —dijo mi madre—, lejos de todo esto. No te preocupes, estás con nosotros. Y vamos a un sitio tranquilo. No hay guerra allá donde vamos.

Traté de tragarme las lágrimas y me entró miedo. Creo que nunca antes había sentido miedo. Volvió a mi cabeza la visión de aquel muerto.

Santiago me estaba mirando, y también mi primo Juan, el hijo de Isabel. Ésta iba montada en un burro. Como aquellos dos, Santiago y Juan, me miraban, dejé de llorar. Me costó mucho.

El camino era cada vez más empinado. Teníamos que subir y subir, hasta que pudiéramos ver la ciudad a nuestros pies. Y cuanto más subíamos, menos miedo tenía yo. Al poco rato la pequeña Salomé se puso a mi lado. No nos habría sido posible ver la ciudad, sobre las cabezas de los mayores, aunque hubiésemos querido. Pero yo ya no quería verla, y nadie se detuvo para decir lo hermoso que era el Templo.

Los hombres habían hecho montar a Cleofás en un burro y tía María fue obligada a montar en el otro. Ambos llevaban niños pequeños en brazos. Cleofás farfullaba en voz baja.

La caravana siguió adelante.

Sin embargo, a mí no me parecía bien abandonar Jerusalén de aquella manera. Pensé en Silas, en lo que había dicho antes. No parecía correcto abandonar, alejarse corriendo cuando el Templo necesitaba ayuda. Claro que había centenares de sacerdotes que sabían cómo limpiar el Templo, y muchos de ellos vivían en Jerusalén y no podrían marcharse. Se quedarían allí —ellos y el sumo sacerdote— y limpiarían el Templo como era preciso hacerlo.

Y ellos sabrían qué hacer con aquel muerto. Se ocuparían de que lo amortajaran y enterraran debidamente. Pero yo procuraba no pensar en él por temor a echarme a llorar otra vez.

Las colinas nos rodeaban. Nuestras voces resonaron en las laderas. La gente empezó a cantar, pero esta vez fueron salmos luctuosos de dolor y aflicción.

Cuando llegaron los jinetes, nos apartamos hacia los lados. Las mujeres gritaron. La pequeña Salomé iba dormida en el burro con Cleofás, que daba cabezadas y hablaba y reía; parecían dos bultos más.

Prorrumpí en sollozos sin poder evitarlo. Los jinetes nos adelantaban, eran muchos y cabalgaban rápido, y atrás quedaba Jerusalén.

—Volveremos el año que viene —me dijo José—. Y el siguiente. Ahora estamos en casa.

—Y el año que viene quizá ya no estará Arquelao —murmuró Cleofás sin abrir los ojos, pero Santiago y yo lo oímos—. ¡El rey de los judíos! —se mofó—. ¡El rey de los judíos!

7

Un sueño. «Despierta.» Yo estaba sollozando. El hombre caía, traspasado por la lanza. Caía de nuevo, la lanza atravesándole el pecho. «Despierta», decían más voces. Algo húmedo en mi cara. Sollozos. Abrí los ojos. ¿Dónde estábamos?

—Despierta —dijo mi madre.

Me hallaba en medio de las mujeres, y el fuego era la única luz, aparte de otra cosa que iluminaba el cielo.

—Estabas soñando —dijo mi madre. Me abrazó.

Santiago pasó corriendo por nuestro lado. La pequeña Salomé me llamaba a voces.

—¡Jesús, despierta! —llamó mi primo Juan, que no había pronunciado palabra hasta ahora.

¿Qué sitio era éste, una cueva? No. Era la casa de mis parientes, la casa donde vivían Juan y su madre. José me llevaba en brazos cuando llegamos allí.

Las mujeres me enjugaban la cara. «Estás soñando.» Tosía de tanto llorar. Tenía mucho miedo, nunca iba a estar tan asustado como en ese momento. Me aferré a mi madre y pegué la cara a la suya.

—Es el palacio real —gritó alguien—. ¡Le han prendido fuego!

Oí un fuerte ruido, rumor de caballos. Cayó la oscuridad. Y entonces la luz roja jugueteó en el techo.

Mi prima Isabel rezaba en voz baja y uno de los hombres dijo que los niños se apartaran de la puerta.

—¡Apagad las lámparas! —ordenó José.

De nuevo el ruido, ruido de caballos pasando al galope, y gritos en el exterior.

Yo no quería saber de qué hablaban, todos los niños gritando y chillando, y los rezos de Isabel de fondo. El miedo me engulló, pero incluso con los ojos cerrados pude ver los destellos rojos de luz. Mi madre me besó en la coronilla.

—Jericó está ardiendo —dijo Santiago—. El palacio de Herodes está en llamas. Se está quemando todo.

—Lo reconstruirán —respondió José—. No es la primera vez que lo queman. César Augusto se ocupará de que lo reconstruyan. —Su voz era firme. Noté su mano en mi hombro—. No te preocupes, pequeño. No te preocupes por nada.

Volví a dormirme unos instantes: el Templo, el hombre precipitándose contra la lanza. Mis dientes rechinaron y grité. Mi madre me abrazó fuertemente.

—Estamos a salvo, pequeño —dijo José—. Dentro de la casa, todos juntos, estamos seguros.

Las mujeres se levantaron y fueron a ver el incendio. La pequeña Salomé chillaba de excitación como chillaba cuando jugábamos. Todos corrían de un lado para el otro, empujándose para salir al umbral y mirar.

El pequeño Simeón gritó:

—¡El fuego, el fuego!

Alcé los ojos. Logré ver más allá de la puerta y la simple visión del cielo enrojecido me hizo tiritar. Nunca había visto un cielo así. Me di la vuelta y vi a Cleofás tumbado junto a la pared, con los ojos brillantes. Me sonrió.

—Pero ¿por qué? —pregunté—. ¿Por qué están incendiando Jericó?

—¿Por qué no iban a hacerlo? —replicó Cleofás—. ¡Que César Augusto vea cuánto despreciamos al hombre que envió a sus soldados para que nuestra sangre se mezclara con la de nuestros sacrificios! La noticia llegará a Roma antes que Arquelao. Las llamas siempre alcanzan más que las palabras.

—Como si las llamas tuvieran el propósito de las palabras —murmuró mi madre en voz baja, pero no creo que la oyeran.

Mi primo Silas entró en la casa a la carrera, gritando:

—Es Simón, uno de los esclavos de Herodes. Se ha coronado rey y ha reunido muchos hombres. ¡Él ha prendido fuego al palacio!

—¡No vuelvas a salir de esta casa! —ordenó mi tío Alfeo—. ¿Dónde está tu hermano?

Pero Leví no se había movido. En la cara tenía una horrible expresión de miedo, y eso acrecentó mi propio miedo.

Los hombres se levantaron y salieron para ver el incendio. Observé aquellas formas negras recortadas contra el cielo, muchas de ellas moviéndose de acá para allá, como si todo el mundo estuviera bailando.

José se puso de pie.

—Yeshua, ven a ver esto —dijo.

—Oh, pero ¿por qué? —protestó mi madre—. ¿Es preciso que salga?

—Ven, podrás ver lo que ha hecho una banda de ladrones y asesinos —insistió José—. Podrás ver cómo corren a celebrar la muerte del viejo Herodes. Podrás ver lo que pasa bajo la superficie cuando un rey se vale del terror y la crueldad para gobernar. Vamos.

—¿Y por qué permitir que los tiranos vivan rodeados de lujo? —terció Cleofás—. Tiranos que asesinan a su propia gente, tiranos que construyen teatros y circos en Jerusalén, la Ciudad Santa, sitios a los que ningún buen judío debería ir. Y los sumos sacerdotes a los que designa, tratándolos como si un sumo sacerdote no fuera la persona que accede al mismísimo sanctasanctórum, como si no fuera más que un criado a sueldo.

—Hermano —dijo mi madre—, ¡me voy a volver loca!

Yo temblaba de tal manera que temía ponerme en pie, pero lo hice y José me cogió de la mano.

Salimos de la casa. Todos los nuestros estaban en lo alto del cerro, mujeres incluidas —salvo mi madre—, y había también otros grupos de personas que se habían aventurado a internarse en la noche.

Las nubes que cubrían el llano hervían de fuego. El aire estaba caliente y frío, y la gente hablaba en voz alta como lo habría hecho en una fiesta, los niños corriendo y bailando y mirando otra vez el fuego. Me arrimé a José.

—Todavía es muy pequeño —dijo mi madre detrás de mí.

—Es preciso que lo vea —dijo José.

Era un gran, un pavoroso incendio. De repente, un muro de llamas se elevó con tal furia que pareció querer alcanzar las estrellas del firmamento. Volví la cabeza. No podía mirar aquello. Me eché a llorar. Expulsaba los gemidos como nudos de una cuerda que alguien me sacara de uno en uno. Entre las lágrimas me llegó el fulgor del incendio. No podía sustraerme a él. El olor a humo lo invadía todo. Mi madre trataba de levantarme y yo no quería oponer resistencia, pero lo hacía, y entonces José me abrazó y pronunció mi nombre una y otra vez.

—¡Estamos muy lejos del fuego! —dijo para tranquilizarme—. No puede alcanzarnos. ¿Me oyes?

No logré contener el llanto hasta que me estrechó contra su pecho y ya no pude moverme ni volver la cabeza.

Me llevó rápidamente de regreso a la casa.

Me dolía el pecho. Me dolía el corazón.

Nos dejamos caer en el suelo, y mi prima Isabel tomó mi cara entre sus manos. Acercó sus ojos a mi cara.

—Escucha lo que voy a decirte. No llores más. ¿Crees que el ángel del Señor habría bajado para decirle a tu padre, José, que te trajera a casa si no habías de estar a salvo? ¿Quién puede conocer los designios del Señor? Vamos, deja de llorar y confía en Él. Descansa junto al pecho de tu madre, así, y deja de llorar. Tu madre te abrazará. Estás en manos de Dios.

—El ángel del Señor —susurré—. El ángel del Señor.

—Sí —dijo José—, y el ángel estará con nosotros hasta que lleguemos a Nazaret.

Mi madre me abrazó.

—Estamos aquí de paso —dijo. Su voz sonaba grave y dulce—. Dentro de muy poco estaremos en casa, en nuestra propia casa. Comeremos higos de nuestro árbol, uva de nuestro jardín. Haremos el pan cada día en nuestro propio horno —añadió mientras nos acomodábamos de nuevo al lado de Cleofás.

Yo sollocé, todavía en sus brazos, y ella me acarició la espalda.

—Eso es verdad —dijo Cleofás.

Enlacé las manos alrededor del cuello de mi madre. Poco a poco me fui calmando.

—Pronto estaremos en Nazaret —dijo Cleofás—, y te prometo, pequeño, que allí nunca irá a buscarte nadie.

Yo estaba adormilado, pero esas palabras me despejaron. ¿Qué quería decir Cleofás con que nadie iría a buscarme? ¿Quién me buscaba? No quería dormirme, quería preguntar qué significaba aquello, quién me estaba buscando. ¿Qué significado tenían todas esas extrañas historias? ¿Y qué significaba lo que mi madre había dicho del ángel? Entre tantas desgracias y tanto dolor, había olvidado sus palabras allá en el tejado, en Jerusalén. E Isabel acababa de decirme que un ángel se le había aparecido a José, pero él no había dicho eso.

La dulce sensación de reposo me iba venciendo, pero aun así logré pensar que todo esto estaba relacionado. Tenía que sacar alguna conclusión. ¡Sí! Ángeles. Un ángel había bajado antes y un ángel había bajado después, y un ángel estaba aquí ahora. ¿O no? Pero el sueño acabó venciéndome, y ¡qué a salvo me sentí entonces!

Mi madre me cantaba en hebreo y Cleofás le hacía coro. Se encontraba mucho mejor, pese a que seguía tosiendo. En cambio, mi tía María no se sentía bien, pero nadie parecía preocupado por ella.

Y mañana nos iríamos de aquel horrible lugar. Dejaríamos allí a mis primos, al extraño y solemne Juan, que hablaba tan poco y que tanto me miraba, y a su madre, nuestra querida Isabel, y seguiríamos camino hacia Nazaret.

8

Justo después del amanecer, jinetes armados hicieron una incursión por los alrededores.

Abandonamos el pequeño círculo donde nos habíamos reunido hacía poco para escuchar a nuestra prima Isabel y fuimos todos a la habitación trasera de la casa.

Cleofás no se había movido de allí, pues por la noche había tosido mucho y volvía a tener fiebre. Yacía sonriente, como de costumbre, los húmedos ojos fijos en el techo bajo.

Oímos gritos, chillidos de pájaros y corderos.

—Lo están robando todo —dijo mi prima María Alejandra.

Las otras mujeres le dijeron que callara y su esposo Zebedeo le dio unas palmaditas en el brazo.

Silas intentó levantarse para ir hasta la cortina, pero su padre le ordenó con gesto firme que se quedase en el rincón.

Incluso los más pequeños, que siempre alborotaban por cualquier cosa, estaban callados.

Tía Esther, la esposa de Simón, tenía a su pequeña Esther en brazos, y cada vez que el bebé rompía a llorar le daba el pecho.

Yo ya no tenía miedo, aunque no sabía por qué. Estaba entre las mujeres con los demás niños, a excepción de Santiago. En realidad Santiago no era un niño, me decía yo al mirarle. De habernos quedado en Jerusalén, de no haber habido aquellos disturbios, Santiago habría ido al santuario de los hijos de Israel junto con Silas y Leví y los demás hombres.

De repente, mis pensamientos se vieron interrumpidos por el temor súbito que se apoderó de todos, que hizo que mi madre me aferrara un brazo: había unos desconocidos en la habitación principal. La pequeña Salomé se pegó a mí y yo la abracé fuerte como mi madre hacía conmigo.

Entonces la cortina de la puerta fue arrancada violentamente. Quedé cegado por la luz y parpadeé. Mi madre me estrechó más. Nadie dijo una palabra ni nadie se movió de su sitio. Yo sabía que teníamos que estarnos quietos y callados. Todo el mundo lo sabía, incluso los más pequeños. Los bebés lloraban quedamente, aunque su llanto nada tenía que ver con los hombres que habían arrancado la cortina.

Eran tres o cuatro hombretones toscos, con harapos en las pantorrillas sujetados por las cuerdas de sus sandalias. Uno de ellos vestía pieles de animal y otro llevaba un casco reluciente. La luz se reflejó en sus espadas y cuchillos. También llevaban las muñecas envueltas en harapos.

—Vaya, vaya —dijo el del casco en griego—. Mira lo que tenemos aquí. La mitad del pueblo.

—¡Vamos, entregadnos todo! —ordenó otro, acercándosenos amenazadoramente. También hablaba en griego y su voz era horrenda—. Hablo en serio, hasta el último denario que llevéis encima, y rápido. El oro y la plata. Mujeres, a ver esos brazaletes, quitáoslos. ¡Si no entregáis todo lo que tengáis os abriremos en canal!

Nadie se movió. Las mujeres no hicieron nada.

La pequeña Salomé empezó a llorar. Yo la tenía abrazada con tanta fuerza que probablemente le hacía daño. Pero nadie respondió a los intrusos.

—Luchamos por la libertad de nuestra tierra —dijo uno de los hombres, también en griego—. Imbéciles, ¿no sabéis lo que está pasando en Israel?

Dio un paso al frente y blandió su daga, mirando amenazador a Alfeo, luego a Simón y después a José. Pero éstos no dijeron nada.

Nadie se movió.

—¿No habéis oído? ¡Os rebanaré el pescuezo uno por uno, empezando por los niños! —gritó el hombre, retrocediendo.

Otro intruso dio un puntapié a nuestros bien atados bultos, mientras otro levantaba una manta para mirar debajo y luego la dejaba caer.

Entonces José, en hebreo, dijo:

—No os comprendo. ¿Qué queréis que hagamos? Somos gente de paz. No entiendo nada.

En el mismo tono y lengua, Alfeo añadió:

—No hagáis daño a nuestros inocentes hijos ni a nuestras mujeres. Que no se diga de vosotros que habéis derramado sangre inocente.

Ahora fueron los hombres quienes se quedaron desconcertados. Finalmente, uno de ellos dijo en griego:

—Estúpidos, inútiles campesinos. Basura de ignorantes.

—No han visto dinero en toda su desdichada vida —dijo el otro—. Aquí no hay nada aparte de ropa vieja y críos apestosos. Dais lástima. Comeos vuestra mierda en paz.

—Sí, humillaos mientras nosotros peleamos por vuestra libertad —dijo otro.

Y salieron pisando fuerte, apartando a patadas cestos, petates y fardos.

Quedamos a la espera. Mi madre me sujetaba por los hombros. Miré a Santiago, y se parecía tanto a José que me sorprendió no haberme percatado antes.

Por fin los gritos y el ruido cesaron.

—Recordad esto —dijo José. Nos miró alternativamente, a Santiago y a mí y al pequeño Josías, a mis primos y a Juan, que estaba de pie al lado de su madre—. Recordadlo. Jamás alcéis la mano para defenderos ni para golpear. Sed pacientes. Y si es preciso hablar, sed sencillos.

Todos asentimos con la cabeza. Sabíamos lo que había pasado. La pequeña Salomé sorbía por la nariz. Y de repente, mi tía María, que estaba tan enferma, rompió a llorar y fue a sentarse al lado de Cleofás, que seguía mirando el techo. Parecía como si ya estuviera muerto, pero no lo estaba.

Los niños corrimos hacia la pequeña puerta de la casa. La gente estaba saliendo a la calle, despotricando contra los bandidos. Unas mujeres perseguían aves de corral, y allí en medio había el cuerpo de un hombre tendido en el suelo, mirando el cielo tal como hacía Cleofás, pero le salía sangre por la boca. Era como el muerto del Templo.

Ya no tenía alma.

La gente pasaba por su lado y nadie derramaba una lágrima por él, nadie se arrodillaba.

Por fin, dos hombres llegaron con una cuerda que pasaron por las axilas del cadáver y se lo llevaron a rastras.

—Era uno de ellos —dijo Santiago—. No lo mires.

—Pero ¿quién lo ha matado? —pregunté—. ¿Y qué van a hacer con él? —A la luz del día no daba tanto miedo como en la penumbra, pero yo era consciente de que la noche siempre volvía. Y entonces daría mucho miedo. El miedo era algo nuevo. El miedo era algo terrible. No lo sentí pero sí lo recordé, y supe que iba a volver. Que nunca se iría.

—Lo enterrarán —dijo Santiago—. No se puede dejar el cadáver sin sepultar. Sería una ofensa al Señor. Lo meterán en una cueva o lo enterrarán. Da lo mismo.

Nos ordenaron entrar otra vez.

Habían despejado la habitación, barrido el suelo y colocado bonitas alfombras cubiertas de flores hechas de lana. Nos dijeron que nos sentáramos y estuviésemos callados pues Isabel quería hablarnos antes de nuestra partida.

Recordé entonces que ya nos habían congregado antes para este fin, pero las alfombras todavía no habían sido desplegadas cuando llegaron los primeros jinetes.

Como si nada hubiera ocurrido, como si nadie hubiera muerto en la calle, continuamos.

Formamos un gran círculo, todos apretujados. Los bebés estaban lo bastante callados como para que pudiésemos oír a Isabel. Yo me senté al lado de José con las piernas cruzadas, igual que él, y la pequeña Salomé a mi derecha, recostada contra su madre, que estaba detrás. Cleofás seguía en la otra habitación.

—Seré breve —dijo Isabel.

Por la mañana, yo la había oído hablar de abuelos y abuelas, de quién se había casado con quién y dónde había ido a vivir, pero me costaba retener tantos nombres. Los mayores habían repetido lo que ella decía, a fin de no olvidar nada.

Isabel meneó la cabeza antes de empezar y luego levantó las manos. Sus cabellos grises asomaron por el borde del velo, enredados con su pelo más oscuro.

—He aquí lo que debo deciros, lo que nunca he puesto por escrito en ninguna carta. Cuando yo muera, que será pronto... No, no digáis nada. Sé que así será. Sé ver las señales. Cuando yo muera, pues, Juan irá a vivir con nuestros parientes entre los esenos.

De inmediato se produjo un gran alboroto. Incluso Cleofás se asomó a la puerta, sujetándose el pecho con una mano.

—¡No, por qué has tomado semejante decisión! —dijo—. ¡Enviar a ese niño con unas personas que ni siquiera van al Templo! ¡Y Juan es hijo de sacerdote! Tú, que has estado toda la vida casada con un sacerdote, y Zacarías, hijo de sacerdote, y antes que él...

Cleofás se acercó cojeando al círculo de oyentes y se dejó caer de rodillas. Mi madre acudió para ayudarlo a ponerse bien la túnica. Cleofás continuó:

—¿Y enviarías a Juan, cuya madre es del linaje de David y cuyo padre es del linaje de Aarón, a vivir con los esenos? ¿Nada menos que con los esenos? ¿Esa gente que cree saber mejor que nadie lo que está bien y lo que está mal, quién es justo y quién no y lo que el Señor exige?

—¡Y quiénes te crees tú que son los esenos! —repuso Isabel en voz baja. Era paciente pero quería que la comprendieran—. ¿Acaso no son hijos de Abraham? ¿No son del linaje de David y del linaje de Aarón, y de todas las tribus de Israel? ¿Acaso no son devotos? ¿No son celosos de la Ley de Moisés? Llevarán a Juan al desierto y allí lo educarán y se harán cargo de él. El propio Juan lo quiere, y tiene razón.

Mi primo Juan estaba mirándome. ¿Por qué? ¿Por qué no miraba a su madre como todos los demás? Su expresión no daba a entender nada, sólo reflejaba serenidad. Juan no parecía un niño, sino un hombre en pequeño. Estaba sentado delante de su madre y llevaba una sencilla túnica blanca de una tela más buena que la de cualquiera de nosotros, y encima una prenda de la misma tela. Yo me había fijado antes en estas cosas pero sin pararme a pensar, y ahora sentí ganas de saber más de él, pero Cleofás estaba hablando y tuve que escuchar.

—Los esenos —dijo—. ¿Es que ninguno de vosotros hablará por el chico antes de que se convierta en hijo de unos hombres que no se postran ante el Señor cuando es debido? ¿Soy el único aquí que tiene algo que decir? Isabel, te lo pido por nuestros abuelos, esto no debe...

—Hermano, tranquilízate —dijo Isabel—. ¡Guarda tu vehemencia para tus hijos! Juan es hijo mío, ¡el Señor me lo confió cuando por mi edad ya parecía imposible! No hablas a una mujer cuando hablas conmigo; hablas a la Sara de antaño, a la Ana de antaño. Hablas con alguien que fue elegido por una razón. ¿No debo hacer por este hijo lo que creo que el Señor demanda?

—José, no lo permitas —dijo Cleofás.

—Tú estás más cerca del chico —repuso José—. Si debes hablar contra su madre, entonces hazlo.

—Yo no hablo contra ti, Isabel —dijo Cleofás. Entonces tuvo un acceso de tos y vimos que le dolía el pecho. Tía María y mi madre parecían preocupadas. Cleofás levantó una mano, pidiendo paciencia. Pero no podía dejar de toser. Finalmente logró añadir—: Hablas de Sara, la mujer de Abraham, y hablas de Ana, la madre de Samuel, pero ¿acaso alguno de ellos dejó de obedecer a Dios? En cambio, tú hablas de enviar a tu hijo a vivir con quienes dan la espalda al Templo del Señor.

—Tienes mala memoria, hermano —dijo Isabel—. ¿A quién acudió tu hermana María cuando supo que había sido elegida para dar a luz al niño Yeshua? Acudió a mí. ¿Y te imaginas por qué? Bien, antes de que caigan nuevas calamidades sobre esta aldea, te ruego que escuches mi decisión. Por favor, escúchala y no discutas conmigo. No la expongo para que juzgues si la crees oportuna. El chico, insisto, irá a vivir con los esenos.

Jamás había oído hablar a ninguna mujer con tanta autoridad. Cierto, en la calle de los Carpinteros, en Alejandría, había mujeres venerables que eran capaces de hacer callar a los niños con una simple palmada, y mujeres que hacían tales preguntas en la sinagoga que el maestro se veía obligado a consultar sus pergaminos. Pero esta mujer era más fuerte y hablaba con más claridad que ninguna.

Cleofás enmudeció.

Isabel bajó la voz y continuó:

—Tenemos hermanos allí, nietos de Matatías y de Noemí, que se fueron hace tiempo al desierto para vivir con los esenos, y ya he hablado con ellos y acogerán a mi hijo, incluso ahora. Ellos saben educar de manera estricta, inculcar sus normas de pureza y ayuno, de comunidad severa, y éstas son cosas innatas en Juan. Él estudiará con ellos. Aprenderá los profetas y aprenderá la palabra del Señor. Es en el desierto donde quiere estar, y cuando yo me reúna con mis antepasados él irá al desierto hasta que sea un hombre y decida su futuro. Lo tengo todo previsto y los esenos sólo esperan mi aviso, o que Juan vaya con los que viven al otro lado del Jordán. Entonces ellos lo llevarán al lugar donde será educado, lejos de los asuntos mundanos.

—¿Por qué no vienes con nosotros a Nazaret? —terció José—. Eres bienvenida. Tu hermano sin duda estará de acuerdo, puesto que es a la casa de sus padres adonde vamos todos...

—No —dijo Isabel—. Yo me quedaré aquí. Seré enterrada con mi marido Zacarías. Y os diré la razón de que este niño deba marchar.

—Bien, pues dila —pidió Cleofás—. Tú sabes que quiero que vengas a Nazaret. Creo que sería justo que Juan y Yeshua se educaran juntos. —Se puso otra vez a toser, sin poder evitarlo. Si no hubiera tenido tantos accesos habría dicho mucho más.

—Esto es lo que no pude escribirte en ninguna carta —dijo Isabel—. Escucha, por favor, porque no voy a repetirlo.

Las madres hicieron callar a sus bebés. Cleofás carraspeó.

—Sácalo ya —dijo—, o me moriré sin haberlo oído.

—Ya sabes que después de que partierais a Egipto, tú, María, José y el pequeño, Herodes empezó con sus atrocidades...

—Sí —dijo Cleofás—. Sigue. —Tosió de nuevo.

—Y sabes que Juan vino al mundo siendo yo y Zacarías ya muy viejos, como lo eran Sara y Abraham al nacer Isaac. —Se detuvo y miró a los pequeños, que estábamos en el corro interior, y nosotros asentimos con la cabeza—. Vosotros sabéis que Ana rezó para tener un hijo, ¿verdad, niños?, cuando estuvo ante el Señor en Shiloh, y ¿quién fue el que la tomó por una ebria? ¿Lo sabe alguno de vosotros?

—Eli, el sacerdote —respondió rápidamente Silas—. Y ella le dijo que estaba orando y por qué lo hacía, y entonces él rezó por ella también.

—Así es —dijo Isabel—, y yo también recé a menudo, pero lo que quizá no sabéis, vosotros los pequeños, es que el nacimiento de mi hijo fue anunciado.

Yo no lo sabía y los demás tampoco. Juan permaneció en silencio mirando a su madre; al parecer, nada lo inquietaba y estaba absorto en sus pensamientos.

—Bien, la explicación de esto la dejo a vuestros padres, porque hay motivos para no hablar de ello, pero sólo diré que se sabía que este hijo llegó en las postrimerías de nuestras vidas por voluntad del Cielo, y cuando nació yo lo consagré al Señor. Comprobaréis que por su cabeza nunca ha pasado una cuchilla, y que jamás prueba la uva. Juan pertenece al Señor.

—¿Al Señor de los esenos? —dijo Cleofás.

—Deja que hable —dijo mi madre—. ¿Te olvidas de todo lo que sabes?

Cleofás no replicó.

Isabel prosiguió. Volvió a mirarnos a todos, uno por uno. Estábamos expectantes ante el posible significado de sus palabras.

—Somos del linaje de David —dijo—. Tú sabes que Herodes odiaba a cualquiera que asegurase tener el menor rastro de sangre real, y por eso ordenó quemar todos los archivos del Templo donde estaban escritos los nombres de nuestros antepasados.

»Y sabes lo que sucedió antes de que vosotros os marcharais a Egipto, sabes por qué mi querida prima María y su recién nacido tuvieron que huir a Egipto con José y contigo, Cleofás. Lo sabes muy bien.

No me atreví a formular la pregunta que acudió a mis labios. ¡Yo ignoraba el motivo de nuestra partida a Egipto! Pero entonces Isabel continuó.

—El rey Herodes tenía espías por todas partes —dijo, ahora con voz más áspera y grave.

—Eso lo sabemos —repuso mi madre. Levantó apenas la mano y su prima Isabel se la tomó y ambas inclinaron la cabeza, sus velos tocándose casi, como si se contaran un secreto sin necesidad de emplear palabras.

Isabel dijo:

—Los hombres de Herodes, sus soldados, tan rudos como esos ladrones que acaban de pasar por nuestra aldea, que han entrado en esta misma casa con la idea de robarnos para sus ridículas guerras, soldados así entraron en el Templo y buscaron a mi Zacarías para preguntarle por el hijo que había engendrado, el hijo de la casa de David. Querían ver a ese hijo con sus propios ojos.

—No sabíamos nada de esto —susurró José.

—Ya he dicho que no quise ponerlo por escrito. Tenía que esperar a que vinierais. Lo hecho, hecho estaba. Pues bien, esos soldados lo abordaron cuando salía del sagrario de cumplir con sus obligaciones, pues a la sazón era sacerdote. Pero ¿creéis que Zacarías les dijo dónde encontrar al bebé? No, él ya nos tenía escondidos en las cuevas, cerca de los esenos, que nos habían llevado comida. Como se negó a revelar dónde estábamos, los soldados lo derribaron allí mismo, delante del sagrario. Los otros sacerdotes no habrían podido impedirlo, pero ¿pensáis que lo intentaron siquiera? ¿Creéis que los escribas acudieron en su ayuda? ¿Que protestaron los principales sacerdotes?

Los ojos de mi prima Isabel se clavaron en mí. Luego, lentamente miró a José y a María, y de nuevo a cuantos la escuchaban.

—Pegaron a Zacarías. Le pegaron porque él se negó a hablar, y de un golpe en la cabeza lo dejaron muerto. Allí, delante del Señor.

Aguardamos en silencio a que continuara.

—Muchos vieron lo que pasó, pero ignoraban cuál era el motivo. Algunos sacerdotes sí lo sabían. Lo supieron nuestros parientes, quienes a su vez se lo contaron a otros parientes, algunos de los cuales fueron a ver a los esenos para informarles de lo ocurrido. Y así me enteré yo.

Nos quedamos todos aturdidos. Mi madre se inclinó

y apoyó la cabeza en el hombro de Isabel, y ésta la abrazó. Pero un momento después ambas volvieron a erguirse.

—Los parientes de Zacarías, muchos de ellos sacerdotes —prosiguió Isabel—, se ocuparon de que fuera enterrado con sus antepasados. Ahora bien, ¿creéis que yo he vuelto al Templo desde entonces? Pues no, hasta que vinisteis vosotros. No hasta que el tirano murió y fue a parar al fuego eterno. No hasta que las historias de Yeshua y Juan quedaron olvidadas, pero ¿con qué nos encontramos al llegar al Templo?

Nadie osó responder.

—Así pues, ahora entendéis por qué mi hijo Juan debe ir con los esenos, y pronto. Allí estará oculto. Vosotros despedíos de mí y seguid camino de Nazaret antes de que lleguen más bandidos. A mí no pueden quitarme nada. Soy vieja y Juan es pequeño, nos dejarán en paz. Pero yo no volveré a veros. Nunca más. Sin duda Juan escuchará la voz del Señor algún día. Está consagrado a Él y los esenos lo saben. Se harán cargo de él, y Juan estudiará allí hasta que llegue su momento. Ahora idos, partid.

9

Soldados de Herodes, bandidos, el hombre muerto en el Templo, mi primo asesinado en el Templo, un sacerdote asesinado por negarse a revelar el paradero de un niño, y ese niño era mi primo.

Yeshua y Juan. ¿Por qué su nacimiento fue anunciado? ¿Qué vinculación había entre nosotros? Y detrás de todo ello, la gran pregunta: ¿qué había ocurrido en Belén? ¿Ése fue el motivo de que mi familia se trasladara a Egipto, donde yo había pasado toda mi corta existencia?

Pero en aquella situación sólo era capaz de pensar a rachas de curiosidad y de temor. El miedo se convirtió en parte de mis pensamientos. En parte de la historia. Mi primo Zacarías, un sacerdote de pelo gris, apaleado hasta la muerte por los soldados de Herodes. Y ahora estábamos en aquella aldea, donde resonaban las protestas de quienes habían sido robados por los bandidos y temían que los desmanes se repitieran.

Encontramos a nuestros animales a la salida del pueblo. Una anciana desdentada se acercó a nosotros riendo con malicia.

—¡Intentaron llevárselas! —exclamó—. Pero las bestias no querían moverse. —Se dobló por la cintura, palmeándose las rodillas entre carcajadas—. No hubo manera.

Un anciano sentado en el suelo al lado de una pequeña casa se reía también.

—A mí me robaron el chal —dijo—. Yo les dije: «Adelante, hermanos, cogedlo.» —Agitó la mano y continuó riendo a mandíbula batiente.

Cargamos rápidamente nuestras cosas y sujetamos a Cleofás a lomos de un burro. Tía María montó también. Mi madre se abrazó a Isabel y ambas lloraron.

El pequeño Juan estaba allí de pie, mirándome.

—Rodearemos Jericó y cruzaremos el valle hasta Nazaret —dijo José.

Partimos después de que mi madre terminara de despedirse.

La pequeña Salomé y yo íbamos en cabeza con Santiago, seguidos por algunos primos.

Cleofás empezó a cantar.

—Pero ¿quiénes son los esenos? —me preguntó la pequeña Salomé.

—No lo sé. Yo he escuchado lo mismo que tú. ¿Cómo voy a saberlo?

Entonces Santiago dijo:

—Los esenos no están de acuerdo con el clero del Templo. Creen que ostentan el verdadero sacerdocio. Son descendientes de Zadok. Esperan a que llegue el día de purificar el Templo. Visten de blanco y rezan todos juntos. Viven apartados.

—¿Son buenos o malos? —preguntó Salomé.

—Nuestra familia los considera buenos —respondió Santiago—. ¿Qué podemos saber nosotros? Hay fariseos, hay sacerdotes, hay esenos. Todos rezamos la misma oración: «Oye, oh, Israel, el Señor nuestro Dios es Uno.»

Repetimos la oración en hebreo tal como él la había dicho. Y luego cada día al levantarnos y también al anochecer. Yo lo hacía casi sin pensar. Cuando decíamos esa oración todo se detenía, y la pronunciábamos de todo corazón.

Yo me abstuve de hacer ningún comentario sobre las cosas que me preocupaban. Me sentía mal al darme cuenta de que Santiago lo sabía todo, pero preferí no manifestar nada estando allí la pequeña Salomé. Mis sentimientos se volvieron más y más lúgubres, y el miedo seguía allí, rondando muy cerca.

Tuve la impresión de que avanzábamos a buen ritmo, adentrándonos en las montañas. Allá a lo lejos se extendía la planicie, hermosa a la luz del sol, con palmeras por doquier aun cuando todavía se veía el humo de los incendios, y había muchas casas diseminadas por todas partes. No fue difícil comprobar que la gente continuaba con su vida como si los bandidos no hubieran pasado por allí.

Grupos de peregrinos nos adelantaban, algunos cantando, otros montados a caballo, y todos nos saludaban alegremente.

Pasamos por aldeas donde los niños jugaban y donde olía a comida.

—Ves —dijo mi madre, como si me leyera el pensamiento—, así será hasta que lleguemos a Nazaret. Los ladrones vienen y van, pero nosotros somos quienes somos. —Me sonrió con dulzura, y casi pensé que nunca más tendría miedo.

—¿De veras luchan por la libertad de Tierra Santa? —preguntó la pequeña Salomé a los hombres, pues ahora íbamos todos más juntos.

Cleofás se rió de la pregunta y le frotó la cabeza.

—Hija, cuando los hombres quieren pelear, siempre encuentran un motivo —dijo—. Hace centenares de años que los hombres arrasan pueblos con la excusa de luchar por la libertad de Tierra Santa.

José meneó la cabeza.

Alfeo estiró el brazo para agarrar a la pequeña Salomé.

—Tú no te preocupes —dijo—. En otro tiempo era el rey Ciro quien velaba por nosotros, ahora es César Augusto. Da igual, porque el Señor de los Cielos es el único rey que nuestros corazones reconocen, y lo mismo da si tal o cual hombre se hace llamar rey aquí en la tierra.

—Pero David era rey de Israel —dije—. David fue rey, y Salomón después de él. Y Josué fue un gran rey de Israel. Todo esto lo sabemos desde muy pequeños. Y somos de la estirpe de David, y el Señor dijo a David: «Haré que reines para siempre sobre Israel.» ¿No es cierto?

—Para siempre... —dijo Alfeo—. Sí, pero ¿quién puede juzgar los designios del Señor? El Señor cumplirá su promesa de la manera que juzgue oportuno.

Mi tío desvió la mirada. Nos encontrábamos en un valle. La gente que salía de las montañas formaba una multitud considerable. Nos apiñamos más.

—Para siempre... —repitió—. ¿Qué es «para siempre» en la mente del Señor? Mil años no son para el Señor más que un instante.

—¿Vendrá un rey? —pregunté.

José se volvió para mirarme.

—El Señor cumple sus promesas —dijo Alfeo—, pero el cómo y el cuándo son cosas que nosotros ignoramos.

—¿Los ángeles sólo se aparecen en Israel? —preguntó la pequeña Salomé.

—No —respondió José—. Pueden mostrarse dondequiera que sea, en cualquier parte y cuando lo deseen.

—¿Por qué tuvimos que irnos a Egipto? —preguntó ella—. ¿Por qué los soldados de Herodes...?

—No es momento para hablar de ello —la cortó José. Mi madre intervino:

—Llegará el día en que se te explicará todo despacio para que puedas entenderlo. Pero ese momento no ha llegado aún.

Yo sabía que dirían eso, o cosas parecidas. Pero la ocasión se había presentado, y me alegré de que Salomé hubiera preguntado. No sabía dónde estaban mis primos Silas y Justus, ni los otros, y tampoco qué pensaban de lo que Isabel había dicho. Tal vez los chicos mayores sabían algo, seguramente sí. Quizá Silas sabría alguna cosa.

Me rezagué un poco dentro del grupo apretado de mi familia, hasta quedar a la altura de Cleofás y su burro.

Seguro que Cleofás nos había oído hablar. ¿Me había hecho prometer alguien que no le haría preguntas a él? Me parecía que no.

—Ojalá viva para contarte cosas —dijo.

Pero no bien había abierto la boca, apareció José, se puso a andar a su lado y dijo rápidamente:

—Ojalá vivas para permitir que le cuente a mi hijo lo que yo desee. —Su voz sonó afable pero firme—. Basta de preguntas. Basta de charla sobre los problemas del pasado. Hemos salido de Jerusalén y estamos a salvo de las dificultades. Tenemos buena luz y aún podremos andar un buen trecho.

—¡Yo quería entrar en Jericó! —protestó la pequeña Salomé—. ¿No podríamos entrar un rato en Jericó? Quiero ver cómo ha quedado el palacio de Herodes después del incendio.

—¡Queremos ver Jericó! —exclamó el pequeño Simeón.

De pronto todos los niños clamaron por lo mismo, incluso los niños de los peregrinos nuevos que nos acompañaban, y eso me hizo reír de una manera que provocó sonrisas en José.

—Escuchadme —dijo—. ¡Esta noche nos bañaremos en el Jordán! ¡El río Jordán! ¡Lavaremos en él nuestros cuerpos y nuestra ropa por primera vez! ¡Y después dormiremos en el valle bajo las estrellas!

—¡El río Jordán! —gritaron todos, presas de gran agitación.

José se puso a contar la historia del leproso que había acudido al profeta Eliseo, quien le dijo que si se bañaba en el Jordán se curaría. Y Cleofás contó la historia de cómo Josué había cruzado el Jordán. Por último, Alfeo se puso a contarle otra historia a Santiago, y yo iba de una a otra mientras caminábamos.

Zebedeo y los suyos nos alcanzaron; no los veíamos desde que habíamos dejado a Isabel, y él también conocía una historia acerca del Jordán, y la esposa de Zebedeo, María, que era prima de mi madre, pronto empezó a cantar:

—¡Benditos aquellos que temen al Señor!

Tenía una hermosa voz aguda. Todos coreamos.

—Pues comeréis el fruto de vuestro trabajo ¡y seréis dichosos y todo estará bien!

Éramos un grupo tan numeroso que por fuerza avanzábamos despacio, haciendo muchas paradas para que las mujeres descansaran y para que pudieran envolver a la pequeña Esther en pañales frescos. Mi tía María estaba enferma, por supuesto, pero mi madre dijo que la venida de un bebé era una buena noticia y yo dejé de preocuparme.

Cleofás hubo de ser bajado del burro varias veces para que buscase un sitio alejado del camino donde hacer sus necesidades. Estaba débil y mi madre lo acompañaba sosteniéndolo del brazo, cosa que a él le molestaba, pero necesitaba ayuda y ella no iba a desentenderse. «Es mi hermano», les decía a los demás hombres, y se iba sola con él.

Cleofás nos contó la divertida historia de cuando el rey Saúl guerreaba contra el joven David, temeroso de éste pues sabía que había de convertirse en rey. Saúl se metió en una cueva para hacer sus necesidades, y resultó que su enemigo David estaba allí y podría haberlo matado. Mas ¿lo hizo? ¡No! David se aproximó a él en la oscuridad de la cueva mientras Saúl hacía de cuerpo y, viéndolo desprevenido, cortó una borla del manto real de Saúl, una borla que únicamente él llevaba.

Horas después, con la esperanza de hacer las paces con Saúl, David le hizo llegar la borla para que supiera que él, David, podría haberlo matado, pero ¿habría sido David capaz de asesinar a un rey ungido? ¡No!

A todos nos encantaban las historias de David y Saúl. Incluso Silas y Leví, a quienes solían aburrir estas cosas, se acercaron a escuchar a Cleofás. Todo ese tiempo Cleofás hablaba en griego, y ya estábamos todos acostumbrados y nos gustaba, aunque nadie se atrevió a manifestarlo.

Nos contó la maravillosa historia de cómo Saúl, cuando el Señor dejó de hablarle, acudió a la adivina de Endor para rogarle que invocara al espíritu del profeta Samuel, a fin de que le dijera cuál era su destino. Iba a haber una gran batalla al día siguiente y Saúl, que ya no contaba con el favor divino, estaba desesperado, de ahí que buscara ayuda en una mujer que podía hablar con los muertos. Sin embargo, eso estaba prohibido por las propias leyes de Saúl, así como todo cuanto tuviera que ver con adivinaciones. Pero igual acudieron a aquella mujer.

Y gracias a sus poderes, el espíritu del profeta salió de

la tierra, preguntando: «¿Por qué has enturbiado mi descanso?» Luego predijo que los enemigos de Saúl vencerían a Israel y que Saúl y todos sus hijos morirían.

—¿Y qué ocurrió entonces? —dijo Cleofás, mirándonos a todos.

—Ella le hizo comer para que tuviera fuerzas —dijo Silas.

—Y eso es lo que nos gustaría hacer ahora mismo.

Todo el mundo rió.

—Os diré una cosa —exclamó Cleofás—: no comeremos ni beberemos hasta llegar al río. Así que ¡adelante!

De modo que proseguimos con renovados ánimos.

Y finalmente llegamos al Jordán.

Más allá de la hierba crecida, el sol poniente lo teñía de rojo. Había mucha gente bañándose en sus aguas. Otros muchos bajaban por las riberas, y algunos habían montado campamentos cerca de las orillas. Se oían cánticos por todas partes, canciones que se mezclaban con otras canciones.

Corrimos al agua, que nos cubrió hasta las rodillas. Lavamos nuestros cuerpos y nuestras ropas, cantando y gritando sin parar. El aire fresco no nos molestaba y pronto entramos en calor y el agua nos pareció tibia.

Cleofás desmontó del burro y se metió en el río. Alzó las manos y cantó en voz muy alta para que todos pudieran oírle.

—Loado sea el Señor, alaba al Señor, alma mía, ¡canta! Mientras viva loaré al Señor; cantaré alabanzas a mi Dios mientras tenga un soplo de vida. No confiéis en príncipes ni en nadie incapaz de ayudar; el hálito de vuestros hombres escapa de ellos; regresan a la tierra; y ese mismo día sus pensamientos desaparecen ¡para siempre!

Todos le siguieron en el canto:

—¡Dichoso aquel que cuenta con la ayuda del Señor de Jacob!

El río entero era un cántico, y los que estaban en la ribera se unieron también.

Yo nunca había visto así a mi tío, contemplando el cielo rojo con los brazos en alto y el rostro tan lleno de plegarias. Toda la ira había desaparecido de él. No le importaba la gente. No cantaba para ellos. Cantó y cantó sin mirar a nadie. Miraba el cielo, y yo miré también aquel cielo que se oscurecía con cenefas rojas del sol moribundo, y vi las primeras estrellas.

Me moví en el agua mientras cantaba y cuando llegué a él le pasé un brazo por el cuello y noté que tiritaba bajo la túnica mojada. Cleofás ni siquiera notó mi presencia.

«Quédate conmigo. Señor, padre celestial, permite que se quede con nosotros. Padre celestial, ¡yo te lo pido! ¿Es demasiado? Si no puedo hallar respuestas a mis preguntas, permite que tenga a este hombre un tiempo más, hasta que tú decidas.»

Me sentí débil. Tuve que sujetarme a él para no caerme. Algo sucedió. Primero muy rápido y después lentamente. No había más río ni más cielo ni más cánticos, pero a mi alrededor había otros seres, tantos que nadie hubiera podido contarlos; eran más que los granos de arena del desierto o las gotas de agua del mar. «Por favor, por favor, que se quede conmigo, pero si debe morir, que así sea.» Tendí ambos brazos hacia lo alto. Y por un brevísimo momento supe la respuesta a todo y ya no me preocupó nada, pero el instante pasó y todos cuantos me rodeaban se elevaron, lejos de mí, lejos de donde yo podía verlos y sentirlos.

Oscuridad. Quietud. Gente riendo y charlando como se hace por la noche.

Abrí los ojos. Alguien se apartó de mí como el agua se retira de la playa, con tanta fuerza que nada puede detenerla. Desapareció, fuera lo que fuese, desapareció.

Sentí miedo, pero estaba seco y arropado y era agradable estar en aquel lugar íntimo y oscuro. El cielo estaba tachonado de estrellas. La gente cantaba todavía y había luces moviéndose por doquier, lámparas y velas y fogatas junto a las tiendas. Yo estaba tapado y caliente y mi madre tenía su brazo encima de mí.

—¿Qué he hecho? —pregunté.

—Te has caído al río. Estabas rezando y muy cansado. Por eso te has caído. Había mucha gente alrededor y clamabas al Señor. Pero ahora estás aquí y enseguida te dormirás. Yo te he acostado. Cierra los ojos y mañana, cuando despiertes, comerás y repondrás fuerzas. Eres pequeño pero no lo bastante pequeño, y eres un chico grande pero no lo bastante grande aún.

—Pero estamos aquí, en casa —dije—. Y ha pasado algo.

—No —repuso ella.

Y lo decía en serio. Ella no lo comprendía. Me sonrió. Lo vi a la luz de la lumbre y noté el calor del fuego. Ella decía la verdad, como siempre. Más allá estaba Santiago, que ya dormía, y a su lado los hermanos pequeños de Zebedeo, y tantos otros. No me sabía los nombres de todos. El pequeño Simeón se había acurrucado junto al pequeño Judas. El pequeño José roncaba.

María, la mujer de Zebedeo, estaba hablando con María, la mujer de Cleofás, con frases rápidas y tono de preocupación, pero no pude oír lo que decía. Me di cuenta, eso sí, de que ahora eran amigas, y María, la egipcia, la esposa de Cleofás, gesticulaba con las manos, mientras la María de Zebedeo asentía con la cabeza.

Cerré los ojos. Los otros, la gran multitud, tan suaves como la manta, como el viento que huele a río, ¿dónde estaban? Algo se agitó en mi interior, fui tan consciente de ello como si una voz me hubiera dicho: «Esto no es lo más difícil.»

Fue sólo un instante. Luego volví a ser yo mismo.

Nuevas voces entonaron cánticos aquí y allá, y la gente que pasaba frente a nosotros iba cantando también. Yo me sentía feliz con los ojos cerrados.

—El Señor reinará eternamente —cantaban—, incluso tu Señor, oh, Sión, sobre todas las generaciones. Loado sea el Señor.

Oí la voz de mi tía María, la esposa de Cleofás:

—No sé dónde está. Se ha ido junto al río, a cantar y charlar con los demás. Primero hablan y luego se ponen a cantar.

—¡Vela por él! —susurró mi madre.

—Pero si se ha recuperado bastante. Ya no tiene fiebre. Volverá cuando necesite echarse un rato. Si voy a buscarlo se enfadará. No pienso ir. ¿Qué sentido tiene? ¿De qué sirve tratar de decírselo todo? Cuando necesite venir, vendrá.

—Pero deberíamos cuidarle —insistió mi madre.

—¿Acaso no sabes —le dijo mi tía Salomé— que eso es lo que él quiere? Si ha de morir, deja que muera discutiendo sobre reyes e impuestos, o sobre el Templo, y que sea en el Jordán, clamando al Señor. Deja que disfrute de sus últimas fuerzas.

Guardaron silencio.

Luego bajaron la voz y hablaron de cosas comunes, también de problemas, pero yo no quería oír nada. Bandidos por todas partes, aldeas en llamas. Arquelao se había hecho a la mar rumbo a Roma. Si los romanos no estaban volviendo ya de Siria, pronto lo estarían. ¿No decían las señales de fuego lo que estaba pasando? Jerusalén entera se había amotinado. Me acurruqué junto a mi madre, aovillándome.

—Basta —la oí decir—. Las cosas no cambian.

Me fui adormilando.

—¡Ángeles! —dije de pronto en voz alta y abrí los ojos.

—Duérmete ya —dijo mi madre.

Me reí para mis adentros. Ella había visto un ángel antes de que yo naciera. Un ángel había dicho a José que nos trajera aquí. Y ahora yo los había visto. Los había visto pero sólo un momento. Menos que eso. Eran muchos, tan innumerables como las estrellas, y yo los había visto un instante, ¿verdad? ¿Qué aspecto tenían? Dejémoslo. Esto no es lo más importante.

Me volví y apoyé la cabeza en el blando petate. ¿Por qué no había prestado más atención a su aspecto? ¿Por qué no me había aferrado a su visión, por qué los había dejado marchar? ¡Porque lo cierto es que ellos estaban siempre allí! Sólo tenías que ser capaz de verlos. Era como abrir una puerta o correr una cortina. Pero la cortina era gruesa y pesada. Tal vez ocurría también así con la cortina del sanctasanctórum, que era gruesa y pesada. Y la cortina podía caer, cerrarse, así de sencillo.

Mi madre había visto un ángel, el ángel le había hablado. Debió de apartarse de todos ellos, acercarse a mi madre para hablarle, pero ¿qué significaron sus palabras?

Quise llorar otra vez, pero me contuve. Estaba contento y triste a la vez, lleno de sentimiento como un vaso lo está de agua. Tan lleno que mi cuerpo se ovilló bajo las mantas, y entonces sujeté con fuerza la mano de mi madre.

Ella deslizó sus dedos entre los míos y se acostó a mi lado. Casi me dormí.

«Ésta es la manera —pensé—. Sí, de este modo nadie puede saberlo. Por favor, nunca se lo digas a nadie. No, ni siquiera a la pequeña Salomé, ni siquiera a mi madre. No. Pero, Padre celestial, yo los vi, ¿no? Y descubriré lo que sucedió en Belén. Lo averiguaré todo.»

Regresaron, muchos de ellos, pero esta vez sólo sonreí y no abrí los ojos. «Podéis venir, no haréis que me asuste ni que me despierte. Podéis venir, aunque seáis tantos que no existan cifras para vosotros. Venís del lugar donde no existen números. Venís de donde no hay ladrones, ni incendios, ni hombres alanceados. Venid, pero vosotros no sabéis lo que yo sé, ¿verdad? No, no lo sabéis.

»Pero ¿cómo lo sé yo?»

10

¿Qué fue de la paz de aquella noche? ¿Cuándo se hizo añicos?

A la mañana siguiente, el valle se pobló de los que huían de la sublevación. Nos despertaron gritos y llantos. Las aldeas cercanas estaban en llamas. Cargamos las bestias y pusimos rumbo al norte.

Primero seguimos el río, pero enseguida la vista de los incendios y el fragor de gritos nos empujó hacia el oeste, donde de nuevo vimos escaramuzas y gente que huía con bultos y niños en brazos.

Cruzamos a la otra orilla y encontramos el mismo panorama. El camino estaba abarrotado de gente desdichada que contaba entre lágrimas lo que habían hecho los bandidos y los reyezuelos, que habían caído sobre ellos para adueñarse del ganado y el oro, incendiando sus aldeas sin motivo. Mi miedo aumentó hasta arraigar en lo más profundo de mí, de manera que la felicidad me pareció nada más que un sueño, incluso a plena luz del día.

Perdí la cuenta de los días y no retenía los nombres de los pueblos y lugares por donde pasábamos. Una y otra vez nos detenían los bandidos. Se abrían paso entre la muchedumbre, gritando y maldiciendo, sin otro propósito que robar a todo el mundo. Nosotros nos apiñábamos y no decíamos nada. Poco antes de caer la noche, montábamos nuestro campamento lejos de los poblados, que en su mayoría estaban desiertos o eran pasto de las llamas.

En un pueblo hubimos de escondernos mientras los bandidos prendían fuego a las casas. La pequeña Salomé empezó a llorar y fui yo quien la consoló. Yo, que había llorado tanto a las puertas de Jericó, ahora la abrazaba a ella y le decía que pronto estaríamos a salvo en casa. Silas y Leví querían enfrentarse a los hombres que nos abordaban, pero Santiago les repitió las serias advertencias de su padre de que guardásemos silencio y no intentásemos nada, puesto que ellos eran muy numerosos.

Después de todo, decían nuestros hombres, aquellos canallas portaban espadas y cuchillos. Mataban por capricho. Estaban sedientos de sangre. No había que caer en ninguna provocación.

A veces caminábamos bien entrada la noche mientras otros peregrinos montaban el campamento, y los hombres discutían, siempre con Cleofás en medio de todo. Tía María decía que él lo pasaba en grande teniendo a tanta gente nueva escuchando sus discursos. Además, ya no tenía más fiebre.

Yo procuraba mantenerme cerca para oír lo que decía. Y Cleofás no paraba de hablar del rey Herodes Arquelao sin hacer caso de las órdenes de José, y Alfeo también desistió de hacerle advertencias. Todo el mundo sabía que Arquelao había zarpado para Roma, pero también lo habían hecho otros hijos de Herodes, «los que habían tenido la suerte de sobrevivir», en palabras de Cleofás. Al parecer, el rey había asesinado a cinco de sus hijos varones, así como a innumerables hombres indefensos, a lo largo de sus más de treinta años de reinado.

Simón, el hermano de José, estaba callado, lo mismo que sus hijos y su hija. A ellos no les interesaban estas cosas. Tampoco a mi madre.

Cuando nos separamos de Zebedeo y de la prima más querida de mi madre, María Alejandra, hubo muchas lágrimas porque «las tres Marías» ya no volverían a estar juntas hasta la próxima fiesta en Jerusalén y, dada la actual situación, nadie podía asegurar cuándo sería seguro ir.

—Y no olvidemos a Isabel —dijeron entre sollozos—, sola en el mundo y con el pequeño Juan viviendo con los esenos.

Y aunque se habían separado de ella hacía mucho tiempo, volvieron todas a llorar otra vez. Lloraron por personas que yo no conocía y luego Zebedeo y los suyos montaron en sus bestias para dirigirse al mar de Galilea y Cafarnaum. Yo también quería ir a ese mar. Deseaba verlo con toda mi alma.

Echaba de menos la presencia del mar. Quiero decir, lo echaba de menos cuando el miedo remitía en mi interior. Alejandría era una pequeña porción de tierra entre el Gran Mar y el lago. En Alejandría siempre olías a agua, notabas la brisa fresca. Pero ahora estábamos tierra adentro y el terreno era pedregoso, los caminos duros. Y había aguaceros.

Los hombres, que conocían las estaciones, dijeron que eran las últimas lluvias, un poco tardías, y que en cualquier otro momento hubieran sido bienvenidas. Pero ahora nadie pensaba en las cosechas, sino en huir de los levantamientos y los problemas. Y la lluvia nos hacía arrimarnos unos a otros bajo nuestras capas, y teníamos frío.

Las mujeres temían por Cleofás, a causa de las lluvias, pero él no enfermó. Ya no tosía nada.

Los que nos adelantaban traían historias de nuevas revueltas en Jerusalén. Se decía que el ejército romano estaba de camino desde Siria. Nuestros hombres alzaban los brazos al cielo.

Todavía éramos un grupo muy numeroso —había peregrinos que regresaban a poblaciones de Galilea—, y pronto alcanzamos terreno más elevado y verde, lo que me gustó mucho.

Allá donde mirara había bosques y ovejas paciendo en las laderas, y allí por fin vimos a los campesinos trabajar como si no hubiera ninguna guerra.

Yo me olvidaba de los bandidos, pero de repente, salido de la nada, sobre la cresta de una loma aparecía un grupo de jinetes y todos nos poníamos a gritar. A veces el número de peregrinos sin casa era tan grande que no se atrevían con nosotros y se alejaban hacia los campos, dejándonos en paz. En otras ocasiones torturaban a los hombres que sólo les daban respuestas inútiles, como si fueran imbéciles, cuando en realidad no lo eran.

Noche tras noche, nuevos hombres se sumaban al círculo de la cena. Algunos eran galileos que iban al norte; otros, parientes lejanos nuestros a los que no conocíamos; y otros, en fin, gente que huía de las revueltas y los incendios. Los hombres se sentaban alrededor de la lumbre y se pasaban el odre y discutían a viva voz y se acaloraban. A la pequeña Salomé y a mí nos encantaba escucharlos.

Habían surgido caudillos rebeldes por todas partes, contaban. Como Atronges, que junto con sus hermanos lideraba un grupo muy activo y estaba reuniendo fuerzas. Y también en el norte estaba Judas, hijo de Ezequías el galileo.

Y no sólo eran romanos los que venían hacia aquí, sino que se les habían sumado los hombres de Arabia, que incendiaban aldeas porque odiaban a Herodes. Ya no había nadie que pudiera plantar cara y poner orden. Los romanos hacían lo que podían.

Todo esto nos animó a darnos prisa en nuestro viaje hacia Galilea, pese a que no sabíamos dónde podíamos toparnos con esas temibles partidas armadas.

Los hombres discutieron acaloradamente.

—Sí, todo el mundo hablaba de las maldades del rey Herodes, que si era un tirano y un monstruo —dijo uno de ellos—, pero ¡mirad lo que está pasando ahora! ¿Es que siempre necesitaremos un tirano que nos gobierne?

—Podríamos apañarnos con el gobernador romano de Siria —dijo Cleofás—. Pero no necesitamos un rey judío que no sea judío.

—¿Y entonces quién tendría la autoridad aquí, en Judea, Samaria, Peraea y Galilea? —objetó Alfeo—. ¿Funcionarios romanos?

—Mejor que los Herodes —dijo Cleofás, y muchos compartieron su opinión.

—¿Y si llegara a Judea un prefecto romano con una estatua de César Augusto representado como el Hijo de Dios?

—Eso no lo harían nunca —replicó Cleofás—. Se nos respeta en todas las ciudades del Imperio. Observamos el sabbat y no se nos exige que nos alistemos como soldados. Respetan nuestras leyes ancestrales. ¡Mejor ellos que esta familia de locos que conspiran entre sí y asesinan a los de su propia sangre!

La discusión se prolongó. Me gustaba quedarme dormido escuchando. Me hacía sentir protegido y a salvo.

—Os cuento esto porque lo he visto —dijo Alfeo—.

Cuando los romanos sofocan un disturbio, matan por igual a inocentes y culpables.

—¿Cómo van a distinguir los soldados entre unos y otros si entran a saco en la ciudad, o en las aldeas? —dijo un judío de Galilea—. Son como una tromba. Os aseguro que si vienen, lo mejor es apartarse del camino. Los romanos no tienen tiempo para escuchar cómo les dices que tú no has hecho nada. Es como una plaga de langostas detrás de otra: primero los ladrones y después los soldados.

—Y estos hombres, estos grandes guerreros —dijo Cleofás—, estos nuevos reyes de Israel recién liberados de las cadenas de la esclavitud, estos caudillos ungidos de un día para otro, ¿qué harán de este país salvo sumirlo en nuevas y mayores desgracias?

Mi tía María, la egipcia, gritó.

Abrí los ojos y me incorporé de golpe.

María se levantó rápidamente de entre las mujeres y se acercó a los hombres; las manos le temblaban y sus ojos vertían lágrimas que brillaban a la luz de la lumbre.

—¡Basta, no digáis nada más! —gritó—. ¿Hemos salido de Egipto para oír esto? Dejamos Alejandría y hemos recorrido el valle del Jordán aterrorizados por estos insensatos, y cuando la cosa está calmada y casi hemos llegado, vosotros metéis miedo a los niños con vuestro griterío, con vuestras profecías. ¡Pero no conocéis la voluntad del Señor! ¡Vosotros no sabéis nada! Podríamos llegar mañana y encontrarnos con que Nazaret es un montón de cenizas.

Mañana. Nazaret. ¿En esta hermosa tierra?

Dos mujeres la sujetaron y la apartaron de los hombres. Cleofás se limitó a encogerse de hombros. Los otros siguieron hablando pero en voz más baja.

Cleofás meneó la cabeza y bebió un trago de vino.

Yo me levanté y me acerqué a Santiago, que estaba mirando el fuego como solía hacer.

—¿Tan pronto llegaremos a Nazaret? —pregunté.

—Puede —dijo—. Estamos cerca.

—¿Y si lo han quemado todo?

—No tengas miedo —dijo José con voz grave—. No lo habrán quemado. Estoy seguro. Vuelve a dormir.

Alfeo y Cleofás lo miraron. Algunos hombres rezaban en voz baja sus oraciones mientras se dirigían hacia sus camas al raso.

—¿Cómo vamos a saber la voluntad del Señor? —murmuró Cleofás—. El Señor quiso que abandonáramos Alejandría por esto, el Señor quiso que... —Calló porque José volvió la cabeza para fulminarlo con la mirada.

—¿Qué nos ha pasado hasta ahora? —preguntó Alfeo.

Cleofás estaba enojado y murmuró algo, vigilado todo el tiempo por José. Pero no encontraba las palabras adecuadas.

—¿Qué? —repitió Alfeo—. Vamos, di. ¿Qué ha pasado?

Todos estaban mirando a Cleofás.

—Nada nos ha pasado —dijo Cleofás al fin—. Hemos salido airosos de todo.

Todos quedaron satisfechos; era la respuesta que esperaban oír.

Cuando me acosté, José vino a arroparme. El suelo estaba fresco y olía a hierba. Me llegó también el aroma de los árboles cercanos. Estábamos desperdigados por la colina, unos al abrigo de los árboles, otros al raso como yo.

Judas y Simeón se acurrucaron conmigo, sin llegar a despertarse.

Contemplé el cielo estrellado. Yo nunca había visto las

estrellas así en Alejandría, tan claras y tantas que parecían motas de polvo o granos de arena, o todas las palabras que yo había aprendido y cantado.

Los hombres habían abandonado la lumbre y el fuego se había extinguido. Así pude ver aún mejor las estrellas, y lo cierto es que no quería dormirme. Yo nunca quería dormirme.

A lo lejos se oían tenues gritos, procedentes del pie de la colina. Me volví y vi distantes llamas pendiente abajo, y me desagradó la manera como temblaban en el aire, pero los hombres no se levantaron. Nadie se movió. Estábamos a oscuras. Nada cambió en nuestro campamento ni en los que estaban cerca de nosotros. Oí caballos en el pequeño valle.

Cleofás se acostó a mi lado.

—Nada cambia —dijo.

—¿Cómo puedes decir eso? —repuse—. Vayamos donde vayamos, está cambiando.

Anhelé que cesaran aquellos gritos. Y casi lo hicieron. Más llamas. Las llamas me daban miedo.

Un cántico entonado a gritos fue acercándose cada vez más. Era una mujer quien los profería. Pensé que cesaría, pero no fue así. Y con los gritos me llegó también sonido de pasos, primero tenues y luego fuertes, gente corriendo.

Una voz de hombre resonó en la oscuridad exclamando palabras horribles, palabras llenas de odio y maldad, mientras la mujer seguía gritando. Llamó ramera en griego a la mujer, dijo que la mataría cuando la atrapara, y de su boca salieron terribles juramentos, palabras que yo nunca había oído pronunciar.

Nuestros hombres se levantaron. Yo los imité.

De pronto los pasos de la mujer sonaron muy cerca,

afanándose cuesta arriba. Respiraba jadeando y ya no podía gritar.

Cleofás corrió hacia ella, seguido de José y los otros
hombres, y alcancé a distinguir que le tendían las manos
cuando su silueta apareció, agitando los brazos contra el
cielo furibundo. Rápidamente la hicieron agacharse y la
escondieron entre nuestras mantas. Se quedaron quietos.
Yo la oía respirar, y también toser y sollozar, mientras las
mujeres le ordenaban que callara como si fuera una niña.

Yo estaba de pie, y Santiago detrás de mí.

Recortado contra el fondo del incendio vi aparecer al
perseguidor. Se detuvo. Era una silueta grande y negra
como las rocas que nos rodeaban. Estaba ebrio. Noté que
olía a vino y que meneaba la cabeza.

Llamó a la mujer empleando epítetos obscenos, palabras que yo sólo había oído ocasionalmente en el mercado, y palabras que sabía que jamás debían ser dichas.

Luego se quedó callado.

La noche entera enmudeció; sólo se oía la bronca respiración del desconocido, y el ruido que hacía al tamba-
learse sobre el suelo.

La mujer soltó un grito ahogado.

Al oírlo, el hombre rió y fue directo hacia mi padre y
mis tíos, quienes lo sujetaron. Fue una mole de oscuridad
apresando otra masa de oscuridad. La noche se llenó de
sonidos sordos pero contundentes.

Se dirigieron colina arriba, todos ellos, y ahora me
pareció que eran muchos; quizás iban también los dos hijos de Alfeo; todo sucedió muy deprisa y los sonidos se
repetían. Yo sabía qué los producía: estaban apaleando al
hombre. Y él había dejado de maldecir e insultar. Nadie
decía nada, salvo las mujeres que hacían callar a la perse-
guida.

De pronto, desaparecieron de mi vista.

No sé por qué me había quedado allí quieto. Me levanté dispuesto a seguirlos.

—No —dijo mi hermano Santiago.

La mujer dijo en sollozos:

—Soy viuda y estoy sola, sola con mi esclava. Mi esposo no lleva muerto ni dos semanas y vienen todos a mí como langostas. ¿Qué voy a hacer? ¿Adónde puedo ir? Han quemado mi casa. Se lo llevaron todo. Son la hez de las heces. Y mi hijo cree que pelean por la libertad. Os aseguro que es la peor de las chusmas. Arquelao está en Roma, los esclavos matan a sus amos y todo el orbe está en llamas.

La mujer continuó lamentándose de esa guisa. Yo no veía nada. Tampoco oía a los hombres. Me palpé todo el cuerpo.

—¿Qué le están haciendo? —le pregunté a Santiago. Apenas si podía verle por un tenue reflejo en sus ojos.

Abajo en el valle, las llamas se habían extinguido pero el incendio seguía activo.

—No digas nada. Ve a acostarte —me dijo.

—Mi casa —dijo la mujer, transida de pena—, mi granja, mi pobre niña Riba; si la encuentran la matarán. Eran muchos, demasiados. Seguro que la matan, seguro que la matan.

Las mujeres la consolaron como nos consolaban a nosotros cuando estábamos tristes, más con sonidos que con palabras.

—Vuelve a la cama —repitió Santiago.

Era mi hermano mayor y yo tenía que obedecerle. La pequeña Salomé sollozaba, medio dormida.

Me acerqué para calmarla y le di un beso. Ella entrelazó sus dedos con los míos y poco a poco se durmió otra vez.

Estuve en vela hasta que los hombres regresaron.

Cleofás vino a tumbarse a mi lado. A todo esto, los pequeños Judas y Simeón dormían como si nada hubiera pasado. A los niños, en cuanto pillan el sueño, no hay nada que los despierte. Todo estaba en silencio. Ni siquiera las mujeres hacían ruido.

Cleofás empezó a susurrar en hebreo pero no lo entendí. Los otros hombres cuchicheaban quedamente. Las mujeres hablaban en voz tan baja que parecían estar rezando.

Yo sí recé.

No pude pensar en la pobre niña, la que había quedado allá abajo en la casa incendiada. Recé por ella sin pensar en ella. Y, entretanto, me venció el sueño.

11

Cuando desperté, antes de decir nada contemplé el cielo azul y los árboles.

Nazaret: tierra de árboles y campos.

Me levanté y dije mis oraciones con los brazos extendidos.

—«Oye, oh, Israel, el Señor nuestro Dios es Uno... Y amarás al Señor tu Dios con todo tu corazón, toda tu alma y todas tus fuerzas.»

Estaba contento.

Entonces recordé los sucesos de la noche.

Los hombres estaban volviendo de la casa de aquella mujer desdichada, o eso me dijeron las mujeres.

Ella estaba con nosotros y aquí venía ahora la esclava, que no estaba muerta, con su velo y su túnica, llorando, acompañada de Cleofás, que la ayudaba a subir la cuesta.

La mujer gritó y corrió hacia ella.

Los hombres traían fardos con pertenencias de la casa. Y también una vaquilla, una vaquilla grande y lenta de ojos asustados, tirando de la soga que la sujetaba.

Hablaron en griego, la mujer y la esclava, y se abrazaron. Para dirigirse a nuestra familia, la mujer habló en nuestra lengua. Nuestras mujeres rodearon a las recién llegadas y las abrazaron y consolaron.

Bruria, se llamaba la mujer, y la esclava Riba era como una hija para ella. Ahora estaba dando gracias al cielo de que Riba estuviera sana y salva.

Por fin nos unimos a la caravana y seguimos camino de Nazaret.

Bruria contó que los bandidos se habían apropiado de casi todas sus posesiones: sedas, vajilla, grano, odres y todo aquello que habían podido llevarse. Después habían quemado la finca, incluso los olivos. Pero no encontraron el tesoro escondido en un túnel bajo la casa. De ese modo, Bruria recuperó su oro, que era todo lo que su marido le había dejado al morir. Riba se había ocultado en el túnel, lo que la salvó de los bandidos.

Mientras avanzábamos hacia Nazaret, supe que las dos mujeres se quedarían con nosotros.

Bruria también tenía otras noticias.

No sólo había ardido Jericó sino otro de los palacios de Herodes, el de Amathace. Y los romanos no podían contener a los árabes, que en su marcha incendiaban aldea tras aldea.

Pero los hombres de la noche anterior eran vulgares borrachos, dijo Bruria. Por su parte, Riba dijo que había conseguido meterse en el túnel por los pelos. Mientras nos contaban todo eso, las dos mujeres caminaban sin dejar de sollozar.

Un túnel bajo la casa. Yo nunca había visto un túnel debajo de una casa.

—Si no hay rey, no hay paz —dijo Bruria, que era hija de Hezekiah, hijo a su vez de Caleb, y procedió a nombrar a todos sus antepasados y los de su esposo.

Los hombres la escuchaban con interés. Al oír tal o cual nombre, había murmullos y asentimientos de cabeza. Los hombres no miraban a la esclava, pero no se apartaban mucho de ambas mujeres y estaban expectantes, con el oído aguzado.

—Judas hijo de Ezequeías, ése es el rebelde —dijo Bruria—. El viejo Herodes lo encarceló, pero no lo hizo ejecutar, lo cual habría sido mejor. Ahora está sublevando a los jóvenes. Tiene su sede en Séforis. Se apoderó del arsenal. Pero los romanos ya están viniendo de Siria. Lloro por Séforis. Todo aquel que no quiera morir debería escapar cuanto antes de Séforis.

Yo conocía el nombre de esa ciudad. Sabía que mi madre había nacido allí, donde su padre Joaquín había sido escriba, y que su mujer, mi abuela Ana, había nacido también allí. Se habían trasladado a Nazaret cuando mi madre se prometió a José, que vivía con sus hermanos en la casa de la vieja Sara y el viejo Justus, parientes de mi madre, así como de José. Parte de esa casa se la habían dado a Joaquín y Ana y a mi madre, pues era una casa grande que tenía habitaciones de sobra para familias que convivían en un mismo patio grande, y fue allí donde vivieron hasta que se fueron a Belén, donde yo nací.

Al pensar en ello tuve conciencia de que desconocía partes de la historia. No sabía que mi madre y José se habían casado en Betania, en la casa de Isabel y Zacarías, y que esa casa estaba cerca de Jerusalén. Pero Isabel y su hijo Juan ya no vivían allí. Habían tenido que ocultarse, tal como nos había explicado mi prima Isabel.

Y al pensar en esto, todas las preguntas volvieron a mi mente. Pero tenía demasiadas ganas de ver Nazaret como para pensar en ello. No quería sufrir por ese motivo.

El entorno que me rodeaba era muy bello. Conocía

esta palabra por los salmos, y comprendí su significado al contemplar esta tierra.

Sara y Justus nos estarían esperando en Nazaret. Les habíamos escrito para comunicarles que volvíamos a casa. La vieja Sara era tía de mi abuela Ana, y tía también de alguien de la familia de José, aunque yo no sabía de quién.

La región era cada vez más verde. Y, pese a que empezó a llover un poco, ni siquiera nos detuvimos.

Habíamos escuchado muchas veces sus cartas, en las que ella nombraba a todos los niños, y ya estaba al corriente de nuestra venida.

Los hombres no hablaban mucho, pero Bruria y Riba eran muy locuaces; los hombres se limitaban a escucharlas. Finalmente Bruria dijo que no podía seguir guardándose lo que más tristeza le producía: ¡su hijo se había unido a los rebeldes de Séforis! Se llamaba Caleb y añadió que quizá ya estaba muerto. No volvería a verlo nunca más.

Los hombres asintieron con la cabeza y guardaron silencio.

—Nadie vendrá a molestarnos en Nazaret. ¿A quién puede importarle ese lugar? —dijo Cleofás por lo bajo.

—Todo irá bien —dijo José—. Estoy seguro.

El sol iba ascendiendo en el cielo y las nubes parecían velas de barco, tan limpias estaban. En los campos había mujeres trabajando.

Llevábamos un buen trecho cuesta arriba por las colinas cuando llegamos a una aldea derruida y desierta. La hierba estaba crecida y los tejados se habían derrumbado. El lugar estaba deshabitado desde hacía tiempo. No había nada quemado. La mayor parte de la caravana siguió adelante, pero los nuestros se detuvieron.

Cleofás y José nos guiaron hasta un pequeño manantial que salía de la roca; sus aguas llenaban un estanque rodeado de grandes árboles frondosos. Era un lugar muy hermoso.

Montamos el campamento y mi madre dijo que pernoctaríamos allí y seguiríamos camino por la mañana.

Los hombres fueron a bañarse en el manantial mientras las mujeres iban a prepararles ropa limpia. Aguardamos. Luego las mujeres llevaron a los pequeños y nos bañamos. El agua estaba fría, pero todos reímos y lo pasamos en grande, y la ropa limpia olía bien. Olía incluso como en Egipto. Habían conseguido túnicas para Bruria y Riba.

—¿Por qué no seguimos camino hacia Nazaret? —pregunté—. Aún es temprano.

—Los hombres quieren descansar —dijo mi madre—. Y parece que va a llover otra vez. Si llueve, nos meteremos en una de esas casas. Si no, nos quedaremos aquí.

Los hombres no parecían los mismos. Antes no me había dado cuenta, pero llevaban todo el día muy callados.

Cierto que las dificultades nos surgían a diario y teníamos que apañarnos con lo que encontrábamos, pero esta vez los hombres se comportaban de manera extraña. Hasta Cleofás estaba callado. Con la espalda apoyada contra un árbol, contemplaba las colinas a lo lejos y no parecía ver la gente que pasaba por el camino en dirección a Galilea. Pero cuando miré a José, como solía hacer en momentos como aquél, vi que estaba sereno. Había sacado un pequeño libro para leer y lo hacía susurrando las palabras. Era un libro escrito en griego.

—¿Qué es? —le pregunté.

—Samuel —respondió—. Habla de David.

Escuché mientras él leía en voz baja. David había estado combatiendo y quería beber agua del pozo de los enemigos, pero cuando le llevaron el agua no pudo beberla porque los hombres habían corrido un grave peligro para conseguirla. Podían haber muerto sólo por ello.

Luego, José se levantó y le dijo a Cleofás que le acompañara.

Las mujeres y los niños estaban reunidos alrededor de Bruria y Riba, y hablaban sin parar de las muchas cosas que habían ocurrido en la región.

José, Cleofás y Alfeo, más los dos hijos de éste y Santiago, llamaron a Bruria para hablar con ella. Se alejaron hasta un bosquecillo de árboles que se mecían al viento. Era agradable de ver.

Las voces sonaban distantes, pero pude captar retazos de conversación.

—No, pero si perdiste tu finca. No, pero tú... Y todo cuanto poseías...

—Tienes todo el derecho a...

—Considéralo el rescate.

¿Rescate?

La mujer, con las manos en alto y meneando la cabeza, regresó al grito de «¡No pienso hacerlo!».

Volvieron todos para acostarse y hubo silencio otra vez. José parecía preocupado, pero al final pareció serenarse.

La gente pasaba por el camino sin mirarnos, incluso hombres a caballo.

Y después de la cena, cuando todo el mundo estaba durmiendo, yo pensé en aquel hombre surgido en la noche, el borracho. Sabía que lo habían matado, pero no quería pensar en eso. Simplemente lo sabía, así como el motivo por el que lo habían hecho. Sabía lo que pretendía hacerle a la mujer. Y sabía que los hombres se habían lavado y puesto ropa limpia conforme a la Ley de Moisés, y que no estarían limpios hasta que se pusiera el sol. Por eso no íbamos hoy a Nazaret. Querían llegar a casa limpios.

Pero ¿podrían estar limpios jamás de semejante acto? ¿Cómo limpiarse la sangre de un semejante; y qué hacer con el dinero que tenía, el dinero que había robado, un dinero manchado en sangre?

12

Por fin coronamos la colina.

Sólo un gran valle se extendía ante nosotros, todo un espectáculo de olivares y campos. Parecía una tierra alegre, pero el gran diablo, el fuego, ardía otra vez a lo lejos, y el humo se elevaba hasta el cielo y sus blancas nubes. Los dientes me rechinaron. Noté que el miedo brotaba en mi interior, mas lo obligué a desaparecer.

—¡Allá está Séforis! —exclamó mi madre, y lo mismo hicieron las otras mujeres y los hombres. Y nuestros rezos se elevaron mientras mirábamos sin movernos.

—Pero ¿y Nazaret? —preguntó la pequeña Salomé—. ¿Está ardiendo también?

—No —repuso mi madre, y se inclinó para señalar con el dedo—. Allí está Nazaret.

Apuntaba hacia un pueblo en lo alto de un cerro. Casas blancas, unas encima de otras, y los árboles muy apiñados. A ambos lados había otras pendientes suaves y valles, y a lo lejos más pueblecitos apenas visibles al resplandor del sol. Al fondo estaba el gran incendio.

—Bien, ¿qué hacemos? —dijo Cleofás—. ¿Escondernos en las colinas porque Séforis está en llamas, o ir a casa? ¡Yo digo ir a casa!

—No tengas tanta prisa —repuso José—. Quizá deberíamos permanecer aquí. No lo sé.

—¿Tú no lo sabes? —se asombró su hermano Alfeo—.
Creí haberte oído decir que el Señor velaría por nosotros,
y ya estamos a menos de una hora de casa. Si esos ladrones
aparecen por aquí, prefiero estar metido en la casa de Nazaret que rondando por estos montes.

—¿Tenemos túneles en la casa? —pregunté, sin ánimo
de interrumpir.

—Sí, tenemos túneles. En Nazaret todo el mundo los
tiene. Son túneles antiguos y hace falta repararlos, pero
los hay. Aunque estos bandidos sanguinarios están por
todas partes...

—Es Judas hijo de Ezequeías —dijo Alfeo—. Seguramente habrá terminado con Séforis y viene de camino.

Bruria rompió a llorar y Riba también. Mi madre trató de consolarlas.

José lo meditó y luego dijo:

—Sí, el Señor velará por nosotros, llevas razón. Iremos a Nazaret. No veo que ocurra nada malo allí, y tampoco en el trecho que nos falta por cubrir.

Empezamos a descender hacia el valle y pronto estuvimos entre hileras de árboles frutales y extensos olivares.
Los campos eran los mejores que yo había visto nunca.
Avanzábamos despacio y los niños no teníamos permiso
para corretear o alejarnos.

Estaba tan ansioso por ver Nazaret y tan lleno de dicha por encontrarme allí que tuve ganas de ponerme a
cantar, pero nadie cantaba. Para mis adentros, dije: «Loado sea el Señor, que cubrió los cielos de nubes, que prepa-
ró la lluvia para la tierra, que hizo la hierba para que cre-
ciera en los montes.»

El camino era pedregoso e irregular, pero el viento soplaba suave. Vi árboles repletos de flores y pequeñas torres sobre unos promontorios, pero en los campos no había ni un alma.

No había nadie en ninguna parte. Y tampoco ovejas ni otro tipo de ganado.

José nos dijo que apretáramos el paso, e hicimos lo que pudimos. Pero no resultó fácil con mi tía María, que de pronto había enfermado, como si Cleofás le hubiese transmitido el mal. Tirábamos de los burros y nos turnábamos para llevar al pequeño Simeón, que pataleaba y lloraba reclamando a su madre.

Finalmente empezamos a subir la cuesta de Nazaret. Supliqué ir en cabeza y adelantarme, y lo mismo hizo Santiago, pero José dijo que no.

Nazaret era un pueblo desierto.

Una calle ancha colina arriba con callejuelas a ambos lados y casas blancas, algunas de dos y tres plantas, y muchas con patios descubiertos, y todo silencioso y vacío como si allí no viviera nadie.

—Démonos prisa —dijo José con semblante sombrío.

—¡Pero qué pasa para que todo el mundo se esconda de esta manera! —dijo Cleofás en voz baja.

—No hables. Vamos —dijo Alfeo.

—¿Dónde se han escondido? —preguntó la pequeña Salomé.

—En los túneles. Seguro que están en los túneles —dijo mi primo Silas. Su padre le ordenó callar.

—Dejad que me suba yo al tejado más alto —propuso Santiago—. Echaré un vistazo.

—Adelante —dijo José—, pero procura que nadie te vea, y regresa cuanto antes.

—¿Puedo ir con él? —imploré. La respuesta fue no.

Silas y Leví hicieron pucheros por no poder ir con Santiago.

José nos hizo correr colina arriba.

Nos detuvimos en la calle principal, a media cuesta. Entonces supe que nuestro viaje había tocado a su fin.

Era una casa grande, mucho más de lo que yo imaginaba, muy vieja y destartalada. Hacía falta enyesar y limpiar, y cambiar el entramado de madera podrida que sostenía las enredaderas. Pero era una casa para muchas familias, como nos habían explicado, con un establo en un amplio patio y tres plantas. Las habitaciones se extendían a cada lado del patio, con un tejado que daba sombra todo alrededor. La higuera más grande que había visto en mi vida adornaba el patio.

Era una higuera encorvada, de ramas retorcidas que llegaban hasta las viejas piedras del patio formando un frondoso techo de hojas muy verdes.

Al pie del árbol había unos bancos. Las enredaderas se encaramaban al muro que daba a la calle, formando un pórtico.

Era la casa más bonita que yo nunca había contemplado.

Después de la populosa calle de los Carpinteros, después de las habitaciones donde mujeres y hombres dormían hacinados entre bebés que no cesaban de berrear, aquello me pareció un palacio.

Sí, tenía una débil techumbre de adobe, así como manchas de humedad en las paredes y agujeros donde anidaban palomas —los únicos seres vivos en todo el pueblo—, y el empedrado del patio estaba muy gastado. Y dentro probablemente habría suelos de tierra prensada; también los teníamos en Alejandría. Nada de eso me preocupó.

Pensé en toda nuestra familia ocupando la casa. Pensé

en la higuera, en las enredaderas con sus florecitas blancas. Canté silenciosamente en acción de gracias al Señor. Y ¿dónde estaba la habitación en que el ángel se había aparecido a mi madre? ¿Dónde? Tenía que saberlo.

Todos estos pensamientos acudieron a mí en un instante.

Entonces oí un sonido, un sonido tan aterrador que borró de un plumazo todo lo demás: caballos. Caballos entrando en el pueblo. Ruido de cascos y también de hombres gritando cosas en griego que no logré entender.

José miró a un lado y a otro con ansiedad.

Cleofás susurró una plegaria y le dijo a María que metiera a todos en la casa.

Pero antes de que ella pudiera moverse, una voz autoritaria ordenó en griego que todo el mundo saliera de las casas. Mi tía se quedó inmóvil como si se hubiera convertido en piedra. Incluso los más pequeños enmudecieron.

Llegaban más jinetes. Entramos en el patio. Teníamos que apartarnos de su camino, pero no pudimos ir más lejos.

Eran soldados romanos, y llevaban cascos de guerra y lanzas.

En Alejandría yo siempre veía soldados romanos yendo y viniendo por todas partes, en desfiles y con sus mujeres en el barrio judío. Incluso mi tía María, la egipcia, mujer de Cleofás, que estaba con nosotros ahora, era hija de un soldado romano judío, y sus tíos eran soldados romanos.

Pero aquellos hombres no se parecían a nada de lo que yo había visto. Aquellos hombres venían sudorosos y cubiertos de polvo, y miraban con dureza a derecha e izquierda.

Eran cuatro. Dos esperaban a los otros dos, que bajaban la cuesta. Luego se reunieron los cuatro delante de nuestro patio y uno gritó que nos quedáramos allí.

Refrenaron sus caballos, pero los caballos piafaban y echaban espuma, y no paraban de moverse inquietos. Eran demasiado grandes para la calle.

—Vaya, vaya —dijo uno de los hombres, en griego—. Parece que sois los únicos que vivís en Nazaret. Tenéis todo el pueblo para vosotros solos. Y nosotros a toda la población reunida en un solo patio. ¡Estupendo!

Nadie dijo palabra. La mano de José en mi hombro casi me hacía daño. Todos nos quedamos quietos.

Entonces el que parecía el jefe, haciendo señas a sus camaradas de que callaran, avanzó como mejor pudo a lomos de su nerviosa montura.

—¿Qué tenéis que decir en vuestra defensa? —espetó.

Otro bramó:

—¿Algún motivo para que no os crucifiquemos como a la otra chusma que encontramos por el camino?

Silencio. Y entonces, José habló con voz suave.

—Señor —dijo en griego—, venimos de Alejandría. Ésta es nuestra casa, pero no sabemos nada de lo que está pasando. Acabamos de llegar y nos hemos encontrado el pueblo vacío. —Señaló hacia los burros con sus canastos, mantas y bultos—. Venimos cubiertos del polvo del camino, señor. Estamos a vuestro servicio.

Tan larga respuesta sorprendió a los romanos, y el jefe avanzó con su caballo, entrando en el patio y haciendo retroceder de miedo a nuestras bestias. Nos miró a todos, a nuestros fardos, a las mujeres y a los pequeños.

Pero, antes de que pudiera hablar, el otro soldado dijo:

—¿Por qué no nos llevamos dos y dejamos el resto? No tenemos tiempo para mirar en todas las casas. Elige dos y larguémonos de aquí.

Mi tía y mi madre gritaron al unísono, aunque al punto se contuvieron. La pequeña Salomé rompió a llorar y el pequeño Simeón se puso a berrear, aunque dudo que supiera por qué. Oí a mi tía Esther murmurar algo en griego, pero no entendí las palabras.

Yo estaba tan asustado que casi no podía respirar. Habían dicho «crucificar», y yo sabía qué era una crucifixión. Lo había visto cerca de Alejandría, pero sólo con miradas rápidas porque jamás había que quedarse presenciando una crucifixión. Clavado a una cruz, despojado de toda la ropa y miserablemente desnudo en su muerte, un crucificado era una visión horrible y vergonzosa. Sentí pánico.

El jefe no respondió.

—Así escarmentarán —insistió el otro—. Nos llevamos dos y dejamos que se vayan los otros.

—Señor —dijo José—, ¿qué podríamos hacer para demostraros que no somos culpables de nada, que tan sólo acabamos de llegar de Egipto? Somos gente sencilla, señor. Observamos las leyes, tanto las nuestras como las vuestras.

José no exteriorizaba ningún miedo, como tampoco ninguno de los hombres, pero yo sabía que estaban aterrorizados. Mis dientes empezaron a castañetear. Ahora no podía romper a llorar. Ahora no, por favor.

Entretanto, las mujeres temblaban y sollozaban de manera casi inaudible.

—No —dijo el jefe—, estos hombres no tienen nada que ver. Vámonos.

—Espera, tenemos que llevarnos a alguien de este pueblo —dijo el otro—. Seguro que aquí también apoyaban a los rebeldes. Ni siquiera hemos registrado las casas.

—¿Cómo vamos a registrar tantas casas? —repuso el

jefe. Nos miró—. Tú mismo has dicho que no podemos. Y ahora, en marcha.

—Uno, llevémonos a uno solo, para que sirva de ejemplo. Sólo uno. —El soldado se situó delante del jefe y empezó a mirar a nuestros hombres.

El jefe no respondió.

—Entonces iré yo —dijo Cleofás—. Llevadme a mí.

Las mujeres gritaron al unísono; mi tía María se derrumbó sobre mi madre y Bruria cayó de hinojos y prorrumpió en llanto.

—Es para esto que sobreviví: moriré por la familia.

—No, llevadme a mí —dijo José—. Iré con vosotros. Si es que tiene que ir alguien, que sea yo. No sé de qué se me acusa, pero iré.

—No; voy yo —terció Alfeo—. Si es preciso, seré yo. Pero, os lo ruego, decidme el motivo por el que voy a morir.

—Tú no morirás —replicó Cleofás—. ¿No te das cuenta? Es por eso que no morí allá en Jerusalén. Ahora voy a ofrecer mi vida por la familia: es el momento perfecto.

—Seré yo quien vaya —intervino Simón, dando un paso al frente—. El Señor no alarga la vida de un hombre para hacerle morir en la cruz. Llevadme a mí. Siempre he sido lento y perezoso. Todos lo sabéis. Nunca hago nada bien; al menos ahora serviré para algo. Dejad que aproveche esta ocasión para ofrecerme por mis hermanos y por todos mis familiares.

—¡He dicho que no! ¡Iré yo! —se obstinó Cleofás—. Es a mí a quien se llevarán.

De repente, los hermanos empezaron a gritarse unos a otros, incluso a darse empujones suaves, cada cual asegurando que moriría por los demás. Cleofás porque de todos modos estaba enfermo, José porque era el cabeza de familia, y Alfeo porque dejaba a dos hijos fuertes y sanos, y así sucesivamente.

Los soldados, que habían enmudecido de asombro, prorrumpieron en grandes carcajadas.

Y Santiago bajó del tejado, mi hermano Santiago de sólo doce años, vino corriendo y dijo que quería ser él quien fuera.

—Iré con vosotros —le dijo al jefe—. He venido a la casa de mi padre, y del padre de mi padre, y del padre del padre de mi padre, para morir por esta casa.

Los soldados se rieron todavía más.

José hizo retroceder a Santiago y todos empezaron a discutir otra vez, hasta que los soldados miraron hacia la casa. Uno de ellos señaló con el dedo. Todos volvimos la cabeza.

De la casa, de nuestra casa, salía una anciana, una mujer tan vieja que su piel parecía cuero reseco. Traía en sus manos una bandeja de pastas y un odre de vino colgado del hombro. Tenía que ser la vieja Sara, no podía ser otra.

Los niños la miramos porque los soldados así lo hacían, pero los hombres continuaban discutiendo sobre quién iba a ser el crucificado, y cuando ella habló no pudimos oír sus palabras.

—¡Basta, callaos de una vez! —gritó el jefe—. ¿No veis que la anciana quiere hablar?

Silencio.

La vieja Sara se adelantó a pasitos rápidos.

—Haría una inclinación ante vosotros —dijo en griego—, pero soy demasiado vieja para eso. Y vosotros sois jóvenes. Tengo unos dulces y el mejor vino de los viñedos de nuestros parientes que viven más al norte. Sé que estáis cansados y en tierra extranjera. —Su griego era tan bueno como el de José, y su manera de hablar denotaba alguien acostumbrado a contar historias.

—¿Darías de comer y beber a unos soldados que crucifican a tus compatriotas? —preguntó el jefe.

—Señor, podría prepararos la ambrosía de los dioses en el Monte Olimpo —dijo Sara—, y convocar a bailarinas y músicos y llenar vasos dorados con néctar, si con eso perdonarais la vida a estos hijos de la casa de mi padre.

Los soldados prorrumpieron en tales risotadas que fue como si no hubieran reído nunca. No era una risa malvada, no, sus rostros parecían ahora menos crispados, y se les notaba la fatiga.

Sara se acercó a ellos y les ofreció los dulces. Y los soldados aceptaron, los cuatro, y el soldado malvado, el que quería llevarse a uno de nosotros, cogió el odre de vino y echó un trago.

—Mejor que néctar y ambrosía —dijo el jefe—. Eres una mujer bondadosa. Me recuerdas a mi abuela. Si tú me dices que ninguno de estos hombres es un bandido, si me dices que nada tienen que ver con las revueltas de Séforis, yo te creeré, y dime también por qué el pueblo está vacío.

—Estos hombres son lo que dicen ser —confirmó la anciana. Santiago le cogió la bandeja mientras los hombres comían los dulces—. Han vivido siete años en Alejandría. Son artesanos que trabajan la plata, la madera y la piedra. Tengo una carta de ellos anunciando su regreso a casa. Y esta niña, mi sobrina María, es hija de un soldado romano judío estacionado en Alejandría, y su padre participó en las campañas del norte.

Tía María, que ya no se sostenía en pie y necesitaba la ayuda de dos mujeres, asintió con la cabeza.

—Tomad, aquí tengo la carta. Me llegó de Egipto hace

solamente un mes, por el correo romano. Os la enseñaré. Podéis leerla. Está en griego, la redactó el escriba de la calle de los Carpinteros.

Sacó un pergamino enrollado, el mismo que mi madre le había enviado desde Alejandría.

—No, no hace falta —dijo el soldado—. Veréis, teníamos que sofocar esta rebelión, eso ya lo sabéis. Y buena parte de la ciudad ha sido pasto de las llamas. Eso no es bueno para nadie. Nadie quiere que eso pase. Mirad este pueblo. Mirad los cultivos. Estas tierras son buenas. ¿Para qué esta estúpida insurrección? Y ahora media ciudad incendiada, y los mercaderes de esclavos llevándose a rastras a mujeres y niños.

Un soldado empezó a refunfuñar, pero el malvado guardaba silencio. El que hablaba continuó.

—Estos insurrectos no pueden unificar el país. Sin embargo, se hacen coronar y se proclaman reyes. Y los rumores que llegan de Jerusalén indican que allí las cosas están peor. Sabéis que buena parte del ejército se dirige al sur, hacia Jerusalén, ¿no?

—Rezo para que cuando la muerte venga a cualquiera de nosotros —dijo la anciana—, nuestras almas estén juntas en el haz de los que viven ante el Señor.

Los soldados la miraron extrañados.

—Y no en el hueco de la honda, como las almas de quienes obran mal —concluyó la anciana.

—Bonita oración —dijo el jefe romano.

—Y espera a probar el vino —terció el soldado que le tendió el odre.

El jefe bebió.

—Muy bueno —repitió—. Un vino excelente.

—Para salvar a mi familia —dijo la anciana—, ¿creéis que os serviría un vino malo?

Los soldados rieron otra vez. La anciana les caía bien. El jefe quiso devolverle el odre, pero ella lo rechazó.

—Quedáoslo —dijo—. Vuestro trabajo es muy duro.

—Duro, sí —asintió el romano—. Una cosa es pelear en el campo de batalla, y otra las ejecuciones. —Nos miró despacio a todos, como si fuera a hablar. Pero en cambio dijo—: Gracias, anciana, por tu hospitalidad. En cuanto a este pueblo, lo dejaremos como está. —Tiró de las riendas e hizo girar al caballo para alejarse calle abajo.

Todos inclinamos la cabeza.

La anciana habló y el jefe se detuvo para oír sus palabras:

—«Que el Señor te bendiga y te guarde; que el Señor haga resplandecer su rostro sobre ti y te otorgue su gracia; que el Señor vuelva hacia ti su rostro y te dé la paz.»

El jefe se la quedó mirando un momento mientras los caballos piafaban en el polvo. Luego asintió con la cabeza y sonrió.

Y, tal como habían venido, se fueron, con mucho ruido y estrépito. Y Nazaret quedó tan vacío como lo estaba antes de su llegada.

Nada se movía salvo las florecitas y las hojas de las enredaderas. Y los retoños de la higuera, de un verde tan brillante. Sólo se oía el arrullo de las palomas y el suave canto de otros pájaros.

José se dirigió a Santiago en voz queda.

—¿Qué has visto desde los tejados?

—Cruces y más cruces —dijo el pequeño— a ambos lados del camino a Séforis. No he distinguido a los hombres, pero sí las cruces. No sé cuántas habrá. Quizás hay unos cincuenta crucificados.

—Bien, el peligro ha pasado —dijo José, y todo el mundo empezó a moverse y a hablar a la vez.

Las mujeres rodearon a la anciana y tomaron sus manos para cubrirla de besos, indicándonos por gestos que hiciéramos lo mismo.

—Ésta es la vieja Sara —dijo mi madre—, la hermana de la madre de mi madre. Venid todos a saludar a la vieja Sara —nos dijo a los niños—. Dejadme que os la presente.

Sus ropas eran suaves, a pesar del polvo, y sus manos menudas y arrugadas como su rostro. Tenía los ojos hundidos en profundas arrugas, pero le brillaban.

—Jesús hijo de José —dijo la anciana—. Y mi Santiago, venid, dejad que me ponga debajo del árbol, venid, niños, venid todos, quiero veros uno por uno. Ah, y deja que tome a ese bebé en brazos.

Yo había oído hablar mucho de Sara. Desde siempre habíamos leído cartas de ella. Aquella anciana era el punto de confluencia entre la familia de mi padre y la de mi madre. Yo no recordaba todos los vínculos, pese a que me los habían repetido muchas veces. No obstante, sabía que era verdad.

De modo que nos congregamos bajo la higuera y yo me senté a los pies de la vieja. Había luz y manchas de sombra, y corría un aire límpido y casi tibio.

Tan gastadas estaban aquellas piedras que apenas mostraban ya señales de las herramientas del albañil, y eran piedras grandes. Me encantaron las enredaderas con sus flores blancas, que la brisa mecía. Allí había espacio y las cosas eran más suaves, o eso me pareció, que allá en Alejandría.

Los hombres fueron a ocuparse de las bestias y los chicos mayores estaban entrando los fardos en la casa. Yo quería ir a ayudar, pero también quería escuchar a la vieja Sara.

Mi madre le puso al pequeño Judas en el regazo mientras le contaba la historia de Bruria y su esclava Riba, y éstas dijeron que serían nuestras siervas para siempre y que hoy mismo se encargarían de preparar la comida, y que cuidarían de todos nosotros si les decíamos qué cosas utilizar y dónde encontrarlas. Todo el mundo hablaba a mi alrededor.

En cuanto al resto del pueblo, la gente estaba escondida efectivamente en los túneles subterráneos, dijo la vieja Sara, y algunos habían huido a las cuevas.

—Yo soy demasiado vieja para arrastrarme por un túnel —dijo—, y a los ancianos nunca los matan. Recemos para que no regresen.

—Los hay a millares —dijo Santiago, que había podido verlos desde los tejados.

—¿Puedo subir al tejado a mirar? —pregunté a mi madre.

—Ve a ver al viejo Justus —dijo Sara—. Está en la cama y no puede moverse.

Entramos en la casa, la pequeña Salomé, Santiago y yo, y los dos primos hijos de Alfeo. Cruzamos cuatro habitaciones seguidas antes de encontrarlo. Su cama estaba separada del suelo y una lámpara encendida despedía perfume. José estaba allí con él, sentado en un taburete junto a la cama.

Justus levantó una mano e intentó incorporarse, pero no pudo. José le fue diciendo nuestros nombres, pero el viejo sólo me miró a mí. Se tumbó de espaldas y vi que no podía hablar. Cerró los ojos.

Del viejo Justus también habíamos hablado, sí, pero él nunca escribía. Era más viejo todavía que Sara, y tío suyo. Pariente, además, de José y de mi madre, igual que Sara. Pero, una vez más, yo no habría podido distinguir los vínculos de su parentesco como mi madre que sí podía.

En la casa olía a comida, a pan recién horneado y a potaje de carne. Esto lo había preparado la vieja Sara en el brascro.

Aunque lucía un sol radiante, los hombres nos hicieron entrar a todos. Atrancaron bien las puertas, incluso las del establo donde estaban los animales (no había otros que los nuestros), y encendieron las lámparas. Nos sentamos en la penumbra. Hacía calor, pero no me importó. Las alfombras eran gruesas y suaves, y yo sólo pensaba en la cena.

Oh, sí, me moría de ganas de ver los campos y los árboles, y correr arriba y abajo de la calle y conocer a la gente del pueblo, pero todo eso habría de esperar hasta que los graves problemas hubieran terminado.

Aquí, juntos, estábamos a salvo. Las mujeres ajetreadas, los hombres jugando con los pequeños, y la lumbre del brasero despidiendo un bonito fulgor.

Las mujeres sacaron higos secos, uvas con miel, dátiles y aceitunas maceradas y otras cosas buenas que habíamos traído desde Egipto, y eso, sumado al espeso potaje de cordero y lentejas —cordero de verdad— y el pan fresco, fue todo un festín.

José bendijo el vino mientras bebíamos:

—Oh, Señor del universo, creador del vino que ahora bebemos, del trigo para hacer el pan que comemos, te damos gracias por estar finalmente en casa sanos y salvos, y líbranos del mal, amén.

Si había alguien más en el pueblo, no lo sabíamos. La vieja Sara nos dijo que tuviésemos paciencia, además de fe en el Señor.

Después de la cena, Cleofás se acercó a tía Sara, se inclinó y le besó las manos, y ella le besó la frente.

—¿Qué sabes tú de dioses y diosas que beben néctar y

comen ambrosía? —bromeó él. Los otros hombres rieron un poco.

—Ya que te pica la curiosidad, mira en las cajas de pergaminos cuando tengas tiempo —respondió ella—. ¿Crees que mi padre no leía a Homero? ¿O a Platón? ¿Crees que él nunca les leía a sus hijos por la noche? No creas que sabes más que yo.

Los otros hombres fueron acercándose para besarle las manos. Me sorprendió que hubieran tardado tanto en decidirse a hacerlo, y que ninguno tuviera palabras de agradecimiento por lo que había hecho.

Cuando mi madre me acostó en la habitación con los hombres, le pregunté por qué no le habían dado las gracias. Ella frunció el entrecejo, meneó la cabeza y me susurró que no hablara de ello. Una mujer había salvado la vida de unos hombres.

—Pero si tiene muchos pelos grises —dije.

—Sigue siendo una mujer —replicó mi madre—, y ellos son hombres.

Por la noche me desperté llorando.

Al principio no supe dónde me encontraba. No veía nada. Mi madre estaba cerca y también mi tía María, y Bruria me estaba hablando. Recordé que estábamos en casa. Los dientes me castañeteaban pero no tenía frío. Santiago se acercó y me dijo que los romanos se habían ido. Habían dejado soldados vigilando las cruces, la rebelión estaba casi sofocada, pero el grueso del ejército había partido.

Me pareció que hablaba con mucha seguridad. Se acostó junto a mí y me rodeó con un brazo.

Deseé que fuera de día. Seguramente el miedo desaparecería cuando saliera el sol. Sollocé en silencio.

Mi madre me canturreó quedamente:

—Es el Señor quien otorga la salvación incluso a los reyes, es el Señor quien libró al mismo David de la odiosa espada; que nuestros hijos crezcan como crecen las plantas y que nuestras hijas sean piedras angulares, pulidas como las del palacio... Dichosa la persona cuyo Dios es el Señor.

Tuve sueños.

Cuando empezó a clarear abrí los ojos y vi amanecer por la puerta que daba al patio. Las mujeres ya estaban levantadas. Salí antes de que nadie pudiera impedírmelo. El aire era agradable y casi caliente.

Santiago salió detrás de mí y yo trepé por la escala que daba al tejado, y luego a otra escala que subía al siguiente tejado. Nos arrimamos al borde y miramos hacia Séforis.

Estaba tan lejos que lo único que distinguí fueron las cruces, y era como Santiago había dicho. No pude contarlas. Había gente moviéndose entre ellas. Gente también en el camino, así como carros y burros. El incendio estaba apagado aunque aún se veían columnas de humo, y buena parte de la ciudad no había sido pasto de las llamas. De todos modos, era difícil decirlo desde nuestra atalaya.

A mi derecha, las casas de Nazaret trepaban colina arriba pegadas unas a otras, y a mi izquierda descendían. No había nadie en los tejados, pero distinguimos esteras y mantas aquí y allá y, rodeando todo el pueblo, los verdes campos y los bosques frondosos. ¡Cuántos árboles!

José estaba esperándome cuando bajé. Nos agarró a los dos del hombro y dijo:

—¿Quién os ha dicho que podíais hacer eso? No volváis a subir.

Asentimos cabizbajos. Santiago se sonrojó, pero vi que cruzaban una mirada rápida, Santiago avergonzado y José perdonándole.

—He sido yo —admití.

—No volverás a subir ahí —dijo José—. Los romanos pueden volver, no lo olvides.

Asentí con la cabeza.

—¿Qué habéis visto? —preguntó.

—Se ve todo tranquilo —respondió Santiago—. La gente está recogiendo los cadáveres. Algunas aldeas han sido quemadas.

—Yo no he visto ninguna aldea —dije.

—Pues estaban ahí, muy pequeñas, cerca de la ciudad.

José meneó la cabeza y se llevó a Santiago para trabajar.

La vieja Sara estaba sentada al aire libre, toda encogida, bajo la vieja higuera. Las hojas eran grandes y verdes. Ella cosía, pero más que nada tiraba de los hilos.

Un viejo se acercó al portón, saludó con la cabeza y siguió su camino. También pasaron mujeres con cestos, y oí voces de niños.

Me quedé escuchando y volví a oír las palomas, y me pareció percibir el sonido de la vegetación sacudida por la brisa. Una mujer cantaba.

—¿Qué estás soñando? —preguntó la vieja Sara.

En Alejandría siempre había gente, gente por todas partes, y lo normal era estar con otras personas ya fuera charlando o comiendo o trabajando o jugando o durmiendo apretujados, nunca había habido tanta... tanta quietud.

Tuve ganas de cantar. Pensé en tío Cleofás y en cómo se ponía a cantar de repente. Quise cantar.

Un niño se asomó a la entrada del patio, y luego otro detrás de él.

—Entrad —les dije.

—Sí, Toda, entra, y tú también, Mattai —los animó la vieja Sara—. Éste es mi sobrino, Jesús hijo de José.

Al momento, el pequeño Simeón salió de detrás de

la cortina que tapaba el umbral, seguido por el pequeño Judas.

—Yo puedo llegar más rápido que nadie a la cima de la colina —dijo Mattai.

Toda le dijo que tenían que volver al trabajo.

—El mercado ha vuelto a abrir. ¿Has visto el mercado? —me preguntó.

—No, ¿dónde está?

—Vamos, id —dijo la vieja Sara.

El pueblo volvía a la vida.

13

El mercado no era más que una pequeña reunión de gente al pie de la colina. La gente montaba toldos y colocaba sus mercancías sobre mantas, y las mujeres vendían la verdura sobrante de sus huertos. También había un buhonero que ofrecía algunos artículos, incluida una vajilla de plata. Otro vendía ropa de cama y rollos de hilo teñido, así como toda suerte de chucherías y unos tazones de caliza, e incluso un par de pequeños libros encuadernados.

Encontré más niños, pero las madres no los dejaban alejarse. Y Santiago vino a buscarme enseguida.

El pueblo estaba cada vez más animado. Pasaban mujeres camino del mercado, había ancianos en los patios, y algunos hombres iban y venían de los campos.

Pero la gente estaba preocupada, los oías hablar en voz queda de los sucesos de Séforis, y nadie parecía tranquilo salvo aquellos que éramos pequeños y podíamos olvidarnos un rato de los problemas.

Cuando volví a casa me encontré con que otros niños habían ido a jugar con la pequeña Salomé y los demás, pero la mayoría de la familia estaba trabajando.

Había que evaluar las reparaciones más necesarias. Primero subimos al tejado de adobe y vimos los agujeros que era preciso arreglar, y luego fuimos de habitación en habitación para comprobar el enlucido y si los suelos de los pisos superiores estaban en buen estado. Había mucho que pintar de blanco allí donde el yeso se había vuelto gris o negro. En las habitaciones inferiores había vestigios de zócalos bien pintados y con dibujos que sin duda habían sido muy bonitos.

José y Cleofás hablaron de repintarlo todo; en Alejandría solían hacerlo con eficiencia y rapidez. Yo era demasiado pequeño para esa tarea, y nunca una larga tira de zócalo me saldría perfectamente recta.

Pero había muchas cosas que sí podía hacer.

Había que reparar los pesebres del establo, y las celosías de las enredaderas de la parte delantera del patio tenían que ser cambiadas.

Lo que más me sorprendió fue descubrir las grandes cisternas de que disponía la casa, ambas bastante llenas gracias a las intensas lluvias, aunque habría que remendarlas.

Y el último descubrimiento fue el gran *mikvah*, labrado en la piedra debajo de la casa hacía muchos, muchos años.

El *mikvah* era una honda alberca para la purificación de las mujeres, algo que nunca había visto en Egipto. Tenía escalones que bajaban hasta el fondo, de manera que uno podía andar bajo la superficie del agua y volver a salir por el otro extremo sin necesidad de agachar la cabeza. En ese momento tenía sólo la mitad de agua de la necesaria, y en muchos puntos sus paredes estaban desportilladas o renegridas. José dijo que achicaríamos el agua y enyesaríamos de nuevo aquella gran bañera. El agua le venía de una de las cisternas.

Nos contaron que el abuelo de la vieja Sara había construido la alberca a poco de instalarse en Nazaret. Aquélla había sido su casa y la de sus siete hijos. José conocía los nombres de todos ellos, pero yo no me acordaba, como tampoco de los de todos sus descendientes; sólo recordaba que el padre de mi madre descendía de ellos, lo mismo que el padre de la madre de José.

Tenía ganas de que nos pusiéramos a trabajar. A media tarde, un ejército de escobas procedió a barrer la casa. Las mujeres sacudían las alfombras y Cleofás acompañó a algunas de ellas al mercado para comprar comida. El horno que había en el patio no dejó de funcionar en ningún momento.

Bruria lloraba por el hijo que se había ido con los sublevados a Séforis. Estaba casi convencida de que habría muerto. Todos sabíamos que eso podía suponer que lo hubieran clavado a una de aquellas cruces del camino, pero no dijimos nada. Nadie iba a ir hasta Séforis, por el momento. Seguimos trabajando en silencio.

Para la noche, la casa quedó dividida entre las familias: Alfeo, su mujer y sus dos hijos a unas habitaciones; Cleofás y tía María a otras con sus hijos pequeños; y José, mi madre, Santiago y yo a otras, aunque las nuestras daban a la de tía María, y Sara y Justus dormían también con nosotros. Tío Simón y tía Esther y la recién nacida Esther estaban cerca del establo, en la parte central de la casa.

Bruria y su esclava Riba tenían una habitación propia.

Había una vieja sirvienta, una mujer flaca y silenciosa, de nombre Ide, a quien yo no había visto el día anterior. Cuidaba de la vieja Sara y el viejo Justus y dormía en el suelo del cuarto de ellos. No me quedó claro si la mujer podía hablar.

La cena volvió a ser exquisita gracias al cocido de la

noche anterior, el pan calentado en el horno y mas dátil e higos. Todo el mundo h... a la vez sobre las co... que había que hacer en la casa y el patio, y de las g... tenían de ir al huerto más allá del pueblo, y de ver a r... gente que no habían visto todavía.

Estábamos tumbados, descansando, sin hablar ... ya, cuando un hombre entró por el patio. José se puso de pie al instante. Cuando volvió de la puerta y la cerró para que no entrara frío, dijo:

—Las legiones romanas han salido de Galilea. Sólo ha quedado un pequeño grupo de soldados, y los hombres de Herodes, para mantener el orden hasta el regreso de Arquelao.

—Demos gracias al Señor de las Alturas— dijo Cleofás, y todo el mundo expresó lo mismo de un modo u otro—. ¿Y esos hombres de las cruces? ¿Los han bajado a todos?

Sabíamos que un crucificado podía tardar dos o más días en morir.

—No lo sé —dijo José.

La vieja Sara, sentada en su taburete, inclinó la cabeza y cantó en hebreo.

José dijo:

—Los últimos soldados han pasado por el camino hace más de una hora.

—Recemos para que no tengan que volver nunca —dijo mi madre.

—¡A un crucificado hay que bajarlo antes de que se ponga el sol! —dijo Cleofás—. Es algo vergonzoso, y ya hace días que estos hombres...

—Cleofás, déjalo —dijo Alfeo—. ¡Estamos aquí y con vida!

Cleofás se disponía a replicar, pero mi madre estiró el brazo y le tocó la rodilla.

—Por favor, hermano —dijo—. En Séforis hay judíos que saben cuál es su deber. No le des más vueltas.

Nadie habló después de eso. Yo no quería dormirme, pero los ojos se me cerraban. Cuando fuimos a acostarnos me resultó muy extraño encontrarme en una habitación con Simeón y Josías. Yo siempre había estado con las mujeres y los niños pequeños, pero éstos estaban ahora con sus madres. Y mi madre compartía espacio con la vieja Sara, Justus, Bruria y su esclava, aunque tuvieran un cuarto separado. Eché de menos a la pequeña Salomé. Incluso a Esther, la recién nacida, que se despertaba llorando y ya no paraba hasta quedarse dormida.

Me sentí muy mayor estando con José y Santiago, pero aun así le pedí a José si podía acurrucarme con él, y me dijo que sí.

—Si me despierto llorando —le dije—, ¿me llevarás con mi madre, por favor?

—¿Es eso lo que quieres? —preguntó él—. ¿Que te pongan con tu madre? Eres pequeño para estar aquí con nosotros, pero tienes siete años y ya entiendes las cosas. Pronto cumplirás ocho. ¿Qué quieres? Si lo prefieres puedes estar con tu madre.

No respondí. Me di la vuelta y cerré los ojos.

Dormí de un tirón.

14

Hasta el tercer día no nos dieron permiso para rondar por donde queríamos. Para entonces Cleofás había recorrido un trecho del camino, y al volver dijo que ya no quedaba nadie en las cruces, que la ciudad había recuperado la normalidad, el mercado estaba abierto... Y luego, con una carcajada, añadió que necesitaban carpinteros para reconstruir lo que se había quemado.

—Aquí ya tenemos trabajo suficiente —dijo José—. En Séforis seguirán construyendo aun mucho después de que todos nosotros hayamos muerto.

Y era verdad que teníamos mucho que hacer, en primer lugar llenar el *mikvah*, para lo cual los niños tuvimos que ir pasando vasijas a los hombres. Y después había que enyesar toda la casa. Y cuando hubiéramos terminado con esto, había más cosas que hacer.

Yo estaba contento porque podíamos recorrer el pueblo, y tan pronto tuve oportunidad me fui al bosque. Vi muchos niños y tuve ganas de hablar con ellos, pero antes quería pasear por el campo y trepar por las cuestas bajo los árboles.

Alejandría, como todo el mundo afirmaba, era una ciudad llena de maravillas, había grandes festejos y procesiones y espléndidos templos y palacios, y casas como la de Filo con suelos de mármol. Pero allí había hierba verde.

A mí me gustaba su aroma más que cualquier perfume, y cuando pasaba bajo las ramas de los árboles el suelo se volvía blando. De la parte del valle soplaba una brisa que agitaba los árboles casi de uno en uno. Me gustaba mucho el crujir de las hojas sobre mi cabeza. Seguí cuesta arriba hasta que salí de nuevo a un claro donde la hierba era más espesa, y me tumbé. El suelo estaba húmedo porque había llovido un poco por la noche, pero se estaba bien. Contemplé el pueblo. Vi hombres y mujeres trabajando en los huertos, y más allá los campos y las granjas. Había gente desbrozando la maleza, o eso me pareció.

Pero mi mente estaba concentrada en las arboledas y en el cielo azul, allá arriba.

Me quedé ensimismado. Sentía como si flotara. Me palpé el cuerpo. Era como si todo mi ser estuviera zumbando y el zumbido llenara mis oídos, pero no estaba zumbando. ¡Qué agradable era! A veces me sentía así antes de quedarme dormido. No tenía sueño. Permanecí quieto en la hierba y oí ruido de animalillos. Vi incluso unas alitas que se agitaban. Levanté la cabeza y vi muchos animales diminutos pululando entre la hierba.

Desvié lentamente la vista hacia los árboles. El viento volvía a sacudirlos de un lado al otro. Las hojas parecían de plata a la luz del sol y no dejaron de moverse incluso cuando cesó el viento.

Mis ojos volvieron a lo que tenía más cerca: los animalitos que correteaban por el terreno irregular. Pensé que quizás, al tumbarme, había aplastado a alguno, tal vez varios, y cuanto más miraba, mayor número de ellos veía. El suyo era el mundo de la hierba; no conocían otra cosa. ¿Y quién era yo para tumbarme allí a sentir la hierba mullida y disfrutar de su aroma, sin importarme cuánto podría molestarlos?

No lo lamenté. Mi mano acarició las briznas de hierba y los animalitos se movieron cada vez más rápido, hasta que su universo empezó a vibrar sin ningún sonido que me resultara audible.

La tierra era como un lecho debajo de mí. Los graznidos de los pájaros eran música. Cruzaban el cielo a tal velocidad que apenas si podía verlos. Gorriones. Y entonces, enfrente de mí, vi minúsculas florecillas entre la hierba, tan pequeñas que no las había visto antes, flores de pétalos blancos y corazón amarillo.

La brisa arreció y las ramas se agitaron en lo alto. Hubo una lluvia silenciosa de hojas.

De pronto apareció un hombre. Surgió de la arboleda que había cuesta abajo y venía directamente hacia mí.

Era José, ascendiendo con la cabeza inclinada. La brisa agitaba su túnica y sus borlas. Estaba más delgado que cuando habíamos salido de Alejandría. Quizá todos lo estábamos.

Debía ponerme en pie en señal de respeto, pero me encontraba muy bien allí tumbado, y continuaba sintiendo aquel zumbido, así que me limité a verlo acercarse.

Yo no tenía juicio suficiente para saberlo, pero aquellos minutos en la hierba al pie de aquel árbol fueron la primera vez en mi vida que estuve realmente solo. Sólo supe que la paz se había roto, y que así debía ser. ¿Qué cosa era el tiempo, que yo podía pasarlo allí contemplando el mundo hasta que éste perdiera su perfil? Por fin, me puse en pie como si acabara de despertar de un sueño profundo.

—Ya sé —me dijo José, un poco triste—. Es sólo un

pueblecito, poca cosa, nada en comparación con la gran ciudad de Alejandría, en absoluto, y seguro que habrás pensado muchas veces en tu amigo Filo y en todo cuanto hemos dejado atrás. Lo sé muy bien.

No fui capaz de responder de inmediato. Quería decirle lo mucho que me gustaba todo aquello, lo bien que me hacía, pero mientras buscaba las palabras que todavía no poseía, perdí la oportunidad.

—Pero, mira —añadió—, aquí nadie vendrá a buscarte. Estás a buen resguardo. Y así vas a seguir.

«A buen resguardo.»

—Pero ¿por qué he de...?

—No —dijo José—. Nada de preguntas ahora. Ya habrá tiempo. Escucha: no puedes contarle nada a nadie. —Me miró para asegurarse de que lo entendía—. No debes comentar lo que oyes que hablamos los hombres. No debes hablar de dónde hemos estado ni por qué. Guarda tus preguntas para ti, y cuando seas mayor, yo mismo te diré lo que necesites saber.

No pronuncié palabra.

Me tomó de la mano y volvimos al pueblo. Llegamos a un pequeño huerto delimitado por piedras pequeñas, cerca de unos cuantos árboles. La maleza lo cubría todo, pero había un árbol grande, sano y lleno de brotes y nudos.

—El abuelo de mi abuelo plantó este olivo —dijo José—. Y ese de ahí, un granado, ya verás cuando empiece a florecer. Queda cubierto de capullos rojos.

Inspeccionó el pequeño huerto. Los que había en las colinas estaban cuidados y llenos de hortalizas.

—Mañana gradaremos todo esto para que puedan trabajar las mujeres —dijo—. No es demasiado tarde para plantar unas viñas, pepinos y otras cosas. Veremos qué opina la vieja Sara. —Me miró—. ¿Estás triste?

—No —respondí al punto—. ¡Esto me gusta! —Deseaba tanto encontrar las palabras, palabras como las de los salmos.

José me cogió en brazos y me besó en ambas mejillas. Luego volvimos a casa. Él no me creía. Pensaba que lo había dicho por amabilidad. Yo quería correr por el bosque y escalar las colinas. Quería hacer todo lo que no había hecho en Alejandría. Pero había trabajo pendiente cuando llegamos al patio, y cada vez venía más gente a presentarnos sus respetos.

15

La vieja Sara dijo que éramos un torbellino. Con ayuda de sus hijos, Leví y Silas, Alfeo reparó el tejado en un abrir y cerrar de ojos, y tan bien lo hicieron que pudimos comprobar los resultados brincando encima. Nuestros vecinos de la derecha, colina arriba, se alegraron de ello puesto que tenían una puerta que daba a ese tejado, y les dijimos que podían utilizarlo, como habían hecho antaño, para extender sus mantas en verano. Quedaba mucho tejado para nosotros en la parte principal de la casa y en el lado izquierdo, que daba sobre la casa de abajo y sobre las de la parte de atrás.

Había mujeres subidas a los tejados, cosiendo mientras sus bebés jugaban, y en cada tejado había un parapeto como los que había visto en Jerusalén, para que los niños no se cayeran. Alguna gente tenía incluso macetas con plantas, pequeños árboles frutales y otras plantas que yo desconocía. A mí me encantaba estar allí arriba y contemplar el valle.

El frío del invierno había pasado casi del todo. Quedaba un aire fresco que me desagradaba, pero sabía que el tiempo cambiaría muy pronto.

Cleofás y su hijo mayor Josías, que todavía era pequeño, y Justus, un poco mayor y muy listo aunque era el hijo menor de Simón, se encargaron de enyesar el *mikvah* con el yeso impermeable que preparamos con los materiales de que disponíamos. Pronto la alberca quedó blanca y lista para llenar con agua de la cisterna. En el fondo tenía un diminuto desagüe por el que escurría agua constantemente, de manera que la alberca no contuviese agua estancada, sino viva, tal como requería la Ley de Moisés para la purificación.

—¿Y es agua viva gracias a ese pequeño desagüe? —preguntó la pequeña Salomé—. Entonces, ¿es como si fuera un arroyo?

—Sí —dijo Cleofás, su padre—. El agua está en movimiento. Está viva. Más o menos.

Nos congregamos todos alrededor del *mikvah* la tarde en que terminamos de llenarlo. El agua era transparente y estaba muy fría. A la luz de las lámparas se veía muy bonito.

José y yo reconstruimos los enrejados para las enredaderas de la casa y de la parte delantera del patio, cuidando de romper lo menos posible las verdes plantas. Algunas se echaron a perder y fue una pena, pero pudimos salvar la mayoría y procedimos a anudarlas al enrejado con cordel nuevo.

Santiago se había puesto a arreglar los bancos, aprovechando lo rescatable de unos y juntándolo con lo rescatable de otros, a fin de tener unos pocos en buen estado.

A ratos llegaban vecinos para charlar en el patio, hombres de pocas palabras que iban camino de los campos o mujeres que se quedaban un rato, con sus cestos del mercado, la mayoría amigas de la vieja Sara pero pocas tan ancianas como ella, y también venían chicos a echar una mano. Santiago se hizo amigo de un tal Leví, pariente nuestro, hijo de los primos que poseían tierras y olivares. Y al cabo de unos pocos días, Salomé ya había hecho buenas migas con un grupo dc niñas de su edad que se reunían en casa y cuchicheaban y gritaban.

Las mujeres tenían más trabajo que nunca, mucho más que en Alejandría, donde podían comprar pan fresco e incluso patatas y verduras a diario. Aquí se levantaban muy temprano para hornear pan, y nadie traía agua. Tenían que ir a la fuente que había al salir del pueblo y volver con vasijas llenas. Aparte de esto, limpiaban las habitaciones de arriba que todavía no utilizábamos, también los bancos en cuanto Santiago hubo terminado con ellos, y fregaban el patio y barrían los suelos de la casa.

Eran suelos de tierra prensada similares a los de Alejandría, salvo que aquí la tierra era más dura y no había tanto polvo. Y las alfombras eran mucho mejores, más gruesas y mullidas. Cuando nos tumbábamos para la cena, con alfombras y cojines, nos sentíamos muy cómodos.

Finalmente llegó el sabbat. No nos dimos cuenta y ya estaba allí. Pero las mujeres habían preparado toda la comida de antemano, y fue un festín de pescado seco macerado en vino y luego asado, además de dátiles, nueces que yo nunca había probado y fruta fresca, combinado con muchas aceitunas y otras cosas exquisitas.

Una vez dispuesta la comida, encendimos la lámpara del sabbat. Esto le tocaba hacerlo a mi madre, y ella rezó la oración en voz baja mientras prendía la mecha.

Dijimos nuestras oraciones de acción de gracias por haber llegado sanos y salvos a Nazaret y empezamos, todos juntos, nuestro estudio, cantando y charlando y felices de celebrar el primer sabbat en casa.

Pensé en lo que José le había dicho a Filo. El sabbat

nos convierte a todos en estudiosos, en filósofos. Yo no sabía muy bien qué era un filósofo, pero había oído antes esa palabra y la relacioné con aquellos que estudiaban la Ley de Moisés. El maestro, allá en Alejandría, había dicho que Filo era un filósofo. Claro.

Así que ahora éramos estudiosos y filósofos en aquella gran habitación, limpia de polvo, y todos recién lavados, después de haber pasado por el *mikvah* y cambiado nuestras ropas por otras limpias, todo ello antes de la puesta de sol, y José leyendo a la luz de la lámpara. ¡Qué agradable era el aroma del aceite de oliva de la lámpara!

Teníamos nuestros pergaminos, igual que Filo, aunque no en tal cantidad, por supuesto. Pero sí unos cuantos, aunque yo ignoraba la cantidad exacta pues procedían de cómodas que había en la casa y cuyas llaves guardaban José y la vieja Sara.

E incluso algunos pergaminos estaban escondidos, sepultados en el túnel, que los niños todavía no habíamos sido autorizados a ver. Si alguna vez los bandidos saqueaban la casa, si la incendiaban (me estremecía sólo de pensarlo), esos pergaminos estarían a salvo.

¡Tenía tantas ganas de ver el túnel! Pero los hombres dijeron que hacía falta apuntalarlo y que de momento era peligroso bajar allí.

José había sacado algunos pergaminos antes de que el sabbat empezara. Los había muy antiguos y con los bordes deteriorados. Pero todos eran buenos.

—A partir de ahora no leeremos más en griego —dijo, abarcándonos a todos con la mirada—. Aquí en Tierra Santa sólo se lee en hebreo. ¿Tengo que explicarle a alguien por qué?

Todos reímos.

—Pero ¿qué voy a hacer con este libro que tanto amamos y que está en griego? —Sostuvo en alto el pergamino. Sabíamos que era el Libro de Jonás. Le suplicamos que lo leyera.

José rió. Nada le gustaba tanto como tenernos reunidos escuchando, y hacía mucho que no se daba esa circunstancia.

—Vosotros me diréis —continuó—: ¿debo leerlo en griego o contároslo en nuestra lengua?

Hubo vítores de contento. Nos encantaba cómo narraba la historia de Jonás. Y de hecho nunca la había leído en griego sin acabar cerrando el libro para continuar él mismo el relato, pues le gustaba mucho.

Emprendió con brío la historia: el Señor llamó al profeta Jonás y le dijo que predicara en Nínive, «¡esa gran ciudad!», dijo José, y todos repetimos con él. Pero ¿qué hizo Jonás? Trató de huir del Señor. ¿Es posible huir del Señor?

Subió a bordo de un pequeño barco que zarpaba para tierra extranjera, pero una gran tempestad sorprendió a la embarcación. Y todos los gentiles rezaron a sus dioses para que los rescataran, pero la lluvia y los truenos no cesaban.

La tormenta descargó y los hombres echaron suertes para ver quién era el causante de ella y la suerte recayó en Jonás. ¿Y dónde estaba Jonás? Dormido en la bodega del barco. «¿Qué haces, forastero, roncando aquí abajo?», dijo José poniendo cara de capitán enojado. Todos reímos y batimos palmas.

—¿Qué hizo Jonás? —continuó—. Pues bien, les dijo que él era temeroso del Señor de la Creación, y que lo arrojaran al mar porque había huido del Señor y el Señor estaba enojado. Pero ¿le hicieron caso? No. Remaron con todas sus fuerzas para ganar la costa y...

—¡La tempestad pasó de largo! —exclamamos todos.

—Y ellos elevaron plegarias al Señor, temerosos de él. Y ¿qué hicieron después?

—¡Arrojaron a Jonás al mar!

José se puso serio y entornó los ojos.

—Como los hombres temían al Señor, ofrecieron en sacrificio a Jonás, y allá en las profundidades del mar, el Señor había creado un gran pez que...

—¡Se tragó a Jonás! —exclamamos.

—¡Y Jonás estuvo tres días y tres noches en la panza de una ballena!

Nos quedamos callados. Y todos juntos, mientras José nos dirigía, repetimos la oración de Jonás al Señor para que le salvara, pues todos la conocíamos en nuestra propia lengua, así como en griego.

—... descendí hasta las raíces de los montes, quedé encerrado en la tierra como en una mazmorra. Mas tú sacaste mi vida de la fosa, oh, Señor mi Dios.

Cerré los ojos mientras lo decíamos:

—Cuando mi alma desfallecía me acordé del Señor; y mi oración llegó hasta ti, hasta tu santo Templo...

Pensé en el Templo. No en la muchedumbre ni en aquel hombre agonizante, sino en la reluciente gran mole de piedra, con todo su oro, en las canciones de los fieles elevándose como si fueran olas, como las olas que yo había visto solaparse en el mar, una y otra y otra mientras nuestro barco estaba anclado, olas sin fin...

Tan absorto estaba en mis pensamientos, tan metido en recordar las olas lamiendo el barco, los cánticos que subían y bajaban, que cuando alcé la vista me di cuenta de que todos habían seguido adelante con el relato.

Jonás hizo lo que el Señor le ordenaba. Fue a la «gran ciudad de Nínive» y exclamó: «¡Dentro de cuarenta días Nínive será destruida!»

—¡Todo el mundo creía en el Señor! —exclamó José, enarcando las cejas—. Ayunaron todos, se vistieron de arpillera desde el más rico hasta el más pobre. ¡El propio rey se levantó de su trono y se cubrió de arpillera y se sentó encima de cenizas! Tendió las manos como si dijera: «Mirad.» ¡El rey! —repitió, y nosotros asentimos—. Se hizo saber a la población que nadie, fuese hombre o animal, debía probar ni un solo bocado o beber una sola gota de agua. Y todos, hombres y bestias, tenían que ir cubiertos de arpillera y clamar al Señor.

Hizo una pausa. Luego se enderezó antes de preguntar:

—¿Quién puede saber si el Señor se arrepentirá de su ira? —Hizo un gesto con las manos como invitándonos a responder.

—Y el Señor se arrepintió de su ira —dijimos todos—, ¡y Nínive se congració con el Señor!

José hizo una pausa y luego preguntó:

—Pero ¿quién se sentía mal? ¿Quién estaba enojado? ¿Quién salió hecho una furia de la ciudad?

—¡Jonás! —exclamamos.

—«¿No era precisamente esto lo que yo sabía que iba a pasar?», gritó Jonás. «¡Cuando yo estaba en mi país! ¿No fue por eso que huí en un barco a Tarsis?»

Mientras nos reíamos, José levantó la mano como hacía siempre para pedir paciencia, y entonces impostó la voz del profeta:

—«Yo sabía que eras un Dios clemente, misericordioso y poco propenso a la ira, un Dios de gran bondad, ¿no es cierto?»

Todos asentimos con la cabeza. José continuó.

—«¡Pues bien! —dijo, mientras Jonás se erguía lleno de orgullo—. ¡Quítame la vida!, ¡quítamela! —Levantó las manos—. ¡Antes prefiero morir que seguir viviendo!»

Risas generalizadas.

—Jonás se sentó allí mismo, junto a las puertas de la ciudad, tan cansado y furioso estaba. Construyó un refugio con lo que pudo y se sentó allí a la sombra, pensando: qué puede pasar, qué puede pasar todavía...

»Y el Señor tuvo un plan. El Señor hizo que una gran enredadera creciese del suelo y protegiera a Jonás mientras estuviese allí sentado, cariacontecido, y la sombra de aquella enredadera lo puso muy contento.

»Y así transcurrió la noche y el profeta durmió bajo aquella enredadera... Y ¿quién sabe?, puede que los vientos del desierto no fueran tan fríos allí debajo. ¿Qué os parece?

»Pero antes de que llegara la mañana el Señor hizo un gusano, sí, un gusano malo que se comió la enredadera, y la planta se marchitó.

José hizo una pausa y levantó un dedo.

—Y el sol salió y el Señor envió un viento recio, sí, lo sabemos, envió un viento recio contra Jonás, y el sol le daba en la cabeza. ¡Jonás se desmayó! En efecto, el profeta se desmayó con el calor y el viento. ¿Y qué fue lo que dijo?

Todos reímos, pero esperamos a que José levantara las manos al cielo y exclamara con la voz de Jonás:

—«Quiero morir, Señor. ¡Prefiero morir que seguir viviendo!»

Volvimos a reír y José esperó unos instantes. Luego compuso un gesto solemne pero sin dejar de sonreír, y habló con la voz pausada del Señor:

—«¿Te parece bien estar tan enojado por la muerte de una enredadera?» «Sí, Señor, me parece bien estar enojado, ¡incluso hasta la muerte!» Entonces el Señor dijo: «Así que te daba pena una enredadera, una enredadera que tú no has plantado, una enredadera que creció de la noche a la mañana y desapareció con la misma rapidez. ¿Y no debería yo salvar a Nínive, esa gran ciudad, sesenta mil habitantes, y a todo ese ganado, y a todas esas personas que ni siquiera distinguen su mano derecha de su mano izquierda?»

Todos sonreímos y asentimos con la cabeza, y, como siempre, la risa avivó nuestro ánimo.

Después, Cleofás nos leyó un poco del Libro de Samuel, la historia de David, de la que nunca nos cansábamos.

Un poco más tarde, mientras los hombres discutían sobre la Ley de Moisés y los profetas, dando vueltas y más vueltas a cosas que se me escapaban, me quedé dormido. Dormimos todos allí mismo, vestidos, mientras la lámpara seguía ardiendo.

El sabbat se prolongaría hasta el atardecer del día siguiente. Después de que todos hubimos comido del pan preparado especialmente, la vieja Sara tomó la palabra. Estaba recostada contra la pared sobre un nido de almohadones y no la habíamos oído hablar en toda la noche.

—¿No hay ya sinagoga en esta ciudad? —dijo—. ¿Ha quedado reducida a cenizas sin yo enterarme?

Nadie dijo nada.

—Ah, entonces, ¿se ha derrumbado?

Nadie dijo nada. Yo no había visto ninguna sinagoga. Sí, había una pero ignoraba dónde estaba.

—¡Responde, sobrino! —dijo Sara—. ¿O es que he perdido el juicio además de la paciencia?

—Sigue ahí —dijo José.

—Entonces lleva a los niños a la sinagoga. Y yo iré también.

José guardó silencio.

Yo nunca había oído a ninguna mujer hablarle así a un hombre, pero ésta era una mujer con muchos, muchísimos cabellos grises. Era la vieja Sara.

José la miró. Ella le sostuvo la mirada y levantó la barbilla.

José se puso de pie y nos indicó que hiciéramos lo mismo.

La familia entera, salvo mi madre, Riba y los más pequeños, que serían un estorbo en la Casa de Oración, nos dirigimos colina arriba.

Aunque yo me había aventurado por los alrededores del pueblo y había ido a ver el manantial, que me pareció muy bonito, no había bajado por la otra vertiente de la colina.

Las casas que había en lo alto eran iguales por fuera, de adobe encalado la mayoría de ellas, pero los patios eran incluso más grandes que el nuestro y las higueras y los olivos, muy viejos. En un portal, dos hermosas mujeres nos sonrieron, iban vestidas con el mejor lino que yo había visto en Nazaret, muy blanco y con ribetes dorados en el borde de los velos. Me gustó mirarlas. Vi un caballo atado en un establo, el primero que veía en Nazaret, y nos cruzamos luego con un hombre sentado a una mesa de escribir, leyendo sus pergaminos al aire libre. Saludó con el brazo a José.

La gente estaba en la calle, nos saludaba al pasar, algunos nos adelantaban porque íbamos despacio, otros venían detrás. No había atisbos de que nadie estuviera trabajando. Todo el mundo observaba el sabbat y se movía con lentitud.

Cuando llegamos a lo alto de la cuesta vi a mi primo Leví y a su padre Jehiel, y por primera vez contemplé su enorme casa con sus bien encajadas puertas y ventanas, sus celosías recién pintadas, y recordé que eran propietarios de gran parte de los terrenos contiguos.

Se pusieron en fila con nosotros. La calle era más serpenteante aquí que en la otra ladera, y cada vez había más personas que llevaban la misma dirección.

Una arboleda se extendía ante nosotros. Seguimos un sendero entre los árboles y allí estaba el manantial, llenando sus dos cuencas abiertas en la roca mientras el agua fluía y saltaba risco abajo.

La mayor de las cuencas estaba a rebosar, y era ahí donde muchos iban a lavarse las manos.

Eso hicimos nosotros, lavarnos las manos y la parte del brazo que podíamos sin mojarnos la ropa. El agua estaba fría. Muy fría. Miré hacia ambos lados. El arroyo serpenteaba como el camino que habíamos dejado atrás, pero alcancé a ver un buen trecho en las dos direcciones.

Me incorporé. Tuve que pellizcarme y frotarme para entrar en calor.

Allí estaba la Casa de Oración, o la sinagoga, un edificio grande a la izquierda del arroyo y un poco apartado del camino. La puerta estaba abierta y arriba había habitaciones a las que se llegaba por una escalera adosada a un lado, todo muy cuidado y con hierba verde.

Fuimos hasta allí y esperamos nuestro turno mientras otros entraban.

Cleofás, Alfeo, José, Simón y la vieja Sara se colocaron detrás de mí. Los otros siguieron adelante, primero las mujeres. Cleofás tomó a la vieja Sara del brazo, y Silas y Leví entraron. Santiago se situó también detrás de mí, con todos mis tíos y José.

José me empujó suavemente hacia el interior.

Los hombres me flanquearon por ambos lados.

Me quedé en el umbral de madera. Era un recinto mucho más grande que la sinagoga donde solíamos reunirnos en Alejandría, que era sólo para nuestros vecinos. Y tenía bancos a lo largo de las paredes, colocados en gradería, de manera que la gente se sentaba como en un teatro o en la Gran Sinagoga de Alejandría, a la que yo había ido una vez.

Los bancos del lado izquierdo estaban ocupados por mujeres. Vi cómo mis tías y Bruria ocupaban sus sitios. Había muchos niños, sentados en el suelo y por todas partes, y también en el lado derecho, delante de los hombres. Había también una hilera de columnas, y al fondo un espacio para que un hombre leyera de pie.

Ya era momento de entrar. Había muchas personas esperando detrás de mí, y nadie delante. Pero un hombre alto se situó a la izquierda, un hombre con una larga barba grisácea y de aspecto suave, tan poblada en el labio superior que casi le ocultaba la boca. Sus ojos eran oscuros y tenía una cabellera larga hasta los hombros, sólo un poquito gris, bajo el chal de rezar.

El hombre alargó su mano delante de mí.

Habló con voz muy suave, mirándome al hacerlo, pero sus palabras iban dirigidas a los demás.

—Conozco a Santiago, sí, y a Silas y Leví, los recuerdo, pero ¿y éste? ¿Quién es?

Yo guardé silencio. Todo el mundo nos estaba mirando y eso no me gustó. Empecé a asustarme.

Entonces habló José:

—Es mi hijo. Jesús hijo de José hijo de Jacob —dijo.

Los que estaban detrás de mí se me acercaron más. Cleofás me puso la mano en la espalda, y lo mismo hizo Alfeo. Mi tío Simón se colocó también detrás y apoyó una mano en mi hombro.

El hombre de la barba, de rostro sereno, me miró fijamente y luego miró a los demás.

Entonces oí la voz de la vieja Sara, tan clara como antes. Estaba detrás de todos nosotros.

—Ya sabes quién es, Sherebiah hijo de Janneus —dijo—. ¿Hace falta que te diga que hoy es el sabbat? Déjale entrar.

El rabino debía de estar mirándola, pero yo no podía volver la cabeza. Miré al frente y tal vez vi el suelo de tierra, o la luz que entraba por las celosías, o todos los rostros vueltos hacia nuestro grupo. Pero, viera lo que viese, supe que el rabino se dio la vuelta y que otro de los rabinos allí presentes —y había dos en el banco— le susurró algo.

Y acto seguido supe que íbamos a entrar en la sinagoga.

Mis tíos ocuparon el extremo del banco. Cleofás se sentó en el suelo y me indicó que me sentara yo también. Santiago, que ya había estado allí, tomó asiento al lado de Cleofás. Luego los otros dos chicos se levantaron y vinieron a sentarse con nosotros. Ocupábamos la esquina interior.

La vieja Sara avanzó con ayuda de tía Salomé y tía María hasta el banco de las mujeres. Y por primera vez pensé: «Mi madre no ha venido.» Podía haberlo hecho, dejar los pequeños al cuidado de Riba, pero no había venido.

El rabino dio la bienvenida a muchas personas hasta que la sinagoga estuvo llena.

No levanté la vista cuando empezaron a hablar. Supe que el rabino recitaba de memoria cuando cantó en hebreo:

—Es Salomón quien habla —dijo—, el gran rey. Señor, Señor de nuestros padres, Señor misericordioso, tú creaste al hombre para que gobernara sobre la creación, mayordomo del mundo... para que administrara justicia con el corazón virtuoso. Otórgame sabiduría, Señor, y no me niegues un lugar al lado de tus siervos.

Mientras lo pronunciaba, los hombres y los chicos empezaron lentamente a repetir cada frase, y el rabino hacía pausas para que pudiéramos seguirlo.

Mi temor remitió, pues la gente se había olvidado de nosotros. Pero yo no olvidaba que el rabino nos había interrogado y había pretendido impedirnos la entrada. Recordé las extrañas palabras que mi madre me había dicho en Jerusalén. Recordé sus advertencias. Supe que algo andaba mal.

Estuvimos varias horas en la sinagoga. Se leyó y se habló. Algunos niños se quedaron dormidos. Al cabo de un rato la gente empezó a desfilar. Algunos iban saliendo y otros llegando. Allí dentro se estaba bien.

El rabino fue de un lado a otro haciendo preguntas e invitando a dar respuestas. De vez en cuando se oían risitas. Cantamos un poco y después se habló de la Ley de Moisés, dando lugar a discusiones acaloradas por parte de los hombres. Pero a mí me entró sueño y me dormí con la cabeza apoyada en las rodillas de José.

En cierto momento desperté y todo el mundo estaba cantando. Era muy bonito, y no se parecía en nada a los cánticos de la gente en el Jordán.

Volví a quedarme dormido.

José me despertó para decirme que volvíamos a casa.

—¡No puedo llevarte en brazos durante el sabbat! —susurró—. Levanta.

Lo hice. Salí con la cabeza gacha, sin mirar a nadie a la cara.

Llegamos a casa. Mi madre, que estaba recostada contra la pared, cerca del brasero, y arrebujada en una manta, levantó la vista. Miró a José y noté que lo interrogaba con los ojos.

Me acerqué a ella y me eché a su lado, con la cabeza en sus piernas. Me adormilé a ratos.

Desperté varias veces antes de la puesta de sol. En ningún momento estuvimos a solas.

Mis tíos hablaban en voz baja a la luz de las lámparas que no debían apagarse durante el sabbat.

Aunque hubiera tenido la ocasión de hacerle alguna pregunta a José, ¿qué le habría preguntado? ¿Qué podía preguntar que él quisiera responder, que no me hubiera prohibido preguntar? Yo no quería que mi madre supiese que el rabino me había parado en la puerta de la sinagoga.

Mis recuerdos se enlazaban como eslabones de una cadena: la muerte de Eleazar en Alejandría y todo lo que vino después, paso a paso. ¿Qué habían dicho aquella noche, antes de partir, acerca de Belén? ¿Qué había pasado en Belén? Yo había nacido allí, pero ¿de qué estaban hablando?

Vi a aquel hombre agonizando en el Templo, la muchedumbre asustada e intentando escapar, el largo viaje, las llamaradas que subían al cielo. Oí a los bandidos. Me estremecí. Sentí cosas que no logré relacionar con palabras.

Pensé en Cleofás cuando creyó que iba a morir en Jerusalén, y luego en mi madre en aquel tejado. «Te digan lo que te digan en Nazaret... un ángel se apareció... no había ningún hombre... una niña que tejía para el Templo, hasta que fue demasiado mayor... un ángel se apareció.»

José dijo:

—Vamos, Yeshua, ¿cuánto tiempo vas a poner esa cara de preocupación? Mañana iremos a Séforis.

16

El camino de Séforis, salpicado de otros pueblos más pequeños, estaba repleto de gente ya desde Nazaret. Inclinamos la cabeza al pasar por delante de las cruces, aunque ya no había ningún cuerpo en ellas. Se había derramado sangre en la región y estábamos apenados. Vimos casas reducidas a cenizas, también árboles quemados, y gente que mendigaba diciendo que lo habían perdido todo por culpa de los bandidos o los soldados.

Nos detuvimos repetidas veces para que José les diera monedas de la bolsa familiar. Mi madre les dedicaba palabras de consuelo.

Los dientes me castañeteaban y mi madre pensó que tenía frío, pero no era eso, sino la visión de las casas incendiadas de Séforis, a pesar de que buena parte de la ciudad estaba intacta y que la gente compraba y vendía tranquilamente en el mercado.

Mis tías vendieron el lino bordado de oro que habían traído de Egipto con ese único propósito, y obtuvieron más de lo que esperaban; lo mismo pasó con los brazaletes y las tazas. La bolsa del dinero abultaba cada vez más.

Nos acercamos a los que lloraban a sus muertos entre

vigas quemadas y cenizas, o a aquellos que preguntaban: «¿Habéis visto a éste, habéis visto a aquél?» Dimos un poco de dinero a las viudas. Y durante un rato lloramos, quiero decir, la pequeña Salomé y yo, y también las mujeres. Los hombres habían seguido adelante.

Era el centro mismo de la ciudad lo que había ardido, según nos contaron; el palacio de Herodes, el arsenal, y también las casas próximas a éste donde se habían hecho fuertes los rebeldes.

Ya había hombres despejando el terreno para empezar la reconstrucción. Se veían soldados del rey Herodes por todas partes, alertas y vigilantes, pero los que estaban de duelo no se fijaban en ellos. Era un espectáculo muy humano: el llanto, el trabajo, el luto, la actividad del mercado... Los dientes ya no me castañeteaban. El cielo estaba de un azul intenso y el aire era frío pero limpio.

En una casa cercana vi unos cuantos soldados romanos que parecían dispuestos a marcharse de la ciudad cuanto antes. Deambulaban delante de las puertas con aire impaciente. El sol se reflejaba en sus cascos.

—Oh, sí, parecen inofensivos —dijo una mujer que vio que yo los miraba. Tenía los ojos enrojecidos y la ropa cubierta de ceniza y polvo—. Pero el otro día hicieron una matanza aquí, y a cambio de dinero permitieron que los mercaderes de esclavos cayeran sobre nosotros y encadenaran a nuestros seres queridos. Se llevaron a mi hijo, mi único hijo varón, ¡y ahora no volveré a verlo! Pero ¿qué había hecho él, aparte de ir por la calle en busca de su hermana? A ella también se la llevaron, pese a que únicamente trataba de llegar a la casa de su suegra. ¡Son unos malvados!

Al escuchar esta historia, Bruria rompió a llorar por su hijo. Al final fue con su esclava hasta una pared donde la gente dejaba mensajes para sus desaparecidos. Pero Bruria confiaba muy poco en tener noticias suyas.

—Ten cuidado con lo que escribes ahí —la advirtió mi tía Salomé. Las otras mujeres asintieron con la cabeza.

De las ruinas salían hombres pidiendo gente para trabajar:

—¿Vais a quedaros aquí lloriqueando todo el día? ¡Os pago por ayudarme a retirar los escombros de mi casa!

Y otro:

—Necesito gente para transportar cubos de tierra. ¿Quién se ofrece? —Enseñó unas monedas que destellaron al sol.

La gente maldecía al tiempo que lloraba. Maldecía al rey, a los bandidos, a los romanos. Unos fueron a trabajar y otros no.

Abriéndose paso entre la multitud aparecieron nuestros hombres, con una carreta nueva llena de tablones de madera y sacos de clavos, e incluso tejas, motivo de discusión entre ellos. Cleofás dijo que eran una buena compra, y bastante baratas, mientras que José dijo que con el adobe el tejado ya estaba bien. Alfeo estuvo de acuerdo con este último y añadió que la casa era demasiado grande para tejarla toda.

—Además, visto todo este afán de construir, por aquí se van a acabar las tejas enseguida.

Unos hombres los abordaron ofreciéndoles trabajo.

—¿Sois carpinteros? Os pago el doble de lo que os ofrezca cualquiera. Vamos, ¿qué decís? Podéis empezar a trabajar ahora mismo.

José negó con la cabeza.

—Acabamos de llegar de Alejandría. Sólo hacemos trabajos especializados...

—¡Pues es lo que yo necesito! —dijo un hombre orondo y bien vestido—. He de terminar una casa entera para mi señor. Se ha quemado todo. No queda otra cosa que los cimientos.

—Tenemos trabajo de sobra en nuestro pueblo —explicó José, mientras intentábamos seguir nuestro camino.

Los hombres nos rodearon, querían comprarnos la madera de la carreta y utilizarnos como cuadrilla. José les prometió que volveríamos tan pronto nos fuera posible. El mayordomo del hombre rico se llamaba Jannaeus.

—Me acordaré de vosotros —dijo—: los egipcios.

Nos reímos del comentario y, finalmente, pudimos salir de allí y encaminarnos de regreso a la paz del campo. Pero así fue como acabaron conociéndonos, como «los egipcios».

Volví la cabeza y vi a lo lejos todo aquel trajín humano bajo el sol de poniente. Tío Cleofás me dijo:

—¿Alguna vez te has fijado en un hormiguero?

—Sí.

—¿Y has pisado alguno?

—No, pero vi cómo otro niño pisaba uno.

—¿Qué hicieron las hormigas? Correr como locas de un lado al otro, ¿verdad? Pero no abandonaron el hormiguero, y luego lo reconstruyeron. Es lo que pasa con esta guerra, sea pequeña o grande. La gente sigue con su vida. Se levanta y sigue adelante porque necesita comer y un techo, y vuelve a empezar ocurra lo que ocurra. Y un día los soldados pueden apresarte y venderte como esclavo, y al siguiente ni siquiera se fijan en ti cuando pasas, porque alguien ha dicho que todo terminó.

—¿Por qué te haces el sabio con mi hijo? —lo pinchó José.

Caminábamos a paso lento detrás de la carreta.

—Si no me hubiese pescado una mujer —respondió Cleofás, riendo—, yo habría sido profeta.

Toda la familia rió a carcajadas, incluso yo. Su mujer, mi tía, dijo:

—Habla mejor que canta. Y si hay un salmo en que salga una hormiga, no dejará de cantarlo.

Mi tío se puso a cantar y su esposa gruñó, pero enseguida le hicimos coro. Nosotros no conocíamos ningún salmo donde saliera una hormiga.

Cuando Cleofás se hartó de cantar, dijo:

—Debería haber sido profeta.

José rió.

—Pues empieza ahora —dijo mi tía—, dinos si va a llover antes de que lleguemos a casa.

Cleofás me agarró del hombro y me miró a los ojos:

—Tú eres el único que siempre me escucha. Te diré una cosa: ¡a los profetas no les hacen caso en su propia tierra!

—En Egipto yo tampoco te hacía caso —rió su mujer.

Después de que todos, incluido Cleofás, nos hubiéramos reído de esto, mi madre dijo:

—Yo sí te hago caso, hermano. Siempre.

—Es cierto, hermana —reconoció él—. Y no te importa cuando le enseño a tu hijo un par de cosas, porque él no tiene abuelos en este mundo, y yo de joven fui casi escriba.

—¿Casi fuiste escriba? —pregunté—. No tenía ni idea.

José me llamó la atención agitando un dedo y meneó exageradamente la cabeza: «No es verdad.»

—¿Qué sabrás tú de eso, hermano? —saltó Cleofás, divertido—. Cuando llevamos a María a Jerusalén para entregarla a la casa donde tejían los velos, yo estudié varios meses en el Templo. Estudié con los fariseos, con los más eruditos. Me sentaba a sus pies. —Me dio unos golpecitos en el hombro para cerciorarse de que le escuchaba—. Hay muchos maestros en las columnatas del Templo. Los mejores de Jerusalén y, bueno, sí, también algunos no tan buenos.

—Y unos cuantos alumnos «no tan buenos» —apostilló Alfeo.

—¡Ah, lo que habría podido ser yo si no me hubiera ido a Egipto! —se lamentó Cleofás.

—Pero ¿por qué fuiste? —pregunté.

Me miró y se produjo un silencio. Seguimos andando, callados.

—Fui —respondió al cabo con una afable sonrisa— porque mi familia iba: tú, mi hermana, su marido y los hermanos de él...

Ésa no era una verdadera respuesta a mi pregunta.

Oí tronar largo y grave.

Inmediatamente apretamos el paso, pero nos pilló una llovizna y hubimos de desviarnos del camino para guarecernos bajo unos árboles. El suelo estaba cubierto de hojarasca.

—Muy bien, profeta —dijo mi tía María—, ahora haz que pare la lluvia para que podamos continuar.

Todos reímos, pero José comentó:

—Un santo sí puede hacer que llueva o deje de llover. Hablo en serio. En Galilea hubo un hombre santo, Joni el trazador de círculos, de los tiempos de mi bisabuelo, que era capaz de conseguirlo.

—Sí, pero diles a los niños lo que le pasó —intervino mi tía Salomé—. Te dejas la mejor parte.

—¿Qué le pasó a Joni? —preguntó Santiago.

—Los judíos lo lapidaron en el Templo —dijo Cleofás

encogiéndose de hombros—. ¡No les gustó su oración!
—Se echó a reír. Y siguió riendo a carcajadas, como si cada vez le pareciera más divertido.

Pero yo no fui capaz de reírme.

La lluvia arreció, las ramas ya no nos protegían y empezábamos a mojarnos.

Se me ocurrió una cosa, un pensamiento tan diminuto que lo imaginé no más grande que mi dedo meñique. «Quiero que pare esta lluvia.» Simple de mí, pensar estas cosas. Hice inventario de todo lo sucedido —los gorriones, Eleazar...— y luego miré hacia arriba.

Había dejado de llover.

Me quedé pasmado contemplando las nubes, incapaz de hacer nada, de respirar siquiera.

Todo el mundo se alegró mucho. Salimos de nuevo al camino y continuamos hacia Nazaret.

No le dije nada a nadie, pero estaba preocupado, muy preocupado. Sabía que nunca podría contarle a nadie lo que acababa de hacer.

Al llegar, Nazaret me pareció muy bonito, la pequeña calle y las casas blanqueadas y las enredaderas que crecían en nuestros enrejados pese al frío. Me pareció incluso que la higuera había echado todavía más hojas en estos últimos días.

Y allí estaba Sara, esperándonos. El pequeño Santiago le estaba leyendo al viejo Justus. Y los más pequeños se encontraban jugando en el patio o corriendo por las habitaciones.

Toda la tristeza y la pena de Séforis había quedado atrás.

Lo mismo que la lluvia.

17

Esa noche se decidió que yo me quedaría a trabajar con José en la casa y que Alfeo y sus hijos Leví y Silas, así como Cleofás y quizá Simón, irían al mercado de Séforis para conseguir una cuadrilla de peones. Había dinero y hacía buen tiempo.

Se decidió asimismo que, al margen de dónde trabajara cada cual, los chicos visitaríamos la sinagoga donde se impartían las clases y estudiaríamos allí con los tres rabinos. Hasta que nos dejaran marchar, probablemente a media mañana, no nos reuniríamos con los mayores.

Yo no quería ir a las clases. Y cuando caí en la cuenta de que, una vez más, todos los hombres de la familia venían con nosotros colina arriba, me entró miedo.

Luego vi que Cleofás llevaba al pequeño Simeón de la mano, y que tío Alfeo llevaba al pequeño Josías y tío Simón a Silas y Leví. Quizás era la manera.

En la escuela nos encontramos a tres hombres que yo había visto en la sinagoga. Nos acercamos al más anciano, el cual nos indicó por señas que entráramos. Aquel hombre no había hablado ni enseñado durante el sabbat.

Era, como digo, un hombre muy viejo, y yo no había

llegado a mirarle del todo porque me dio miedo hacerlo en la sinagoga. Pero él era el maestro.

—Éstos son nuestros hijos, rabino —dijo José—. ¿Qué podemos hacer por ti?

Ofreció al rabino una bolsa de dinero, pero el rabino no la cogió. Sentí un vahído.

Yo nunca había visto rechazar una bolsa de dinero. Al levantar los ojos vi que el rabino me estaba mirando. De inmediato bajé la mirada. Quería llorar. No pude recordar una sola palabra de lo que mi madre me había dicho aquella noche en Jerusalén. Sólo me acordaba de su cara y de cómo me había hablado en susurros. Y el aspecto de Cleofás en su lecho de enfermo, cuando habló y todos creímos que se iba a morir.

El anciano tenía el pelo y la barba completamente blancos. Con la mirada fija en los bajos de su túnica, advertí que la tela era de buena calidad, las borlas cosidas con el apropiado hilo azul.

Habló con voz suave y afable:

—Sí, José. Conozco a Santiago, Silas y Leví, pero ¿Jesús hijo de José?

Los hombres que estaban detrás de mí no dijeron nada.

—Rabino, viste a mi hijo en el sabbat —dijo José—. Tú sabes que es mi hijo.

No necesité mirar a José para adivinar que estaba soliviantado. Hice acopio de fuerzas y levanté la vista hacia el anciano, que miraba a José.

Entonces, sin poder evitarlo, rompí a llorar en silencio. Mis ojos parecían serenos, pero las lágrimas estaban allí. Tragué saliva y aguanté como pude.

El anciano no dijo nada. Todos callaban.

José habló como si pronunciara una oración:

—Jesús hijo de José hijo de Jacob hijo de Matán hijo de Eleazar hijo de Eliud de la tribu de David, que vino a Nazaret por unas tierras que le concedió el rey para establecerse en la Galilea de los gentiles. E hijo de María hija de Ana hija de Matatías y Joaquín hijo de Samuel hijo de Zakai hijo de Eleazar hijo de Eliud de la tribu de David; María de Ana y Joaquín, una de las que fueron enviadas a Jerusalén para estar entre las ochenta y cuatro menores de doce años y un mes elegidas para tejer los dos velos anuales para el Templo, como así lo hizo ella hasta que tuvo edad para volver a casa. Y así consta en los archivos del Templo, sus años de servicio y este linaje, como se hizo constar el día en que el niño fue circuncidado.

Cerré y abrí los ojos. El rabino parecía complacido, y cuando vio que yo le miraba, me sonrió incluso. Luego volvió a mirar a José.

—No hay nadie aquí que no recuerde vuestros esponsales —dijo—. Y hay también otras cosas que todos recuerdan, ya me entiendes.

Otro silencio.

—Recuerdo —prosiguió el rabino, sin alterar el tono— el día en que tu joven prometida salió de la casa y alborotó a todo el pueblo...

—Rabino, estamos ante niños pequeños —dijo José—. ¿No son los padres quienes tienen que contarles esas cosas a sus hijos cuando llega el momento?

—¿Los padres? —preguntó el rabino.

—Según la Ley, soy el padre del niño —dijo José.

—Pero di: ¿dónde se celebraron tus esponsales y dónde nació tu hijo?

—En Judea.

—¿Qué ciudad de Judea?

—Cerca de Jerusalén.

—Pero no en Jerusalén...

—Nos casamos en Betania —dijo José—, en casa de los parientes que mi mujer tiene allá, sacerdotes del Templo, su prima Isabel y el marido de ésta, Zacarías.

—Ah, ya, y el niño nació allí...

José no quiso responder, pero ¿por qué?

—No —dijo al fin—. Allí no.

—¿Dónde entonces?

—En Belén de Judea.

El rabino miró a un lado y otro, y las cabezas de los otros dos rabinos que lo acompañaban se volvieron hacia él. No dijeron ni una palabra.

—Belén —repitió finalmente el viejo rabino—. La ciudad de David.

José guardó silencio una vez más.

—¿Por qué te marchaste de Nazaret para ir allí —preguntó el rabino— si los padres de tu prometida, Joaquín y Ana, eran ya muy mayores?

—Fue por el censo —respondió José—. Tuve que irme. Todavía me quedaba un poco de terreno allá en Belén, adonde los nuestros regresaron después del cautiverio, y si no reclamaba esas tierras las perdía. Fui a registrar dónde habían nacido mis antepasados.

—Mmm... —dijo el rabino—. Y las reclamaste.

—Así es. Y luego las vendí. Y el niño fue circuncidado y su nombre quedó inscrito en los archivos del Templo, como he dicho antes, y allí están esos archivos.

—Allí están, en efecto —dijo el rabino—, mientras otro rey de los judíos no decida quemarlos para ocultar su herencia.

Eso hizo reír por lo bajo a los otros hombres. Algunos chicos mayores que había por allí, en los que no había reparado, también rieron. No sabía de qué estaban hablando, tal vez de las fechorías del antiguo Herodes, que parecían no tener fin.

—Y después de eso os fuisteis a Egipto —dijo el rabino.

—Trabajamos en Alejandría, mis hermanos, el hermano de mi mujer y yo —dijo José.

—Y tú, Cleofás, ¿dejaste a tus padres y te llevaste a tu hermana a Betania?

—Nuestros padres tenían sirvientes —respondió Cleofás—. Y la vieja Sara hija de Elías estaba con ellos, y el viejo Justus no estaba enfermo.

—Ah, sí, lo recuerdo —dijo el rabino—, tienes razón. Pero ¡cómo lloraron tus padres por su hijo y su hija!

—Y nosotros por ellos —dijo Cleofás.

—Y desposaste a una mujer egipcia.

—Una mujer judía, nacida y criada en la comunidad judía de Alejandría. Y de una buena familia que te envía este presente.

Gran sorpresa.

Cleofás le tendió la mano con dos pequeños pergaminos, ambos en finos estuches con ribetes de bronce.

—¿Qué es esto? —preguntó el rabino.

—¿Te da miedo tocarlos, rabino? —repuso Cleofás—. Son dos pequeños tratados de Filo de Alejandría, erudito, o filósofo si lo prefieres, muy admirado por los rabinos de su ciudad, unos pergaminos procedentes de libros y que traigo a modo de regalo.

El rabino alargó la mano.

Inspiré hondo cuando le vi coger los pergaminos.

Yo ignoraba que mi tío tenía esos escritos de Filo. Ni siquiera me habría pasado por la cabeza. Y ver que el rabino los aceptaba me causó tanta alegría que casi me eché a llorar otra vez, pero me contuve.

—¿Y cuántos pelos grises tiene Filo de Alejandría? —preguntó el rabino.

Todo el mundo rió disimulando.

Yo me sentí mucho mejor porque, al menos, no hablaban de mí.

—¡Si Filo te tuviera a ti por acusador, su cabeza se llenaría de pelos grises! —dijo Cleofás.

José le reprendió en voz baja, pero los chicos se habían echado a reír, y vi que una gran sonrisa iluminaba el rostro del rabino.

Cleofás no pudo aguantarse.

—Deberíamos hacer una colecta —dijo, abarcando con un gesto a todos los presentes— y enviar el rabino a Alejandría. Allí están muy necesitados de fariseos que los enderecen.

Más risas.

El viejo rabino rió. Y luego los otros dos. Todos rieron.

—Gracias por tu regalo —dijo el anciano—. Veo que no has cambiado. Y puesto que estáis aquí y sois todos buenos artesanos, veréis que hay trabajo que hacer en esta sinagoga, pues el antiguo carpintero (que Dios lo tenga en su gloria) no pudo terminarlo mientras vosotros estabais fuera.

—Entiendo —dijo José—. Somos tus servidores y repararemos cuanto creas necesario. Una buena capa de pintura a todo esto, unos dinteles, eso veo que haría falta, y también podemos enyesar el exterior e incluso reparar algunos bancos.

Silencio.

Levanté la vista. Los tres ancianos estaban mirándome otra vez.

¿Por qué? ¿Qué más se podía preguntar? ¿Qué más se podía decir? Noté cómo se me encendía la cara. Me ruboricé, pero sin saber por qué. Me ruborizaba por todos los ojos que estaban pendientes de mí. No pude contener el llanto.

—Mírame, Jesús hijo de José —dijo el rabino.

Obedecí.

Me preguntó en hebreo:

—¿Por qué los fenicios le cortaron el pelo a Sansón?

—Ruego al rabino que me perdone, pero no fueron los fenicios —respondí en hebreo—. Fueron los filisteos. Y se los cortaron para privarlo de su fuerza.

Me habló en arameo:

—¿Dónde está Eliseo, el que fue arrebatado al cielo en un carro?

—Ruego que me perdone el rabino —dije en arameo—. Fue Elías, no Eliseo, y Elías está con el Señor.

En griego, me preguntó:

—¿Quién habita en el Jardín del Edén, escribiendo todo lo que acaece en este mundo?

Tardé un poco en responder. Luego, en griego, dije:

—Nadie. En el Jardín del Edén no vive nadie.

El rabino miró a ambos lados. Los otros rabinos le miraron a él, y luego los tres a mí.

—¿Nadie vive allí dedicado a escribir los hechos del mundo? —preguntó el anciano.

Reflexioné un momento. Tenía que decir lo que sabía, pero no cómo lo había sabido. ¿Acaso lo estaba recordando? Respondí en griego:

—Algunos dicen que Enoc, pero el Edén estará vacío hasta que el Señor decida que todo el mundo puede volver allí.

El rabino habló en arameo:

—¿Por qué el Señor rompió su alianza con el rey David?

—El Señor no la rompió —dije. Esto lo sabía yo de siempre, tan claramente que ni siquiera tuve que pensarlo—. El Señor nunca rompe sus alianzas. El trono de David existe...

El rabino y los demás guardaron silencio.

—¿Y por qué ningún rey del linaje de David ocupa ese trono? —preguntó el anciano, ahora en voz más alta—. ¿Dónde está el rey?

—Vendrá algún día —respondí—. Y su casa durará eternamente.

Su rostro se suavizó todavía más y preguntó en voz queda:

—¿La construirá un carpintero, quizá?

Carcajadas. Primero rieron los mayores y luego los chicos sentados en el suelo. Pero el viejo rabino no se rió. Vi un fugaz atisbo de tristeza en sus ojos mientras esperaba mi respuesta con gesto franco y amable.

Me ardían las mejillas.

—Sí, rabino —dije—, un carpintero construirá la casa del rey. Siempre hay un carpintero. Incluso el propio Señor es a veces carpintero.

El viejo rabino se echó hacia atrás, asombrado. Oí ruidos a mi alrededor. No les había gustado esta respuesta.

—Explícame eso de que el Señor es carpintero —dijo el rabino en arameo.

Pensé en lo que José me decía muchas veces.

—¿No dijo el Señor a Noé cuántos codos debía tener el arca y con qué madera construirla? ¿Y que había que embrear la madera? Y ¿no dijo el Señor cuántos pisos debía tener el arca, y no dijo que había de tener un tragaluz de un codo de altura, y no dijo a Noé dónde tenía que poner la puerta?

Callé.

Una sonrisa apareció lentamente en la cara del anciano. Yo no miraba a nadie más. Se hizo otra vez el silencio.

—Y ¿no fue el Señor —proseguí en nuestra lengua— quien dio al profeta Ezequiel la visión del nuevo templo, mostrándole la medida de las galerías y las columnas, de las puertas y el altar, diciendo cómo tenían que estar hechas todas esas cosas?

—Así es —dijo el rabino, sonriendo.

—Y ¿no fue la Sabiduría quien dijo que cuando el Señor creó el mundo, la Sabiduría estaba allí como maestro artesano? Y si la Sabiduría no es el Señor, ¿qué es la Sabiduría? —Hice una pausa. No sabía de dónde había sacado eso—. Fue a los carpinteros a quienes Nabucodonosor llevó a Babilonia después de indultarlos, porque sabían construir, y cuando Ciro el Grande decretó que podían regresar, los carpinteros volvieron para edificar el Templo como el Señor había indicado que lo construyeran.

Silencio.

El rabino se retrepó. No pude descifrar la expresión de su rostro. Bajé la vista. ¿Qué había dicho yo? Miré de nuevo.

—Rabino, señor —dije—, desde los tiempos del Sinaí, donde hay Israel hay un carpintero; un carpintero para construir el tabernáculo; fue el Señor quien dio las medidas del tabernáculo, y...

El rabino me hizo callar. Rió y levantó una mano pidiendo silencio.

—Es un buen niño —dijo mirando a José—. Me gusta este niño.

Los otros asintieron con la cabeza como lo hacía el anciano. Hubo más risas, no carcajadas sino risas comedidas por toda la sala.

El rabino señaló el suelo, delante de él.

Me senté en la estera.

El rabino recibió a Santiago y los otros chicos, hablando brevemente con ellos de forma amistosa, pero yo no presté atención. Sólo sabía que había pasado lo peor. El corazón me latía tan fuerte que pensé que los demás podrían oírlo. Aún no me había secado las lágrimas, pero ya no lloraba.

Por fin, los hombres se marcharon. Empezó la clase.

El viejo rabino recitó preguntas y sus respuestas, que los chicos repetíamos, y cuando las puertas se cerraron dejó de hacer fresco en la sala.

Aquella mañana no me dijeron nada más, y yo no pedí la palabra, pero sí recité y canté con los otros, y miré al rabino y éste me miró a mí.

Una vez en casa, durante la comida familiar, hubo pocas ocasiones para preguntar nada, pero adiviné por las caras de los demás que nunca me dirían por qué el rabino me había hecho tantas preguntas; lo noté en sus miradas, su intento de hacerme creer que no ocurría nada.

Mi madre estaba muy contenta, y comprendí que no se lo habían explicado. Parecía una muchacha mientras se ocupaba de los platos y nos decía que comiéramos un poco más.

Yo me sentía cansado como si hubiéramos estado todo el día poniendo losas de mármol. Entré en la habitación de las mujeres sin darme cuenta, me tumbé en la estera de mi madre y me quedé dormido.

Cuando desperté, me llegó aroma de gachas y pan reciente. Todo el mundo hablaba. Me había pasado la tarde durmiendo como un bebé, y ya era hora de cenar. Fui al baño y me lavé la cara y las manos con agua fría de la jofaina, y después me arrodillé para lavarme las manos en el *mikvah*. Volví y me senté a comer.

Me dieron un cuenco de delicioso requesón con miel.

—¿Qué es? —pregunté.

—Tú come —dijo Cleofás—. ¿No sabes qué es?

Entonces José rió un poco y todos mis tíos se contagiaron como si aquella risa fuera un viento que agitara los árboles.

Mi madre miró el cuenco y dijo:

—Deberías comerlo, si te lo ha dado tu tío.

Cleofás dijo en voz baja pero perfectamente audible:

—«Comerá cuajada y miel hasta que sepa rechazar lo malo y escoger lo bueno.»

—¿Sabes quién dijo esas palabras? —preguntó mi madre.

Yo estaba comiendo la cuajada con miel. Satisfecho, le pasé el cuenco a Santiago pero él no quería. Se lo di a José y éste lo pasó al de al lado.

—Sé que fue Isaías —contesté a mi madre—, pero no recuerdo más que eso.

Mi respuesta les hizo reír. Yo me reí también, pero la verdad es que no lo recordaba. Quizá no había vuelto a pensar en ello.

Quería aprovechar un hueco, sólo uno, para hacerle una pregunta a Cleofás, pero la oportunidad no se presentó. Estaba anocheciendo ya. Había dormido demasiado y no había hecho mi trabajo después de la clase. No podía permitir que eso volviera a pasar.

18

A medida que pasaban los días le fui tomando gusto a las clases matinales. Los tres rabinos eran conocidos como los «Mayores» y el más viejo de los tres era el maestro principal además de sacerdote —aunque su avanzada edad le impedía desplazarse a Jerusalén—. Nos contaba unas historias maravillosas y se llamaba Berejaiah hijo de Fineas. Siempre estaba en casa a media tarde si alguno de los chicos quería ir a verle. Vivía cerca de la cima misma de la colina en una casa espaciosa, pues su mujer era rica.

Por las mañanas repetíamos y aprendíamos de memoria pasajes de los libros sagrados, como habíamos hecho en Alejandría, pero aquí era siempre en hebreo, y solíamos hablar en nuestra lengua. Con un poco de insistencia no era difícil conseguir que el rabino nos contara aventuras.

Por las tardes estaba siempre en su biblioteca, con las puertas abiertas al patio, una habitación modesta (según decía él, y de hecho lo era en comparación con la gran biblioteca de Filo) pero cálida y acogedora. Él nunca parecía reacio a contestar preguntas, y por muy cansado que estuviera yo de trabajar, siempre subía a sentarme un rato a sus pies. Los sirvientes eran amables y nos traían agua fresca. Yo habría pasado horas allí escuchando sus historias, pero tenía que volver a casa.

El rabino más joven, bastante reservado, se llamaba Sherebiah y era también sacerdote, aunque tampoco podía ir ya al templo pues había sufrido un terrible accidente al ser asaltado junto con sus hermanos por unos ladrones camino de Jerusalén. Los ladrones lo habían arrojado por un risco y a raíz de eso hubo que amputarle una pierna.

Usaba una pata de palo, aunque la ropa impedía que se le viera; parecía un hombre normal y de aspecto muy saludable y ligero. Pero un sacerdote cojo o manco no podía ir ante el Señor, de modo que oficiaba de rabino en la escuela del pueblo y era muy buscado por sus enseñanzas. Contaban que se había hecho fariseo a partir del accidente. Sus hermanos, también sacerdotes, vivían en la cercana Cafarnaum.

El otro rabino del trío de los Mayores, el que nos había dado la bienvenida en la sinagoga, se llamaba Jacimus y era un gran fariseo —aunque los tres llevaban borlas azules en sus túnicas—. Era muy estricto en todos los hábitos que intentaba inculcarnos.

Todos los familiares del rabino Jacimus —numerosos tíos, hermanos y hermanas con sus maridos e hijos— eran fariseos y cenaban únicamente unos con los otros, práctica habitual entre los fariseos, y las costumbres de Nazaret no siempre eran de su agrado. Pero todo el mundo acudía a ellos en busca de consejo. Dos hermanos del rabino Jacimus eran escribas que redactaban cartas para gente del pueblo, e incluso leían cartas remitidas a personas muy mayores o poco diestras en la lectura. Estos hombres redactaban también otros documentos, y se los solía ver ocupados en sus patios pasando por escrito lo que les dictaba otra persona.

Los tres maestros ejercían de jueces en disputas diversas, pero había otros hombres muy ancianos que raramente salían de sus casas debido a su edad y que solían venir con ellos si había que hacer algún trabajo.

De hecho, también al viejo Justus, nuestro tío, venían a preguntarle a veces su opinión. Justus había perdido el habla, y yo, como cualquier otro, veía que él no sabía lo que le estaban diciendo, pero la gente le contaba sus preocupaciones y el viejo asentía con la cabeza. Agrandaba mucho los ojos y sonreía. Le encantaba que la gente le dijera cosas, y la gente a su vez se sentía bien y se marchaba dándonos las gracias a todos.

Entonces mi madre y la vieja Sara meneaban la cabeza.

Debo decir que muchas personas acudían a esta última. Hombres y mujeres por igual. A veces me parecía que la vieja Sara era tan venerable como decía la gente, por su edad como por su inteligencia y agilidad mental, tanto que algunos ya no la consideraban un ser humano.

Y fue escuchando esta clase de conversaciones como me enteré de cosas relativas al pueblo, muchas de las cuales yo quería saber, pero algunas no.

Me enteré de muchas cosas por los otros niños del pueblo, como la ciega Marya que siempre estaba en el patio de su padre, riendo y charlando, o como los chicos que venían a jugar: Simón el Tonto, que en realidad no era tonto, pero que se reía todo el tiempo y era muy amable, Jasón el Gordo, que sí era gordo, Santiago el Orondo, Santiago el Alto, Miguel el Osado y Daniel el Fanático, que debía su mote a que todo lo acometía hecho una furia.

Pero nadie me proporcionó realmente la respuesta a las preguntas que me reconcomían. Me esforzaba por recordar las cosas que mi madre me había dicho. Lo intentaba mientras me afanaba en mis tareas, como pulir la pata de una mesa, o cuando recorríamos el camino hasta la escuela, aunque en estas ocasiones solíamos charlar y cantar y no era fácil concentrarse. En realidad sí me acordaba de lo que me había dicho, pero sólo en imágenes: a mi madre se le había aparecido un ángel y ningún hombre había sido mi padre. Mas ¿qué significaba semejante cosa?

Pensaba cuando tenía ocasión, pero llevábamos una vida ajetreada.

Cuando no estaba trabajando, iba a ver a los rabinos. Nunca quería marcharme de allí. El rabino Berejaiah sentía curiosidad por Alejandría y me preguntaba muchas cosas. Le gustaba oír mis relatos, lo mismo que a su esposa Miriamne, que era la rica de la pareja y no tan anciana, así como el padre de ella, que tenía el pelo blanco, estaba a menudo por allí y nos escuchaba hablar.

Berejaiah había leído los pergaminos regalados por mi familia y me hacía preguntas respecto a Filo. Yo le conté que era muy amable, que me había llevado a ver la Gran Sinagoga, que estudiaba la Ley de Moisés y los profetas y que hablaba de ellos como un rabino, aunque algunos lo consideraban un poco joven para eso. Le describí con detalle la casa de Filo, lo hermosa que era, en la medida en que era apropiado decir tal cosa.

Un carpintero debía tener cuidado con lo que decía de las casas de aquellos para quienes trabajaba. Una casa era un lugar privado. Así me lo habían enseñado desde siempre. Pero la casa de Filo estaba llena de alumnos jóvenes, de modo que me pareció correcto describir los dibujos del mármol del suelo y la montaña de pergaminos que llegaba hasta el techo.

Hablamos también del puerto de Alejandría, del Gran

Faro que yo había podido ver de cerca al zarpar de la ciudad. Y le conté de los templos, que ni un buen chico judío podía dejar de ver pues los había por todas partes, y del mercado donde podías comprar casi cualquier producto del mundo y donde oías hablar en latín, griego y otras muchas lenguas. Yo sabía algo de latín, pero poca cosa.

También les encantaba oírme hablar de los barcos, y en Alejandría había muchos puesto que a los grandes navíos que iban a Grecia, Roma, Antioquía y Tierra Santa, se sumaban los que hacían la travesía del Nilo.

A veces, al describirla, me parecía estar viendo Alejandría con mucha más claridad, porque para responder a las preguntas de Miriamne y el viejo rabino, el suegro de Berejaiah, tenía que hacer un esfuerzo por recordar. Hablé de la gran biblioteca, reconstruida después de que Julio César cometiera la torpeza de quemarla. Y les conté de la fiesta especial de los judíos, cuando festejábamos la traducción al griego de la Ley de Moisés, de los profetas y de todos los libros sagrados.

Allí en Nazaret nadie habría enseñado en griego, pero muchos lo hablaban, especialmente en Séforis donde todos los soldados del rey hablaban griego, así como la mayoría de los artesanos, y estos rabinos lo hablaban y lo leían también. Conocían las Escrituras en griego. Tenían copias de ellas, según decían. Pero allí se enseñaba en hebreo, y la nuestra, el arameo, era la lengua para la vida diaria. En la sinagoga, las Escrituras se leían en hebreo y luego el rabino nos las explicaba en nuestra lengua común. De ese modo, aunque alguien no conociera la lengua sagrada, sí podía entender su significado.

Podría haberme pasado toda la vida con el rabino Berejaiah, pero no pudo ser.

Muy poco después de iniciar los trabajos en la casa,

José y yo tuvimos que ir a Séforis porque allí había muchas cosas que hacer y la gente necesitaba un techo debido a la terrible guerra. José no quiso aceptar el doble jornal que le ofrecían, y se ciñó a lo que sacábamos por un día de trabajo en Alejandría, aceptando los encargos donde nuestros conocimientos podían ser de mayor utilidad.

Él, sus hermanos y mi tío Cleofás podían estudiar las ruinas de una casa, hablar de ello con los propietarios, y después dejarla como estaba antes, ocupándose incluso de tratar con los pintores, enyesadores y albañiles, tal como lo hacían sin problema en Egipto. Santiago y yo sabíamos cómo ir al mercado y elegir peones entre los hombres que había por allí.

El trabajo era constante y fatigoso, siempre tosiendo con el polvo y las cenizas, y a mí me asustaban las noticias que llegaban de Jerusalén, en cuyo Templo parecía haber una sublevación en toda regla. Judea era escenario de batallas y en las colinas de Galilea se escondían bandidos. Se contaba incluso que algunos jóvenes, a pesar de cuanto había sucedido en Galilea, iban a Jerusalén a pelear, y que esta guerra era una causa santa.

Entretanto, los romanos trataban de sofocar la rebelión por toda Judea, todavía con ayuda de los árabes, que seguían incendiando aldeas. Toda la familia del rey Herodes seguía en Roma, peleando y discutiendo con Augusto respecto a quién le correspondía ser rey.

A mí ya no me castañeteaban los dientes de miedo por las cosas que oía, y nuestra familia tampoco hablaba de ello a menudo. Nuevos edificios para un rey Herodes, fuera quien fuese al final, surgían de semana en semana. Llegaban hombres de todas las procedencias para remendar tejados, para llevar agua a los que trabajaban, para mezclar pintura y aplicarla y preparar mortero para las piedras. Nuestro clan tenía muchos amigos entre los artesanos, que, como nosotros, ya no daban abasto.

—Ahora Séforis será más grande que nunca —dijo un día Cleofás.

—Pero ¿quién reinará? —pregunté.

Él chasqueó la lengua para expresar su desprecio por la familia de Herodes, pero José lo miró y mi tío no dijo lo que quería decir.

Los romanos no habían abandonado la ciudad, procuraban mantener el orden y estaban alerta por si bajaban los rebeldes de las colinas, pero también tenían que escuchar las quejas de la gente: un hijo desaparecido, una casa que no debió haber sido incendiada, hasta que a veces se hartaban y ordenaban silencio porque no sabían qué hacer al respecto.

Bebían en tabernas al aire libre y en las esquinas donde compraban su comida. Nos miraban trabajar. Los escribas se ocupaban de redactarles cartas para sus mujeres e hijos.

Aquélla era, a todas luces, una ciudad judía. No existía ningún templo pagano. Había pocas mujeres públicas que pudieran ir con los soldados, sólo las que atendían las tabernas, las cuales a veces tenían sus propios hombres. Los soldados bostezaban y lanzaban miradas a nuestras mujeres cuando iban y venían, pero ¿qué podían ver en ellas? Nuestras mujeres iban siempre adecuadamente vestidas, con sus túnicas, chales y velos.

En Alejandría, en cambio, siempre veías grupos de mujeres griegas y romanas. Muchas de ellas llevaban velo, sí, y eran recatadas, pero había otras que rondaban los locales públicos. Nosotros no debíamos mirarlas, pero a veces no podíamos evitarlo.

Esto era muy diferente.

Cuando llegaban malas noticias de disturbios en Jerusalén, la gente formaba corro y hablaba de ello, mirando a los soldados, que se ponían tensos y antipáticos y patrullaban por las calles. Pero no pasaba nada.

Nuestra familia, como tantas otras, se dedicaba a lo suyo con independencia de las noticias. Rezábamos en voz baja mientras trabajábamos. Y cuando nos reuníamos para la comida del mediodía, bendecíamos el alimento y la bebida. Y después otra vez al trabajo.

A mí no me importaba, pero prefería estudiar en Nazaret.

Lo que más me gustaba, aparte de la escuela, era la excursión a Séforis y el regreso, porque el aire era cálido, la cosecha estaba casi concluida y los árboles lucían preciosos. Ya no había capullos en los almendros, pero otros muchos árboles estaban repletos de hojas hermosas. En cada trayecto veía cosas nuevas.

Yo quería desviarme del camino y perderme por el monte, pero no podía ser. Así pues, a veces me adelantaba y exploraba un poco los alrededores. «Algún día —pensaba— tendré tiempo para perderme en esas pequeñas aldeas que salpican los vallecitos.» Pero de momento estaba completamente ocupado entre el trabajo y la escuela.

¿Quién hubiera podido pedir más de lo que teníamos?

19

No sé cuántos días pasaron hasta que empecé a sentirme mal.

Una tarde tuve fiebre. Cleofás se dio cuenta antes que yo, y luego Santiago dijo que él también se encontraba mal. Cleofás me puso la mano en la frente y dijo que teníamos que volver enseguida a Nazaret.

José me llevó a cuestas la última hora de camino. Me desperté con mucha sed y un fuerte escozor en la garganta. Mi madre estaba asustada cuando me acostó. La pequeña Salomé también estaba indispuesta. Primero fuimos cuatro y después cinco, acostados en la misma habitación.

Oía toser continuamente a mi alrededor. Mi madre me aplicaba agua a los labios. La oí decir a Santiago:

—¡Tienes que bebértela! ¡Despierta!

La pequeña Salomé gemía, y cuando la toqué, la encontré ardiendo.

—Quién sabe qué puede ser —me dijo mi madre—. Quizá viene de los romanos. Podrían haberlo traído ellos. O quizás es porque hemos estado fuera y ahora estamos en casa. En el pueblo no hay nadie más enfermo, sólo nuestros niños.

Pero mi tía María enfermó también. Cleofás la llevó a la habitación y la acostó. Pronunció el nombre de ella como si estuviera enfadado, pero no lo estaba. Y ella no le respondía. Yo vi todo esto, aunque medio dormido. La vieja Sara vino a cantarnos. Cuando yo no podía verla bien en la penumbra, al menos oía su voz.

Tenía todo el cuerpo dolorido —los hombros, las caderas, las rodillas— pero podía dormir. Podía soñar. Por primera vez tuve la sensación de que dormir era un lugar donde estar. Hasta aquel momento de mi vida siempre me había resistido a dormir. Nunca quería dejarme llevar por el sueño. Incluso cuando tenía miedo por los incendios, yo quería que el fuego se apagara y que los bandidos se marcharan, mas no quería dormir. Dejarme mecer en brazos de mi madre, eso sí. Sentirme en casa, sano y salvo, eso sí. Pero dormir no.

Enfermo y con los hombros y las piernas doloridos, me hizo bien sumirme en un sueño profundo. Empecé a soñar cuando aún estaba despierto. Fue el sueño más placentero que había tenido nunca. Sabía que estaba en Nazaret. Sabía que mi madre estaba allí conmigo y que tía María estaba acostada cerca. Sabía que me encontraba a salvo.

Pero al mismo tiempo estaba caminando por un palacio. Era mucho más grande que la casa de Filo, y cuando llegué al fondo de una sala vi el mar azul. La costa era rocosa y describía una curva, y abajo en el jardín había teas encendidas. Muchas teas. El techo estaba sostenido por columnas. Conocía el estilo de aquellas columnas, las hojas de acanto talladas en los capiteles.

Un ser alado estaba sentado en un banco de mármol. Parecía un hombre, un hombre muy agraciado. Pensé en Absalón, el hijo de David, que había sido muy apuesto, y entonces sucedía la cosa más extraña: a aquel hombre le crecía mucho el pelo, en longitud y espesura.

—Intentas parecer Absalón —le decía yo.

—Vaya, eres muy listo para tu edad, ¿eh? —replicaba él—. El rabino te quiere mucho. —Su voz era suave y melodiosa. Sus ojos, azules como el mar, le brillaban. Su túnica tenía ribetes verdirrojos, una enredadera repleta de flores diminutas—. Sabía que esto te iba a gustar —añadía, sonriendo—. Lo que me gustaría saber es... ¿Qué crees que estás haciendo aquí?

—¿Aquí? ¿En este palacio? Soñar, por supuesto. —Me reía de él y en el sueño oía mi risa. Luego contemplaba el mar y veía muchas nubes amontonadas en el cielo, y hacia el horizonte unos barcos navegando. Casi creía ver los remos hundirse en las olas, y los hombres al timón. Todo era diáfano bajo la luna llena.

Todo era belleza a mi alrededor.

—Sí, es un palacio adecuado para un emperador —decía él—. ¿Por qué no vives en un palacio así?

—¿Por qué habría de hacerlo?

—Bueno, sin duda es mucho mejor que la tierra y la inmundicia de Jerusalén —decía él con su tono afable y su amable sonrisa.

—¿Estás seguro de eso? —preguntaba yo.

—He vivido en ambos sitios. —Su rostro se ensombrecía antes de mirarme con desprecio.

Yo volvía a contemplar los barcos, que se movían raudos y ligeros bajo la luna, navegando de noche cuando la noche era un momento peligroso para hacerlo, pero ¡tan hermosos!

—Esas hermosas galeras han zarpado de Ostia —decía él—. Tu Arquelao está ansioso por volver a casa, igual que sus hermanos y su hermana.

—Lo sé.

—¿Quién eres? —exigía saber el ser, impaciente. Después de todo, aquel sueño tenía que terminar tarde o temprano, como todos los sueños.

Él estaba enojado pero trataba de disimular, sin conseguirlo. Me hizo pensar en mis hermanos pequeños. Pero aquel ser alado no era un niño.

—¡Y tú tampoco lo eres! —me decía.

—Vaya, por fin lo entiendo —replicaba yo, comprendiéndolo con repentina satisfacción—. Cuando me hablas así es porque no sabes lo que va a pasar, ¿verdad? ¡No sabes qué ocurrirá! —Soltaba una carcajada y añadía—: Ése es tu sino: no saber cómo acabará.

Él se enfadaba tanto que ya no podía mantener la sonrisa. Y a continuación rompía a llorar. No podía aguantarse. Era un llanto intermitente de hombre mayor que nunca había visto.

—Tú sabes que soy lo que soy por el amor —decía—. Esto que soy es por el amor.

Aunque me daba pena, debía ir con cuidado. El hombre se cubría la cara con la mano y me miraba entre los dedos.

Llorando, sí, pero vigilándome, y el hecho de verlo así me colmaba de pesadumbre. No quería verlo. No podía hacer nada por él.

—¿Quién eres? —repetía. Estaba tan enfadado que dejaba de llorar y tendía una mano hacia mí—. ¡Exijo que me lo digas!

Yo me apartaba.

—No me pongas la mano encima —le decía. No estaba enfadado, sólo quería que él lo comprendiera—. Nunca jamás me pongas la mano encima.

—¿Sabes lo que está pasando en Jerusalén? —preguntaba él. Había enrojecido de ira y sus ojos se agrandaban cada vez más.

Yo no respondía.

—Deja que te lo muestre, niño ángel —decía él.

—No hace falta que te molestes.

Ante nosotros, en lugar del mar azul, vi de repente el gran patio del Templo de Jerusalén. Yo no quería verlo. No quería pensar en los hombres que peleaban allí. Pero ahora era mucho peor.

Desde lo alto de los pórticos unos arqueros disparaban flechas a los soldados romanos y otros les arrojaban piedras, y los combates se sucedían hasta que brotaban llamas al pie de las columnas, terribles y pavorosas llamas que al elevarse prendían en los judíos desprevenidos, mientras las columnatas se llenaban de fuego y los trabajos en oro del exterior empezaban a retorcerse y los cuerpos caían al fuego, y la gente gritaba clamando ayuda al Señor.

El patio entero estaba rodeado de fuego, pero algunos judíos se despojaban de su coraza y se lanzaban a las llamas, rugiendo, y algunos romanos trataban de escapar por donde podían mientras otros salían con los brazos cargados de tesoros. Tesoros del Templo, sagrados, tesoros del Señor. Los gritos de la gente me resultaban insoportables de oír.

—Señor de las Alturas —clamaba yo, muy asustado—, ten piedad de ellos. —Estaba tiritando. Temblando. El miedo volvía a mí, peor que las otras veces. En mi mente se sucedían los incendios, como si cada uno prendiera la mecha del siguiente hasta que las llamaradas alcanzaran el firmamento. «Desde las profundidades, yo clamo a ti, oh, Señor.»

—¿No puedes hacer nada más? —me preguntaba aquel

desconocido. Estaba muy cerca de mí, apuesto y ricamente vestido, sus azules ojos preñados de ira pese a que sonreía.

Yo me tapaba la cara con las manos. No quería ver más. Le oía susurrar:

—¡Te estoy observando, niño ángel! Esperando a ver qué tramas. Muy bien: camina como un niño, come como un niño, juega como un niño, trabaja como un niño. Pero yo te vigilo. Y puede que no conozca el futuro, de acuerdo, pero sí sé una cosa: tu madre es una prostituta, tu padre un embustero, y el suelo de tu casa está sucio. La tuya es una causa perdida, perdida cada día y cada hora, incluso tú lo sabes. ¿Crees que tus pequeños milagros ayudarán a esos pobres? Escucha bien: lo que manda es el caos. Y yo soy su príncipe.

Entonces le miraba. De haber querido, habría podido responderle. Las palabras saldrían sin dificultad y me dirían cosas de las que yo aún no era consciente: sacarían ese conocimiento de mi mente, tan seguro como que el sonido saldría de mi boca. Todo estaría allí a mi alcance, todas las respuestas, todo el devenir del tiempo. Pero no, no iba a ser así, ni de esa manera ni de otra. Me quedaba callado. Su desdicha me hacía daño. Su cara sombría me hacía daño. Su furia me hacía daño.

Desperté en una habitación a oscuras, empapado en sudor y con la boca reseca. Sólo había una lámpara encendida y se oían gemidos. La cabeza me dolía insoportablemente. Mi madre estaba cerca, pero con alguien más.

Cleofás rezaba en voz baja. Oí una voz desconocida, una voz de mujer.

—Si esto sigue así, es mejor que ella no vuelva...

Cerré los ojos. Soñé. Vi campos de trigo en Nazaret. Vi los almendros floridos de cuando llegamos a esta tierra. Vi los pueblecitos de casas blancas encaramados a las colinas. Hojas abarquilladas que las ráfagas de viento sacudían. Soñé con agua. Aquel hombre quería aparecer de nuevo, pero yo no iba a permitírselo. No, no quería volver a los palacios y los barcos.

—Alto —dije—. No lo hagas.

—Estás soñando —dijo mi madre—. Yo te abrazo, estás a salvo.

«A salvo.»

Tardé días y noches en volver en mí. De eso me enteré después, pero de momento pasaba la mayor parte del tiempo durmiendo. Al final me despertaron unos gemidos y lloros, y entonces supe que alguien había muerto.

Abrí los ojos y vi a mi madre alimentando al pequeño Simeón, recostado y arrebujado en unas mantas. La pequeña Salomé dormía más allá y tenía la cara húmeda, pero ya no estaba muy enferma.

Mi madre me miró y sonrió. Su rostro, sin embargo, estaba pálido y triste. Supe que había estado llorando, y también que uno de los que gemían y lloraban al fondo era Cleofás. Oí el mismo llanto desigual de hombre maduro que había percibido en el sueño.

—¿Qué ha pasado? —susurré. El miedo volvió a atenazarme la garganta.

—Los niños están mejor —dijo ella—. ¿No te acuerdas? Anoche te lo expliqué.

—No; quiero saber quién...

Ella no respondió.

—¿Es mi tía María? —pregunté, volviendo la cabeza. Recordé que estaba acostada a mi lado. Ya no.

Mi madre cerró los ojos y dejó escapar un sollozo. Me volví y le toqué una rodilla, pero no creo que lo notara. Advertí que se mecía.

Cuando desperté de nuevo, me pareció que estaban celebrando el funeral. No podía ser otra cosa. El lamento de una flauta cortaba el aire como un cuchillo de madera.

José me hizo tomar un poco de sopa. La pequeña Salomé, de pie a mi lado, dijo con los ojos muy abiertos:

—¿Sabías que mi mamá ha muerto?

—Lo siento mucho —dije.

—Y el bebé también ha muerto porque el bebé estaba dentro de ella.

—Lo lamento de verdad —dije.

—Ya la han enterrado. La metieron en la cueva.

No dije nada.

Entraron mis tías Salomé y Esther, e hicieron que la pequeña Salomé tomara sopa y se acostara. La niña no paraba de preguntar sobre su madre.

—¿Estaba tapada? ¿Tenía la cara blanca?

Le dijeron que no preguntara más.

—¿Lloraba cuando murió?

Me quedé dormido.

Al despertar, en la habitación había aún muchos niños durmiendo, y también estaban mis primos mayores, enfermos todos.

No me levanté hasta la mañana siguiente.

Al principio pensé que no había nadie despierto en la casa. Salí al patio.

Corría un aire cálido y las hojas de la higuera habían crecido. Las enredaderas tenían flores blancas y el cielo azul estaba salpicado de nubes blancas que no traían lluvia.

Estaba tan hambriento que me habría comido cualquier cosa. Nunca había sentido tanta hambre en mi vida.

Oí voces procedentes de una de las habitaciones que utilizaban Cleofás y los suyos al otro lado del patio. Entré y vi a mi madre y a mi tío sentados en el suelo, hablando y comiendo pan y salsa. La ventana tenía solamente un velo fino. La luz les daba en los hombros.

Me senté al lado de mi madre.

—... yo me ocuparé de ellos, los acogeré y los confortaré, porque ahora soy su madre y ellos son mis hijos —le estaba diciendo a Cleofás—. ¿Entiendes? Ahora son hijos míos. Son hermanos de Jesús y Santiago. Yo puedo cuidar de ellos, créeme que puedo hacerlo. Todos me tratan como si fuera una niña, pero no lo soy. Cuidaré de ellos. Formaremos una sola familia.

Cleofás asintió con la mirada perdida.

Me pasó pan, susurró la bendición y yo la repetí. Empecé a zamparme el pan.

—No, no tan deprisa —dijo mi madre—. No comas así. Ve despacio, y bebe esto. —Me dio un jarro de agua. Yo quería pan. Me pasó la mano por el pelo y besó la mejilla—. ¿Has oído lo que le he dicho a tu tío?

—Que los niños son mis hermanos —dije—, como siempre lo han sido. —Comí más pan mojado en salsa.

—Ya es suficiente —dijo ella. Cogió todo el pan y la salsa, se levantó y salió.

Quedamos a solas mi tío y yo. Me acerqué a él. Tenía el rostro sereno, como si hubiera agotado todas las lágrimas y se hubiera vaciado.

Me miró con aire grave.

—Creo que el Señor tenía que llevarse a uno de nosotros —dijo—, y que como yo me salvé, se la llevó a ella en mi lugar.

Aquello me sorprendió. Recordé la oración que yo había pronunciado en el Jordán pidiendo que él viviera. Recordé la fuerza saliendo de mí cuando lo toqué con la mano mientras él cantaba en el río, sin darse cuenta de nada.

Intenté decir algo pero no encontré las palabras. Sólo me quedaba llorar.

Él me rodeó con los brazos y ambos nos mecimos.

—¡Ah, mi pequeño! —susurró. Y luego rezó—: Oh Señor de la Creación, tú me has devuelto la vida. Habrá sido por mi bien que he conocido toda esta amargura... Los que vivimos te damos las gracias, como yo ahora. El padre hablará a los hijos de tu lealtad.

Durante varias semanas no salimos del patio.

Los ojos me dolían con la luz. Cleofás y yo pintamos algunas habitaciones con jalbegue, pero los que tenían que trabajar en Séforis se marcharon.

Por fin todo el mundo se recuperó de la enfermedad, incluso Esther, por quien habíamos temido lo peor dado que era tan pequeña. Ahora volvía a berrear a pleno pulmón.

El rabino Sherebiah, el de la pata de palo, vino a nuestra casa con el agua de la purificación a fin de que pudiéramos ser rociados durante varios días. Esta agua se preparaba con las cenizas de la vaquilla que había sido sacrificada e incinerada en el templo a tal fin, y con el agua viva del manantial que había al salir del pueblo, pasada la sinagoga.

Con el agua de la purificación nos rociaron a nosotros y luego la casa entera, así como a los cacharros de cocina y los recipientes que contenían alimentos, agua o vino. También el *mikvah*, donde nos bañábamos después de cada purificación. Y así, el último día del rito, al ponerse el sol, nosotros y la casa por fin estuvimos limpios.

Esto fue necesario por la impureza que habíamos contraído a causa de la muerte de tía María bajo nuestro techo. Y fue algo solemne para todos, en especial para Cleofás, quien había recitado el pasaje del Libro de los

Números que hablaba de la purificación y de cómo debía realizarse.

Aquella ceremonia me dejó cautivado; decidí que un día me gustaría ver con mis propios ojos el sacrificio de la vaquilla en Jerusalén. No ahora, habiendo disturbios no, pero sí algún día, cuando no hubiese ningún peligro. «El sacrificio e incineración de la vaquilla, junto con su pellejo, carne, sangre y excrementos, para conseguir las cenizas de la purificación, tiene que ser digno de verse», pensé. Había muchas cosas que ver en el Templo. Mas el Templo estaba ahora en plena revuelta.

Yo no lo recordaba de otra manera, sólo lleno de cadáveres y de gente gritando, y aquel hombre muriendo delante de mis ojos y aquel soldado a caballo que en mi memoria había quedado como una unidad caballo-hombre, y su larga lanza manchada de sangre. Y después la cruenta batalla que había visto en sueños, en aquel sueño extraño. ¿Cómo podía mi mente haber producido semejante cosa?

Pero todo eso ya era historia.

En casa, durante la purificación, sólo se respiraba paz.

Yo no recordaba haber visto en Alejandría algo parecido a este ritual. Sólo me acordaba vagamente de la muerte de un niño de meses, hijo de tío Alfeo. Pero en Tierra Santa era costumbre hacer estas cosas, y todo el mundo se alegraba de hacerlas.

Sin embargo, mis tíos no habían esperado a la purificación para ir a Séforis. No debieron hacerlo. Algunos habían estado trabajando allí todo el tiempo que duró la enfermedad. Y las mujeres habían salido al huerto. No hice preguntas al respecto. Yo confiaba en lo que mis tíos y José decían que había que hacer. Todo el mundo hacía lo que podía.

Ahora, no mucho después de lo que he relatado y antes de que yo empezara a salir de la casa, mis tíos se enzarzaron en una encendida discusión. Había tanto trabajo en Séforis que podían elegir las faenas que más les gustaban y las que requerían lo que mejor sabía hacer nuestra familia. Pero José, en quien todos confiaban, no quería cobrar más por los trabajos difíciles. A mis tíos no les parecía bien, como tampoco a algunos carpinteros de Séforis. Mis tíos y los carpinteros querían cobrar doble jornal por los trabajos especializados, pero José se negaba.

Finalmente acudieron al rabino Berejaiah, pese a que en realidad querían ver al rabino Jacimus, el fariseo más estricto. «Esto sólo puede arreglarlo un fariseo», había dicho mi tío Cleofás. Y todos estuvieron de acuerdo, incluso José. Nadie quería consultar un rabino joven, sino al más anciano. Pero Berejaiah les dijo que fueran a ver a Jacimus y que hicieran lo que él les dijese.

Los niños no pudimos entrar, y como hacía mucho calor volvimos a casa.

Los mayores estuvieron fuera mucho rato y al fin volvieron todos de buen humor. Al parecer, el rabino Jacimus los había convencido de que si cobraban el doble por los trabajos especializados podrían enviarnos a la escuela medio día entero. ¡Y José había estado de acuerdo!

Brincamos de contento. Era una gran noticia. Santiago y yo nos miramos. Incluso los primos Silas y Leví se alegraron. Y también el pequeño Simeón, que apenas entendía nada. Como resultado de todo aquello, nosotros recibiríamos más educación y la familia ingresaría más beneficios.

Mi madre se alegró mucho.

Aquella noche bebimos un buen vino en la cena, y luego José nos leyó una de las historias griegas que tanto nos gustaban, de los pergaminos traídos de Alejandría. Era la historia de Tobit.

Todo el mundo se congregó para escucharla, incluso las mujeres, porque todos disfrutábamos con la historia del ángel que se apareció a Tobías, el hijo de Tobit, y cuando el ángel, «disfrazado», le hablaba a Tobías de ciertas curas que podía hacer con las entrañas del pez que había intentado comerle el pie, y que debía casarse con la joven Sara, hija de Ragüel, y cómo luego Tobías objetaba que Sara había tenido siete maridos ya y que todos habían sido abatidos por un demonio la noche de bodas.

Nos partimos de risa cuando José leyó este fragmento parodiando la voz del inocente Tobías. Luego adoptó de nuevo el papel del arcángel Rafael: «¡Haz el favor de escucharme y no te preocupes por ese demonio!» Con la voz del ángel, José siguió leyendo: Tobías desposaría a Sara aquella misma noche, y lo único que tenía que hacer era echar el hígado y el corazón del pez en la lumbre de la cámara nupcial, ¡y el olor ahuyentaría para siempre al demonio!

—¡Y a quién no iba a ahuyentar ese olor! —exclamó Cleofás. Hasta mi madre se reía a carcajadas.

José prosiguió el relato encarnando al solícito Rafael:

—Bien, antes de acostarte, reza para pedir que te sea concedida la seguridad y la misericordia. No temas, esa chica ha sido reservada para ti desde los inicios del mundo, tú la salvarás, ella irá contigo y supongo que tendréis hijos que serán hermanos y hermanas. Y no hay más que hablar.

De nuevo nos desternillamos, al borde de las lágrimas.

—Así son las cosas —dijo mi tía Esther, y todos rieron otra vez, mirándose los unos a los otros.

—¡Y no hay más que hablar! —exclamó mi tía Salomé, y vuelta a reír todos como si las madres entendieran más que nosotros lo gracioso que era eso.

—¡Y quién lo va a saber mejor que un ángel! —añadió tía Esther.

Todos callaron en seco y las risas cesaron. Miraron a mi madre fugazmente. Ella tenía la mirada abstraída, pero de pronto sonrió y soltó una carcajada. Meneó la cabeza y las carcajadas volvieron a brotar.

Había muchos fragmentos graciosos en esa historia y los conocíamos todos. El demonio huyó al oler el pescado, el ángel lo amordazó, Tobías amó a Sara, el suegro de él no le dejaba partir de tanto que lo quería, y el banquete nupcial duró más de catorce días, y cuando por fin volvió a casa sí curó la ceguera de su padre con la medicina del pez que había intentado comerle el pie, y hubo un nuevo festejo nupcial que duró días y días y todo el mundo fue feliz. Luego venía una parte más seria, las largas y hermosas oraciones de Tobit, que todos nos sabíamos en griego y recitamos en esa lengua.

Cuando llegamos al final de la oración, José, que dirigía la plegaria, pronunció las palabras más despacio, como si ahora tuvieran un significado especial que no habían tenido cuando estábamos en Egipto.

—«Jerusalén, ciudad santa, Dios te ha castigado por tus obras, pero tendrá piedad con los hijos de los justos. Alaba al Señor pues él es bueno y bendice al rey de los siglos, para que vuelva a montar su tienda en tus dominios...»

Nos entristecimos al pensar en las reyertas que no cesaban. Y yo, mientras la oración continuaba, aparté de mi memoria aquella violencia; vi el Templo como había sido antes de saber que los hombres iban a enzarzarse allí unos contra otros.

Vi los muros enormes y los centenares de personas que se congregaban para orar, que llenaban los baños y los túneles hasta el Patio de los Gentiles. Oí a la gente entonar salmos.

Seguimos rezando con José:

—«Una gran luz brillará hasta los confines de la tierra y muchas naciones acudirán a ti de muy lejos, los pueblos de la tierra, para morar cerca del nombre del Señor, trayendo en sus manos presentes para el rey de los cielos...»

Vi mentalmente la luz y experimenté una especie de sueño hermoso y suave mientras oía la oración tumbado en mi estera, con el brazo bajo la cabeza.

—«Y te llamarán la Elegida eternamente y por los siglos de los siglos.»

Y pareció que la pestilencia había abandonado nuestra casa. La muerte se había ido. La suciedad. Las lágrimas. Y aunque mi sueño del extraño ser alado de hermosos ojos me inquietaba mucho, pronto lo deseché como había desechado la imagen del Templo de Jerusalén anegado en sangre. Y la vida empezó de nuevo. Fui feliz de saberlo, pues ya había conocido la desdicha, el miedo, la enfermedad y la congoja, y todas esas cosas habían desaparecido por fin.

20

Tan pronto mi madre me dio permiso, me bañé en el *mikvah*, que ahora estaba muy frío y el agua tan alta que me cubría la cabeza. Luego me puse ropa recién lavada y subí a la casa del rabino en la colina, el rabino Berejaiah. Los sirvientes me dijeron que estaba en la sinagoga, de modo que fui y me lavé esmeradamente las manos en el arroyo pese a que ya me había bañado.

Entré y tomé asiento en un extremo, sorprendido de que hubiera tanta gente allí ese día de la semana, pero pronto vi que no estaban escuchando al rabino sino a un hombre que había venido a contarles cómo estaban las cosas en Jerusalén. Era un fariseo e iba vestido con ropas suntuosas. Su cabeza estaba repleta de cabellos blancos.

Mi hermano Santiago estaba allí, al igual que José, Cleofás y mis primos mayores. El rabino Berejaiah sonrió al verme y me indicó que estuviera callado mientras aquel hombre continuaba con su relato. Estaba hablando en griego y de vez en cuando cambiaba a nuestra lengua.

—Este Sabinus, procurador de los romanos, tenía a sus hombres rodeando el Templo. Entonces los judíos tomaron los tejados de la columnata y empezaron a arrojar piedras a los soldados. A continuación las flechas romanas surcaron el cielo, pero no podían alcanzar a los judíos debido a su posición. Así pues, este hombre impío, Sabinus, cuyo único propósito era localizar el tesoro del rey en ausencia de éste, este hombre avaricioso prendió fuego a las columnatas, sí, las columnatas del Templo con sus dorados a la cera, y los judíos fueron alcanzados por las llamas. El fuego explotó como si saliera de un volcán y la brea de los tejados prendió. Y todo el oro sucumbió al fuego, así como los hombres parapetados en los tejados. Se desconoce el número de víctimas...

El miedo volvió a mí. Aunque allí hacía calor, noté frío mientras el hombre continuaba con su relato.

—... y los romanos atravesaron las llamas para robar los tesoros del Señor ante los ojos de quienes observaban impotentes. Cruzaron el Gran Patio hasta los almacenes para robarlo todo, y saquearon también la propia casa del Señor.

Lo vi como lo había visto en mi sueño. Incliné la cabeza y cerré los ojos. Podía ver claramente lo que nos contaba: enfrentamiento tras enfrentamiento, y la llegada de las legiones romanas, y las cruces irguiéndose en el camino.

—Dos mil hombres crucificados —dijo—. Persiguieron a los que habían huido. Atraparon a los que les parecían sospechosos y los ejecutaron. ¿Cómo saber si esos hombres eran culpables? ¡Los romanos no distinguen entre inocentes y culpables! No saben nada. Y no se sabe cuántas aldeas quemaron los árabes antes de que el general Varus los mandara de regreso al ver que no podía confiar en ellos como portadores de paz. —Luego ofreció una larga ristra de nombres: lugares incendiados, familias que habían perdido sus hogares...

Yo seguí con los ojos cerrados. Vi elevarse las llamas

en el cielo nocturno y gente correr. Una mano me tocó el hombro y oí que el rabino me susurraba:

—Presta atención.

—Sí, rabino —dije.

Miré al hombre, que ahora se paseaba frente a la asamblea hablando de los rebeldes. Simón, el que quemó el palacio de Jericó, había sido apresado por Gratus, general de Herodes que acudió en ayuda de los romanos. Pero había muchos, muchos más...

—¡Están escondidos en las cuevas del norte! —dijo—. Nunca serán derrotados.

La gente susurró, asintiendo con la cabeza.

—Son familias, tribus de bandidos. Y ahora corre el rumor de que el César nos ha repartido entre los hijos de Herodes, y estos príncipes, si es que lo son, se han embarcado rumbo a nuestros puertos.

Vi el mar a la luz de la luna. Mi sueño otra vez.

El mensajero hizo una pausa, como si supiera muchas más cosas pero no pudiera contarlas.

—Esperamos al gobernante que nos han adjudicado —dijo.

Uno de los presentes tomó la palabra:

—¡Los sacerdotes del Templo mandarán!

—Los sacerdotes conocen la Ley de Moisés y viven conforme a ella —saltó otro—. ¿Por qué no tenemos sacerdotes de la estirpe de Zadok, como la Ley dice que deberíamos tener? Si purgamos el Templo de sus impurezas, los sacerdotes mandarán otra vez.

Algunos se levantaron y se enzarzaron en agrias discusiones.

El rabino Jacimus se puso en pie para pedir orden, pero los hombres sólo callaron cuando se levantó el rabino Berejaiah.

—Nuestros emisarios han presentado sus peticiones al César —dijo—. César ha tomado una decisión y pronto sabremos el alcance de ella. Hasta entonces, sólo nos queda esperar. —Paseó la mirada por la asamblea, escrutando los rostros de los hombres y mujeres allí reunidos.

—Nadie conoce aún el linaje del sacerdote del Templo —añadió—. Ni siquiera si todavía existe un sumo sacerdote.

Muchos asintieron en señal de aprobación. Los hombres volvieron a sentarse. El mensajero procedió a contestar las preguntas de los reunidos. Pero enseguida se reanudaron los gritos y las discusiones.

Me levanté y salí disimuladamente de la sinagoga.

Fuera, con el calor, dejé de tiritar. Crucé el pueblo y subí colina arriba. Había mujeres ocupadas en los huertos. Los agricultores trabajaban en los campos con sus peones.

El cielo se veía inmenso y las nubes flotaban como barcos en el mar. La hierba estaba poblada de flores silvestres, pequeñas y grandes; y los árboles, cargados de aceitunas verdes.

Me tumbé en la hierba y palpé las flores con la mano. Miré el cielo entre las ramas del olivo. Me gustaba verlo así, a trocitos. A lo lejos oía las palomas del pueblo, incluso las abejas en sus colmenas. Oí también algo parecido a la hierba creciendo, pero no, eso no podía ser. Estaban todos los sonidos juntos, tan suaves y tan distintos de los de una ciudad.

Pensé en Alejandría, en el gran templo dedicado a César Augusto junto al puerto de la ciudad, con todos sus jardines y bibliotecas. Lo había contemplado infinidad de veces cuando íbamos a comprar provisiones en los almacenes del muelle. Y en nuestra procesión, la de los judíos de Alejandría, que formaban la mayoría de la población, celebrando el día de la traducción de las Escrituras al griego. Les habíamos dado una buena lección a los paganos, ¿no? O eso decían los hombres cuando entonábamos los salmos.

Visualicé el mar.

Pensé en todas esas cosas, pero yo adoraba este lugar. Sentía amor por él, amor por los empinados bosques frondosos de cipreses y sicomoros, y los mirtos. José me enseñaba los nombres de las diversas plantas y árboles.

Recé para mis adentros: «Padre celestial, te doy gracias por esto.»

No duró mucho mi soledad allí. Cleofás vino a consolarme.

—No estés triste —dijo.

—Soy muy feliz —respondí, poniéndome de pie—. No estoy nada triste. No me siento desdichado por nada.

—Vaya —dijo él, en su tono acostumbrado—. Pensé que estabas llorando por lo que oíste en la sinagoga.

—No —negué con la cabeza—. Éste es un lugar feliz. Cuando estoy aquí —señalé en derredor— mis pensamientos se vuelven oraciones.

Eso le gustó.

Descendimos juntos la colina.

—Bien —dijo—. No debes preocuparte por esta época de violencia que estamos viviendo. Los romanos acabarán hasta con el último rebelde que haya en Judea. Como ese tonto de Simón. Acabarán con Atronges, el rey pastor, y con sus hermanos también. Y perseguirán a esos bandidos que asolan Galilea; están escondidos en las cuevas, en las fuentes del Jordán, pero tendrán que salir cuando necesiten algo. Los oirás pasar con estruendo... Oh, no por aquí, claro. En Nazaret apenas ocurre nunca nada, salvo... Sea quien sea el rey aquí o en Judea, se trate de Arquelao o de Antipas, a quien hemos de recurrir como juez es al César. Te diré una cosa: César no quiere problemas aquí; y estos Herodes gobernarán sólo mientras no haya problemas. Nosotros siempre tendremos a César.

Me detuve y lo miré.

—¿Es lo que quieres, que siempre tengamos a César?

—¿Por qué no? ¿Quién va a mantener la paz sino él?

Sentí una punzada de miedo en el estómago. No respondí.

—¿Nunca vamos a tener otro rey que ocupe el trono de David? —pregunté luego.

Cleofás me miró largamente antes de responder.

—Yo quiero paz —dijo—. Quiero construir, enyesar y pintar, alimentar a mis hijos y estar con mi familia. Eso es lo que quiero, lo mismo que todos los romanos. No son mala gente, ¿sabes? Ellos adoran a sus dioses y sus mujeres son decorosas. Tienen su manera de hacer como nosotros la nuestra. ¡Tampoco hay que pensar que todo pagano es un diablo que sacrifica a sus hijos a Moloch y comete atrocidades en su propia casa!

Solté una carcajada.

—Pero esto es Galilea —continuó él—. Cuando uno ha vivido en Alejandría y ha estado en Roma, sabe que esto son ilusiones. ¿Sabes qué significa esta palabra?

—Sí —respondí—. Caprichos. Fantasías.

—Buen chico. Eres el único que me entiende.

Me reí, asintiendo con la cabeza.

—Soy tu profeta —dijo Cleofás.

—¿Me servirás de profeta?

—Ponme a prueba.

—Está bien. Contesta: ¿por qué me pararon a la entrada de la sinagoga? ¿Por qué no quiso decir José que fue en...?

—Alto ahí —dijo llevándose las manos a la cabeza. Bajó la vista—. No puedo contestar a eso. José no quiere.

—José me ha prohibido que le haga preguntas —dije.

—¿Y sabes por qué?

—Él no quiere oírlas. —Me encogí de hombros—. ¿Qué motivo puede haber?

Cleofás se puso de rodillas y me agarró por los hombros, mirándome a los ojos.

—Él mismo no entiende ciertas cosas —dijo—. Y cuando uno no entiende, no puede explicar.

—¿Que no entiende?

—Eso he dicho. Pero que quede entre tú y yo.

—¿Y tú sí entiendes?

—Procuro. —Arqueó las cejas y sonrió—. Ya me conoces. Sabes que intento entender, pero José es paciente, confía ciegamente en el Señor. José no necesita comprender. Hay una cosa que sí puedo decirte y que no debes olvidar: un ángel ha visitado a tu madre. Y a José se le han aparecido también. Pero a mí no ha venido a verme ninguno.

—Ni a mí, aunque... —Me callé. No quería decirlo: lo de Eleazar en Egipto, lo de detener la lluvia, y menos aún lo del propio Cleofás en el Jordán, mi mano en su espalda. Ni lo de la noche en la ribera del Jordán, cuando creí que había otros seres rodeándome en la oscuridad.

Él estaba absorto en sus pensamientos. Se levantó y contempló los montes que se elevaban al este y el oeste.

—¡Cuéntame lo que pasó! —supliqué en voz baja—. Cuéntamelo todo.

—Hablemos de las batallas y la rebelión, y de esos reyes de la casa de Herodes. Es más sencillo —dijo sin mirarme. Entonces volvió los ojos hacia mí—. No puedo decirte lo que quieres saber. Tampoco lo sé todo. Si intento explicarte algo, tu padre me echará de la casa. Además, no quiero causar más problemas. ¿Cuántos años tienes ahora, ocho?

—Aún no —dije—. Pero falta poco.

—¡Todo un hombre! —dijo sonriendo—. Escucha, algún día, antes de que yo muera, te contaré todo lo que sé. Lo prometo... —Volvió a interrumpirse.

—¿Qué pasa?

Su rostro estaba sombrío.

—Te diré algo, pero debes guardarlo como un secreto —dijo—. Llegará un día... —Meneó la cabeza y apartó la mirada.

—Vamos, habla, estoy escuchando.

Volvió a mirarme y sonrió.

—Creo que debemos seguir en el bando de César Augusto —dijo—. ¿Qué más da quién cobra los impuestos o persigue a los ladrones? ¿Qué importa quién vigila las puertas de la ciudad? Tú viste el Templo. ¿Cómo se va a reconstruir si los romanos no devuelven el orden a Jerusalén? Herodes Arquelao ordenó aquella matanza en el Templo mismo. Los bandidos y los sublevados campan por los claustros y en el Templo mismo. Yo apoyaría una paz romana, sí, una paz como la que disfrutábamos en Alejandría. Te diré algo de los romanos: su cáliz está lleno, y es bueno que te gobierne alguien cuyo cáliz está lleno.

No respondí, pero sus palabras se grabaron en mi mente.

—¿Qué le hicieron a Simón, el rebelde al que apresaron?

—Fue decapitado —dijo Cleofás—. Se merecía eso y más, si quieres saber mi opinión. Aunque a mí no me importa que quemara los dos palacios de Herodes. No es eso... es todo lo demás, los crímenes, la destrucción. —Me miró—. Bah, eres demasiado pequeño para entenderlo.

—¿Cuántas veces me has dicho eso?

Se rió.

—Claro que lo entiendo —dije—. No tenemos un rey judío que pueda gobernarnos a todos, un rey judío que sea amado por el pueblo.

Asintió con la cabeza. Miró el cielo y las nubes que pasaban.

—Para nosotros no cambia nada —dijo.

—No es la primera vez que oigo eso.

—Y volverás a oírlo. Mañana vendrás conmigo a Séforis y me ayudarás a pintar las paredes que estamos terminando. Es trabajo fácil. Ya he dibujado las líneas. Yo mezclaré el color y tú sólo tendrás que aplicar la pintura. Trabajarás tal como lo hiciste en Alejandría. Eso es lo que queremos, ¿no es así? Eso y amar al Señor con todo nuestro corazón, y observar la Ley de Moisés.

Volvimos a casa.

No le dije lo que tenía en mi corazón. No podía. Quería hablarle de aquel extraño sueño pero no podía. Y si no podía decírselo a mi tío, tampoco a nadie. Nunca podría preguntar al viejo rabino acerca del ser alado ni acerca de las visiones que tuve, de las columnatas del Templo en llamas. ¿Y quién entendería lo de la noche cerca del Jordán, los seres que me rodearon en la oscuridad?

Estábamos casi al pie de la colina. Había una mujer cantando en su jardín, y niños pequeños jugando.

Me detuve.

—¿Qué ocurre? —preguntó Cleofás—. Vamos —dijo haciendo un gesto con la mano.

No le obedecí.

—Tío —dije—. ¿Qué era lo que ibas a decirme allá arriba?

Nos miramos.

—Quiero saberlo —añadí.

Vi que experimentaba un cambio, que se ablandaba.

—Guarda para ti lo que voy a decirte —respondió con voz grave—: llegará el día en que serás tú quien nos dará las respuestas.

Nos miramos, y ahora fui yo el que apartó la vista. ¡Yo tendría que dar las respuestas! Recordé entonces la puesta de sol en el Jordán, el fuego en el agua, un fuego hermoso, y la sensación de estar rodeado por un corro de innumerables seres.

Y fue así como tuve una repentina sensación de certidumbre, de que por fin lo entendía todo, ¡todo! Pero sólo fue durante un instante y la sensación se desvaneció.

Mi tío no dejaba de mirarme. Se inclinó para apartarme el pelo de la frente y me dio un beso.

—¿Estás sonriendo? —preguntó.

—Sí. Porque has dicho la verdad.

—¿Qué verdad?

—Que soy demasiado pequeño para comprender —dije.

Cleofás rió.

—No me tomes el pelo —sonrió.

Se incorporó y continuamos andando hacia el pueblo.

21

Había sido un verano estupendo.

La segunda tanda de higos colmaba nuestro árbol del patio, los aceituneros batían las ramas en los olivares, y yo sentía una dicha como nunca antes, y era consciente de ello. Para mí era el comienzo del tiempo: desde los últimos días en Alejandría hasta la venida aquí.

A medida que pasaban los meses fuimos terminando las reparaciones en nuestra casa, y ya casi estaba perfecta para todas las familias, las de mis tíos Simón, Alfeo y Cleofás, y para José, mi madre y yo.

Riba, la esclava griega que había venido con Bruria, iba a dar a luz un niño. Hubo numerosos cuchicheos sobre el particular, incluso entre los niños. Un día, la pequeña Salomé me susurró:

—Parece que Riba no se escondió del todo en ese túnel, ¿no?

La noche del parto oí llorar al bebé y cómo Riba le cantaba en griego, y luego también Bruria. Mis tías no cesaban de reír y cantar juntas, con las lámparas encendidas. Fue una noche feliz.

José despertó y tomó al bebé en brazos.

—No es un niño árabe —dijo mi tía Salomé—. Es un niño judío y tú lo sabes.

—¡Quién ha dicho que sea árabe! —exclamó Riba—. Ya os expliqué que...

—Muy bien, muy bien —dijo José con calma, como siempre—. Lo llamaremos Ismael. ¿Le parece bien a todo el mundo?

El bebé me gustó a primera vista. Tenía una bonita barbilla y ojos grandes y negros. No lloraba todo el rato como el nuevo bebé de tía Salomé, que alborotaba al menor ruido, y la pequeña Salomé disfrutaba llevándolo en brazos cuando su madre estaba ocupada en otros quehaceres. Allí estaba, el pequeño Ismael. Juan, el hijo pequeño de tía Salomé y Alfeo, era uno de los quince Juanes que había en el pueblo, junto con los diecisiete Simones y trece Judas; también había más Marías de las que podían contarse con las dos manos, y eso sólo en cuanto a nuestros parientes de este lado de la colina.

Pero me estoy anticipando. Esos bebés no llegarían al invierno.

El verano fue muy caluroso, sin la brisa de la costa, y bañarse en el manantial era muy divertido cuando volvíamos de Séforis por la noche. Los chicos hacíamos batallas de agua, mientras al otro lado del recodo las chicas reían y charlaban. Río arriba, en la cisterna abierta en la roca donde las mujeres llenaban sus vasijas, se hablaba y reía también, y a veces mi madre iba allí al atardecer para ver a las otras mujeres.

A finales del verano hubo varias bodas en el pueblo, con largas celebraciones que duraban la noche entera y donde todo Nazaret parecía congregarse para beber y bailar, hombres con hombres y mujeres con mujeres, e incluso las doncellas, aunque éstas se mostraban tímidas y se quedaban cerca del entoldado donde estaba la novia, ésta con los más bonitos velos y brazaletes de oro.

En el pueblo había varios hombres que tocaban la flauta y algunos la lira, y las mujeres la pandereta sosteniéndola en alto; por su parte, los viejos tañían los címbalos para llevar el ritmo del baile. Hasta el viejo Justus fue llevado fuera y acomodado en unos almohadones contra la pared, y se le veía sonreír contento, aunque la saliva le resbalaba por el mentón y la vieja Sara tenía que enjugársela.

El padre de la novia era a veces el que ejecutaba los pasos de baile más atrevidos, lanzando los brazos al aire y girando como una peonza con su vistosa vestimenta. Algunos se emborracharon y sus hermanos o sus hijos los recogieron y se los llevaron a casa sin suscitar comentarios de nadie.

Había buena comida, cordero asado y un espeso potaje de carne y lentejas, y también hubo lágrimas, y los pequeños jugamos fuera hasta muy tarde, corriendo y chillando y lanzando vítores en la oscuridad, porque a nadie le importaba. Yo fui corriendo hasta el bosque y luego colina arriba, y contemplé las estrellas y bailé como había visto bailar a los hombres.

Ese año ocurrieron más cosas de las que soy capaz de contar.

Se casó Alejandra, la hija del granjero rico, al decir de todos una belleza. Estaba muy guapa de novia con sus velos ribeteados de oro. Cuando el entoldado y las antorchas fueron a buscarla a su casa, todo el mundo cantó al verla aparecer por la puerta.

Al banquete asistió gente de otros pueblos. Cuando los fariseos se reunieron para desear lo mejor a todos y no quisieron comer nada, la madre de Alejandra se inclinó hasta el suelo delante de Sherebiah y le dijo que la comida había sido preparada de manera perfecta y limpia, y que si no quería compartir la comida de la boda de su hija, ella tampoco comería ni bebería pese a tratarse de la boda de su única hija.

El rabino ordenó a su sirviente que le trajera agua para lavarse las manos, pues los fariseos así lo hacían siempre, lavarse los dedos antes de comer aunque ya los tuvieran limpios, y luego empezó a comer, mostrando a todos el trozo de carne, y la gente lo vitoreó, y todos los fariseos le imitaron, incluso el rabino Jacimus, aunque ellos casi nunca cenaban en compañía de otra gente.

Luego Sherebiah bailó a pesar de su pata de palo, y todos los hombres bailaron también.

Nuestro estimado rabino Berejaiah ejecutó después una danza lenta y asombrosa que deleitó a sus alumnos. Es más, después de eso su suegro tuvo que bailar, para no ser menos, y otro tanto hicieron los demás viejos del pueblo.

La madre de Alejandra fue a sentarse con la novia y las mujeres, y bebieron contentas de que los fariseos hubieran asistido al banquete.

El trabajo continuaba.

En Séforis crecían edificios como plantas silvestres en un prado. Los lugares quemados sanaron como sana una herida. El mercado crecía cada vez más, y nuevos mercaderes acudían a diario para vender sus mercancías a los que tenían que amueblar sus casas nuevas. Y había numerosos peones que ayudaban en nuestro trabajo. Todo el mundo nos llamaba la Cuadrilla Egipcia.

Nadie se quejaba de nuestros precios. Alfeo y Simón dirigían la colocación de cimientos, suelos y paredes; Cleofás y José confeccionaban las hermosas mesas de banquete, estanterías y sillas romanas que solíamos hacer en Alejandría.

Aprendí a pintar márgenes mejor que antes, e incluso a pintar algunas flores y hojas, aunque por regla general sólo rellenaba las perfiladas por los pintores expertos.

Nuestro trabajo de mampostería era de la mayor calidad; emparejar las losas de mármol requería paciencia, y había que cuidar mucho la disposición. Fuimos al pueblo de Caná para hacerle un suelo a un hombre que había vuelto de las islas griegas y quería tener una biblioteca hermosa.

Venían a encargarnos trabajos desde otros lugares. Un mercader de Cafarnaum nos pidió que fuésemos allí, y yo tenía muchas ganas de ir porque estaríamos cerca del mar de Galilea, pero José dijo que eso tendría que esperar hasta que la construcción en Séforis terminara.

Y también nos llevábamos mucha faena a Nazaret para hacer en casa, sobre todo divanes o mesas taraceadas. Preguntamos cuáles eran los mejores plateros y esmaltadores de Séforis y acudíamos a ellos para los retoques finales.

Aparte de las noticias sobre constantes escaramuzas entre soldados y rebeldes en Judea, lo único malo era que la pequeña Salomé y yo no podíamos estar juntos. Ahora ella estaba siempre ocupada con las mujeres, mucho más que en Alejandría, y a mí me parecía que pese a todo el trabajo que teníamos y al dinero que entraba en nuestras bolsas, las mujeres llevaban la peor parte. Habían traído mucha comida de Alejandría, pero aquí plantaban hortalizas y tenían que recogerlas del huerto; y mientras que en Alejandría podían comprar pan caliente en la calle de los Panaderos, aquí se pasaban el día horneando, y eso después de moler ellas mismas el trigo cada día al amanecer.

Cada vez que yo intentaba hablar con la pequeña Salomé, ella me daba largas, y conmigo empleaba cada vez más la misma voz que las mujeres empleaban con los niños. Había crecido de la noche a la mañana y siempre estaba cuidando de algún bebé. Normalmente era la pequeña Esther, que por fin ya no era tan llorona, o bien el bebé de alguna mujer que venía a visitar a la vieja Sara. La pequeña Salomé ya no era pequeña, no era la niña con quien yo compartía juegos y risas en Alejandría, ni la que lloró en el viaje desde Jerusalén. De vez en cuando iba con nosotros a la escuela —las pocas chicas que asistían se sentaban aparte de los chicos—, pero se mostraba impaciente por volver a casa a trabajar. Cleofás insistió en que tenía que aprender a leer y escribir el hebreo, pero a Salomé le daba igual.

Yo la echaba de menos.

Lo que más les gustaba hacer a nuestras mujeres era tejer, y cuando sacaban sus telares al patio en los meses cálidos, eso era motivo de conversación en todo Nazaret. Por lo visto, las mujeres de la región utilizaban un telar con una vara y una pieza transversal sobre la que tenían que estar de pie. Pero nosotros habíamos traído de Alejandría telares más grandes con dos piezas deslizantes sobre las cuales las mujeres podían estar sentadas, y todas las mujeres del pueblo venían a ver el invento.

Así pues, como hacía mi madre, una mujer podía estar sentada ante el telar, y, como hacía mi madre, podía ir mucho más rápido y hacer tejidos para vender en el mercado, como hacía mi madre... cuando tenía tiempo, es decir, cuando Salomé le echaba una mano con los pequeños Simeón y Judas.

Pero mi madre adoraba tejer. Sus días en Jerusalén, tejiendo los velos del templo con las ochenta y cuatro muchachas elegidas, le habían dado mucha velocidad y destreza, y sus telas eran de la mejor calidad. También sabía teñir, e incluso trabajar con púrpura.

A nosotros nos habían explicado que elegían a muchachas para confeccionar los velos porque todas las cosas destinadas al Templo tenían que ser hechas en estado de pureza. Y que sólo muchachas menores de doce años eran puras con seguridad, y que había una tradición de chicas elegidas y la familia de mi madre formaba parte de esa tradición. Pero ella no hablaba mucho de sus días en Jerusalén. Sólo para comentar sobre lo grande y lo complicado que era el velo, y que cada año tenían que tejer dos. Este velo era el que cubría la entrada al sanctasanctórum, el lugar donde el Señor estaba presente. Ninguna mujer entraba nunca allí: sólo el sumo sacerdote. Mi madre había sido feliz tejiendo una parte del velo y sabiendo que sus manos colaboraban en aquella obra.

Varias mujeres del pueblo venían a hablar con mi madre y verla trabajar en su telar. Y su número aumentó cuando empezó a tejer en el patio, al aire libre. Tenía más amigas. Los parientes que no habían venido todavía a vernos, lo hacían ahora con frecuencia.

Pasado aquel verano seguían yendo a verla, y las chicas jóvenes que no estaban cuidando niños pequeños acudían para acunar a los bebés sobre sus rodillas. Esto era bueno para mi madre, porque ella era muy aprensiva. En un pueblo como Nazaret, las mujeres están al corriente de todo. Cómo, no lo sé, pero así ocurre y así ocurría entonces. Y mi madre sin duda sabía del interrogatorio al que fue sometido José cuando me llevaron a la sinagoga. Y tenía aprensión por ello.

Yo lo sabía porque me conocía hasta el más pequeño gesto de su cara, sus movimientos de ojos y labios, y me daba cuenta. Veía su temor ante las otras mujeres. Los hombres no la preocupaban, porque ningún hombre iba a mirarla o dirigirse a ella, ni importunarla de manera alguna. Un hombre no hablaba con una mujer casada salvo que fuese un pariente muy próximo, e incluso en tal caso nunca a solas, salvo que fuese su hermano. De modo que mi madre no temía a los hombres, pero ¿a las mujeres? Sí, las había temido hasta los días del telar, cuando acudían para aprender de ella.

Todos estos pensamientos acerca del temor de mi madre no los hice yo conscientes hasta que la cosa cambió; ella siempre había sido de talante apocado. Por eso me alegré mucho del cambio que experimentó.

Y se me ocurrió algo más, un pensamiento secreto, uno más de los que no podía revelar a nadie: mi madre era inocente. Tenía que serlo. De lo contrario, habría tenido miedo de los hombres, ¿no? Pero a los hombres no los temía. Como tampoco temía ir por agua al arroyo, ni ir de vez en cuando a Séforis para vender la ropa que tejía. Sus ojos eran más inocentes aún que los de la pequeña Salomé. Sí, no me equivocaba.

La vieja Sara ya no estaba en condiciones de hacer trabajo de filigrana —ni de ninguna clase— con una aguja o en el telar, pero enseñaba a las muchachas a hacer bordados y a menudo las veía allí juntas, charlando y riendo y contando historias, con mi madre muy cerca.

Martillear y pulir y ensamblar y coser y tejer: el patio era un hervidero de actividad. Y luego los gritos y lloros y risas de los niños, bebés gateando por el suelo, el establo donde los hombres atendían a los burros que transportaban nuestras cosas hasta Séforis, los chicos mayores entrando y saliendo con haces de heno, uno o dos de nosotros frotando incrustaciones de oro en un nuevo diván de banquete (un hombre nos había encargado ocho), la lumbre de cocinar sobre el brasero y después las esteras extendidas en el suelo de piedra cuando comíamos, todos allí reunidos rezando y procurando que los más pequeños callaran un momento para poder dar gracias al Señor; todo esto, sumado, da una imagen de lo que fue ese primer año en Nazaret, un año que quedó grabado en mi memoria durante los muchos que todavía iba a vivir allí.

«A buen resguardo», había dicho José. Yo estaba «a buen resguardo». Pero de qué, no quiso decirlo, y yo no podía preguntar. Pero estaba felizmente escondido. Y cuando pensaba en eso y en las extrañas palabras de Cleofás —que algún día yo habría de dar las respuestas—, me sentía como si fuera otro; me palpaba el cuerpo y después dejaba de pensar en ello.

Mi aprendizaje iba muy bien.

Aprendía nuevas palabras, palabras que había oído y dicho pero cuyo significado sólo conocía ahora, la mayor parte proveniente de los Salmos. «Que los campos sean gozosos, sí, gozosos, y que los árboles del monte se regocijen. Escribid una canción gozosa al Señor; cantad alabanzas.»

La oscuridad había desaparecido; los incendios también. Y aunque la gente hablaba de los chicos que se habían sumado a la rebelión, y aunque de vez en cuando una mujer se desgañitaba de pena al tener noticias de un hijo perdido, nuestra vida estaba llena de cosas agradables.

A la última luz de la tarde, subía y bajaba cuestas entre los árboles hasta que perdía de vista Nazaret. Encontré flores tan dulces que me llevé algunas a casa para plantarlas allí. Y en casa, el olor dulzón de las virutas y el del aceite con que untábamos la madera; el omnipresente olor del pan horneándose y el aroma de la salsa que nos recibía a nuestro regreso.

Bebíamos buen vino del mercado de Séforis. Comíamos deliciosos melones y pepinos de nuestro propio huerto.

En la sinagoga aprendíamos las Escrituras batiendo palmas, bailando y cantando. La escuela era un poco más difícil, pues los maestros nos hacían redactar cartas en nuestras tablillas, y repetir lo que no hacíamos bien. Pero incluso esto era agradable, y el tiempo pasaba volando.

Los hombres empezaron a recolectar la aceituna, batían las ramas de los olivares con sus largas varas y recogían los frutos. La prensa estaba siempre en funcionamiento, y a mí me gustaba pasar por allí para ver cómo los hombres extraían aquel aceite que olía tan bien.

Las mujeres de la casa aplastaban aceitunas en una prensa pequeña para conseguir el mejor aceite de cocina.

Las uvas de nuestro huerto estaban maduras, y también los higos, de los que teníamos todos los que queríamos y más, para secar, hacer tartas, o comer tal cual. Eran tantos los últimos higos del patio y el huerto, que el sobrante lo vendimos en el mercado al pie de la colina.

La uva que no consumíamos la poníamos a secar; no se hacía vino con ella pues en la zona no había viñedos, todo era trigo y cebada y pasto para las ovejas, y los bosques que tanto me gustaban.

El aire empezó a refrescar y llegaron las primeras lluvias, muy abundantes. Tronaba con fuerza sobre los tejados, y todo el mundo ofrecía plegarias en acción de gracias. Las cisternas de la casa se llenaron, y se cambió el agua del *mikvah*.

El rabino Jacimus, el más estricto de los fariseos, nos dijo en la sinagoga que el agua que ahora iba a parar al *mikvah* estaba viva, y que eso era lo que demandaba el Señor, que nos purificásemos con agua viva. Debíamos rogar que las lluvias fueran suficientes, no sólo para los campos y arroyos sino para que las cisternas estuvieran llenas y nuestro *mikvah* también.

El rabino Sherebiah no estuvo del todo de acuerdo con Jacimus y empezaron a citar a los sabios sobre este particular y a discutir, y finalmente el anciano rabino nos pidió que ofreciéramos oraciones de acción de gracias por que las ventanas del cielo se hubieran abierto, lo que permitiría empezar a plantar muy pronto los campos.

Durante la cena, mientras la lluvia repiqueteaba en los tejados, hablamos del rabino Jacimus y de aquel asunto del agua viva. Era algo que a Santiago y a mí nos inquietaba un poco.

Habíamos llegado a Nazaret después de las lluvias, y el *mikvah* estaba vacío entonces. Lo habíamos reparado, llenándolo después con agua de la cisterna, agua que había estado en reposo durante mucho tiempo. Pero era agua de lluvia, ¿verdad? ¿Se podía considerar «viva» la que usamos para llenar por primera vez el *mikvah*?

—Si no es agua viva —dijo Santiago—, entonces quiere decir que no quedamos limpios después del *mikvah*.

—Pero nos bañamos a menudo en el arroyo, ¿no? —dijo Cleofás—. Y el *mikvah*, tiene un agujerito en el fondo a fin de que el agua esté en constante movimiento. Cuando la lluvia llenó la cisterna, era agua viva. Sigue viva, no os preocupéis más.

—Pero el rabino Jacimus dice que con eso no basta —insistió Santiago—. ¿Por qué?

—Sí basta —intervino José—, pero él es fariseo y los fariseos son muy concienzudos. Debéis entenderlo: ellos piensan que esmerándose mucho en todos los aspectos de la vida estarán más a salvo de transgredir la Ley.

—Pero no pueden decir que nuestro *mikvah* no es puro —repuso tío Alfeo—. Las mujeres lo utilizan...

—Mirad —dijo José—. Imaginaos dos senderos en la cima de una montaña. Uno cerca del borde y el otro más apartado. Este último es más seguro. Ése es el camino de los fariseos: estar lejos del borde del precipicio, lejos de caer en el pecado, por eso el rabino Jacimus cree en sus costumbres.

—Pero las costumbres no son leyes —objetó Alfeo—. Los fariseos afirman que todas estas cosas son leyes.

—Sherebiah nos dijo que era la Ley de Moisés —intervino tímidamente Santiago—, que Moisés recibió unas leyes no escritas que se fueron transmitiendo a través de los sabios.

José se encogió de hombros.

—Lo hacemos lo mejor que podemos. Y ahora han llegado las lluvias. ¿Qué pasa con el *mikvah*? ¡Pues que está lleno de agua dulce! —exclamó levantando las manos y sonrió.

Todos nos reímos, pero no del rabino. Nos reímos como siempre hacíamos al hablar de cuestiones para las que no parecía haber una respuesta clara.

El rabino Jacimus era severo en sus cosas pero era un hombre afable, un hombre sabio, y me contaba historias maravillosas. Esas historias hacían referencia a nuestra realidad, y había veces en que nada me gustaba más que esas historias. Pero empezaba a comprender algo de importancia capital: todas esas historias formaban parte de una mayor, la historia de quiénes éramos, de nuestra identidad como pueblo. Nunca lo había visto tan claro, y ahora me emocionaba.

A menudo en la escuela y a veces en la sinagoga, el rabino Berejaiah se erguía sobre sus piernas pese a que le temblaban, levantaba los brazos y, elevando los ojos, exclamaba:

—Decidme, niños, ¿quiénes somos?

Y entonces entonábamos con él:

—Somos el pueblo de Abraham e Isaac. Fuimos a Egipto en los tiempos de José. Allí nos convertimos en esclavos. Egipto se convirtió en la fragua y allí sufrimos. Pero el Señor nos había redimido, el Señor alzó a Moisés para que nos guiara, y el Señor nos salvó dividiendo las aguas del mar Rojo y conduciéndonos a la Tierra Prometida.

»El Señor entregó la Ley a Moisés en el Sinaí. Y nosotros somos un pueblo santo, un pueblo de sacerdotes, un pueblo fiel a los mandamientos. Somos un pueblo de grandes reyes: Saúl, David, Salomón, Josué.

»Pero Israel pecó a ojos del Señor. Y el Señor envió a Nabucodonosor de Babilonia para que asolara Jerusalén e incluso la propia casa del Señor.

»Pero nuestro Señor es reacio a la ira y constante en su amor, y es todo misericordia, y nos envió un redentor para que pusiera fin a la cautividad, y ése fue Ciro el Grande, y volvimos a la Tierra Prometida y reconstruimos el Templo. Mirad siempre hacia el Templo, pues cada día el sumo sacerdote ofrece un sacrificio por el pueblo de Israel al Señor de las Alturas. Los judíos están desperdigados por todo el mundo, son un pueblo santo, fiel a la Ley de Moisés y al Señor, un pueblo que mira hacia el Templo y que no conoce otros dioses que el Señor.

»Oye, oh, Israel, el Señor nuestro Dios es Uno.

»Y amarás al Señor tu Dios con todo tu corazón y toda tu alma y con todas tus fuerzas.

»Y estas palabras, que yo hoy te impongo, estarán en

tu corazón. Y las enseñarás con afán a tus hijos, y hablarás de ello cuando estés en tu casa y cuando vayas por los caminos y cuando te acuestes y cuando te levantes.

No era imprescindible estar en el Templo para observar las fiestas sagradas. Los judíos repartidos por todo el mundo las observaban escrupulosamente.

Todavía no era seguro viajar a Jerusalén, pero nos llegó la noticia de que los combates habían cesado en la ciudad y que el Templo había sido purificado. Al parecer, todo iba bien.

Salimos fuera al amanecer del día de la Expiación, pendientes de los primeros rayos de sol, pues sabíamos que el sumo sacerdote se levantaba al despuntar el alba para iniciar sus ceremonias en el Templo, esos baños que habría de repetir varias veces a lo largo del día.

Oramos con la esperanza de que no hubiera insurrecciones ni dificultades. Porque durante ese día el sumo sacerdote procuraría expiar todos los pecados del pueblo de Israel. Para ello, iría ataviado con sus mejores vestiduras. El rabino Jacimus, sacerdote ungido también, nos había descrito estas prendas sagradas, y nosotros habíamos aprendido cómo eran en las Escrituras:

La larga túnica del sumo sacerdote era azul, iba sujeta por una faja en la cintura, y los bajos ribeteados con borlas y campanillas doradas que tintineaban cuando el sumo sacerdote caminaba. Sobre la túnica llevaba una segunda prenda llamada *efod*, que tenía mucha filigrana en oro, así como un peto de doce gemas brillantes, una por cada tribu de Israel, de modo que cuando se situara ante el Señor estuviesen allí las Doce Tribus. Y en la cabeza, el sumo sacerdote llevaba un turbante con una corona de oro. Era algo digno de verse.

Pero antes de ponerse estas bellas prendas, estas vestimentas tan ricas como las de un sacerdote pagano, el sumo sacerdote se vestía de lino, puro y blanco, para realizar los sacrificios.

En el día de la Expiación, imponía sus manos sobre el novillo castrado que iba a sacrificar por Israel. E imponía sus manos sobre los dos machos cabríos. Uno de éstos sería sacrificado, y el otro se llevaría consigo al desierto todos los pecados del pueblo de Israel. Era el macho cabrío enviado a Azazel.

¿Y qué era Azazel? Los pequeños queríamos saberlo. Pero de hecho ya lo sabíamos. Azazel era la maldad, eran los demonios, era el mundo «de fuera», el mundo del desierto. Todos sabíamos lo que significaba la palabra desierto, pues todo el pueblo de Israel había cruzado el desierto para llegar a la Tierra Prometida. Y el macho cabrío llevaría los pecados a Azazel en señal de que los pecados de Israel habían sido perdonados por el Señor, y así el mal recuperaría el mal del que nosotros nos habríamos despojado.

Pero el momento más importante era cuando el sumo sacerdote entraba en el sanctasanctórum, el lugar del Templo donde el Señor estaba presente, y al que sólo podía entrar el sumo sacerdote.

Y todo Israel rezaba para que la ira del Señor no cayera sobre el sumo sacerdote, sino que sus plegarias de expiación fueran oídas y que pudiese salir de nuevo ante el pueblo habiendo estado en presencia del Señor.

A media tarde nos congregamos en la sinagoga, donde el rabino leyó el pergamino que el sumo sacerdote estaba leyendo en el Patio de las Mujeres: «Y el día diez del mes séptimo será el día de la expiación... y celebraréis asamblea santa.» El rabino nos explicó lo que el sumo sacerdote estaba diciendo a los fieles en el Templo. «Todo lo que he leído ante vosotros está escrito aquí.»

Oscureció. Estábamos descalzos en el tejado, esperando. Los situados en el punto más alto gritaron que ya podían verse las señales de fuego en los pueblos situados más al sur, que ahora encendían fogatas para divulgar la palabra al norte, el este y el oeste.

Todo el mundo dio saltos de alegría y nos pusimos a bailar. El ayuno había terminado. Empezó a correr el vino y se colocó la comida sobre las brasas.

En el Templo, ahora purificado, el sumo sacerdote había concluido su tarea. Había salido sano y salvo del sanctasanctórum. Completadas sus oraciones por Israel, completados los sacrificios y las lecturas, ahora se marchaba a celebrar un banquete, como nosotros, con sus familiares.

Las lluvias tempranas habían sido buenas. Habíamos empezado a plantar.

Y a continuación del día de la Expiación se celebraba la fiesta de las chozas, cuando todos los israelitas tenían que vivir durante unos días en chozas construidas con ramas de árbol en recuerdo del viaje de Egipto a Canaán. Para los niños era una fiesta especialmente divertida.

Utilizamos las mejores ramas que encontramos en el bosque, sobre todo de los sauces lindantes con el arroyo, y vivimos en esas chozas, hombres, mujeres y niños, como si fueran nuestras casas, y cantamos los salmos.

Por fin tuvimos noticias de que Herodes Arquelao y Herodes Antipas acababan de llegar junto con todo el séquito que había ido a entrevistarse con César Augusto. Nos congregamos en la sinagoga para oír el anuncio de boca de un sacerdote joven recién llegado de Jerusalén con la misión de comunicar la noticia. Hablaba muy bien el griego.

Herodes Antipas, hijo del temido Herodes el Grande, iba a ser gobernador de Galilea y Perea; Herodes Arquelao, a quien todo el mundo odiaba, sería el etnarca de Judea, mientras que otros hijos de Herodes gobernarían lugares más alejados. El palacio de la ciudad griega de Ascalón se adjudicaba a una princesa de Herodes. El nombre Ascalón me gustó.

Cuando pregunté a José por esa ciudad, me dijo que había ciudades griegas a lo largo y ancho de Israel y Perea, e incluso en Galilea, ciudades con templos a ídolos de mármol y oro. Alrededor del mar de Galilea había diez ciudades griegas, conocidas como Decápolis.

Aquello me sorprendió. Estaba acostumbrado a Séforis y sus costumbres judías. Sí, sabía que Samaria era Samaria, y que no teníamos tratos con los samaritanos pese a que estaban muy cerca de nuestras fronteras. Pero ignoraba que hubiera ciudades paganas en la región. Ascalón. Imaginé a la princesa Salomé, la hija de Herodes, paseando por su palacio en Ascalón. Yo nunca había entrado en un palacio, pese a que sabía lo que era, tal como lo sabía respecto a un templo pagano.

—Cosas del Imperio —dijo mi tío Cleofás—. No te preocupes por que haya tantos gentiles entre nosotros. Herodes, rey de los judíos —dijo con tono de inquina—, construyó muchos templos al emperador y a esos ídolos paganos. Ahí tienes a nuestro rey de los judíos.

José hizo un gesto para que se callara.

—Estamos en nuestro hogar —dijo—. En Israel.

—Sí —ironizó Alfeo—, pero si sales por esa puerta estás en el Imperio.

No supimos si podíamos reírnos de eso, pero Cleofás asintió con la cabeza.

—Entonces, ¿dónde empieza y termina Israel? —preguntó Santiago.

—¡Aquí! —dijo José, señalando—, ¡y allí! Y dondequiera que haya judíos observando la Ley de Moisés.

—¿Veremos alguna vez esas ciudades griegas? —pregunté.

—Ya viste Alejandría, has visto las mejores, las más grandes —dijo Cleofás—. Alejandría sólo es superada por Roma.

Estuvimos de acuerdo.

—Recuerda esa ciudad y recuerda todo esto —prosiguió Cleofás—, pues en cada uno de nosotros está toda la historia de lo que somos. Estuvimos en Egipto, como estuvo nuestro pueblo hace mucho, y al igual que ellos regresamos a casa. Vimos combates en el Templo, como nuestros antepasados bajo el dominio de Babilonia, pero el Templo ya está restaurado. Sufrimos durante el viaje hasta aquí, como nuestro pueblo padeció en el desierto y bajo el yugo de los enemigos, pero hemos vuelto a casa.

Mi madre levantó la vista de su costura.

—Ah, entonces fue por eso —dijo, como habría hecho una niña. Se encogió de hombros, meneó la cabeza y siguió con su labor—. Antes no lo comprendía...

—¿El qué? —preguntó Cleofás.

—Pues por qué un ángel tuvo que aparecerse a José y decirle que volviera a casa pese a toda la sangre y todos los horrores, pero tú acabas de darle un sentido, ¿no? —Miró a José.

Él sonrió, creo que porque hasta ese momento no había pensado en eso. Los ojos de mi madre tenían un brillo infantil, la confianza del niño.

—Sí —dijo José—. Ciertamente, así parece. Ésa fue nuestra travesía del desierto.

Mi tío Simón, que estaba dormitando en su estera con la cabeza apoyada en el codo, se incorporó y dijo con voz de sueño:

—Los judíos le sacamos sentido a cualquier cosa.

Sila rió.

—No —dijo mi madre—, es verdad. Es sólo cuestión de verlo. Recuerdo cuando estaba en Belén y le pregunté al Señor: «Pero ¿cómo?, ¿cómo?», y después...

Me miró y me pasó la mano por el pelo, como hacía a menudo. A mí me gustaba, pero no me acurruqué con ella. Ya era mayor para eso.

—¿Qué pasó en Belén? —dije, olvidando por un momento la orden de José de no hacer preguntas—. Lo siento —susurré.

Mi madre se dio cuenta de todo y miró a José.

Nadie dijo una palabra.

Mi hermano Santiago estaba observándome con expresión severa.

—Tú naciste allí, ya lo sabes —dijo mi madre—, en Belén. Había mucha aglomeración aquella noche. —Hablaba mirándonos alternativamente a José y a mí—. No encontramos alojamiento en todo el pueblo (éramos Cleofás, José, Santiago y yo), y el posadero nos instaló en un establo situado en una cueva que había al lado. Fue una suerte, porque allí se estaba caliente. Fuera nevaba.

—¡Yo quiero ver la nieve! —dije.

—La verás algún día —respondió ella.

Los demás permanecieron callados. La miré. Mi madre quería continuar, se lo noté en la cara. Y ella sabía lo mucho que yo deseaba que siguiera hablando.

—Naciste en aquel establo —añadió—. Y yo te envolví y te puse en el pesebre.

Todos rieron, la acostumbrada risa familiar.

—¿En un pesebre?, ¿como si fuera heno para los burros? —Entonces, ¿éste es el secreto de Belén?

—Sí —respondió mi madre—, y probablemente estuviste mejor allí que cualquier otro recién nacido en Belén aquella noche. Gracias a los animales estuvimos calentitos, mientras que los huéspedes se helaban en las habitaciones de la posada.

Otra vez la risa familiar.

Recordarlo los puso a todos contentos, menos a Santiago, que estaba pesaroso, sumido en sus pensamientos. Debía de tener unos siete años cuando sucedió aquello, la edad que yo tenía ahora. ¿Cómo saber lo que él pensó? Nuestras miradas se encontraron, y algo pasó entre los dos. Él apartó la vista.

Yo quería que mi madre me contara más.

Pero se habían puesto a hablar de otras cosas, de las primeras lluvias, de las noticias de paz que venían de Judea, de las perspectivas de volver a Jerusalén en la próxima Pascua si las cosas seguían yendo bien.

Me levanté y salí. La noche era fría, pero me sentó bien después del calor de la casa.

¡El secreto de Belén no podía ser sólo eso! Tenía que haber algo más. Resultaba difícil encajar todas las piezas, las preguntas, los momentos y las frases pronunciadas, las dudas.

Recordé aquel horrible sueño, el ser alado y las cosas malas que me había dicho. En el sueño no me habían hecho daño. Ahora sí, y cómo. ¡Ah, si hubiera podido hablar con alguien! Pero no tenía a nadie a quien contarle lo que llevaba en mi corazón, ¡y nunca lo tendría!

Oí pasos detrás de mí y al punto una mano me tocó el hombro. Oí una respiración y supe que era la vieja Sara.

—Ve dentro, Jesús hijo de José —me dijo—, hace demasiado frío para que estés aquí contemplando las estrellas.

Di media vuelta y obedecí, pero porque ella me lo decía, no porque quisiera entrar en la casa. Volvimos a la cálida reunión familiar. Esta vez me tumbé con mis tíos, el brazo por almohada, y contemplé el brasero con sus ascuas encendidas.

Los pequeños empezaron a alborotar. Mi madre fue a ocuparse de ellos y luego pidió ayuda a José.

Mis tíos fueron a acostarse a sus habitaciones respectivas. Tía Esther estaba en la otra parte de la casa con su bebé, Esther, que volvía a berrear.

La vieja Sara estaba sentada en el banco, porque era demasiado anciana para hacerlo en el suelo. Santiago me estaba mirando, y el fuego se reflejaba en sus ojos.

—¿Qué pasa? —le pregunté—. ¿Qué quieres decirme? —pregunté quedamente.

—¿Qué ha sido eso? —saltó Sara, al parecer oyendo algo, y se puso de pie—. ¿Ha sido el viejo Justus? —Fue a la otra habitación. No pasaba nada grave. Sólo el viejo Justus tosiendo porque tenía la garganta tan débil que ya no podía tragar.

Santiago y yo nos quedamos a solas.

—Dime qué es —insistí.

—Los hombres dicen que vieron cosas. Cuando tú naciste vieron cosas.

—¿Qué?

Santiago apartó la vista con gesto de enfado, tenso. A los doce años, un chico ya puede ponerse el yugo de la Ley. Santiago pasaba de esa edad.

—Algunos aseguraron que vieron cosas extrañas —dijo—. Pero yo sé lo que pasó, y puedo decírtelo.

Esperé.

Volvió a mirarme, ahora fijamente.

—Unos hombres fueron a la casa de Belén. Llevábamos viviendo allí algún tiempo, era un buen alojamiento.

Mi padre se ocupaba de sus asuntos, buscaba a nuestros parientes, todo eso. Y entonces, una noche se presentaron aquellos hombres. Eran hombres sabios venidos de Oriente, tal vez de Persia, hombres que interpretan las estrellas y creen en la magia, encargados de aconsejar a los reyes de Persia lo que deben hacer en función de los signos. Los acompañaban unos sirvientes. Eran hombres ricos, vestían hermosas prendas. Preguntaron si podían verte y se arrodillaron ante ti. Te traían regalos. Y te llamaron rey.

Yo me había quedado sin habla.

—Dijeron que habían visto una estrella muy grande en el cielo —continuó— y que habían seguido esa estrella hasta la casa en que estábamos. Tú estabas en una cuna, y esos hombres dejaron sus regalos delante de ti.

No me atreví a preguntarle nada.

—En Belén, todo el mundo vio llegar a esos magos y sus sirvientes. Iban montados en camello, esos hombres. Hablaban con autoridad. Se inclinaron ante ti. Y luego se marcharon. Era el final de su viaje y estaban satisfechos.

Sabía que Santiago me estaba diciendo la verdad. De sus labios jamás brotaba mentira alguna. Y sabía que él sabía que la muerte de aquel chico en Egipto había sido causada por mí, y que yo le había devuelto la vida. Y me había visto dar vida a unos gorriones de barro, algo que yo apenas si recordaba.

Un rey. «Hijo de David, hijo de David, hijo de David.»

Las mujeres regresaron a la habitación. Y mis primos mayores llegaron de no sé dónde. Tía Salomé recogió el pan que quedaba y los restos de la cena. La vieja Sara se sentó en su sitio habitual en el banco.

—Reza para que los niños duerman toda la noche —dijo.

—No te preocupes —dijo tía Salomé—. Riba duerme con un ojo abierto y los vigila a todos.

—Esa muchacha es un primor —dijo mi madre.

—La pobre Bruria estaría muerta de no ser por esa muchacha. Riba la cuida como si fuera una niña. Pobre Bruria...

—Pobrecilla...

Y así continuaron.

Mi madre me dijo que fuera a acostarme.

Al día siguiente Santiago rehuía mi mirada. Tampoco me extrañó. Él no me miraba casi nunca.

Los meses de invierno eran cada vez más fríos.

Cuando llegó el tiempo de la fiesta de las Luces, la casa se llenó de lámparas encendidas, y desde los tejados se veían grandes fogatas en todas las aldeas. En nuestras calles los hombres bailaban con antorchas tal como habrían hecho si hubieran estado en Jerusalén.

Al final del octavo día, de amanecida, en las postrimerías de la festividad, me despertaron unos gritos en el exterior. Al momento, todo el mundo estaba levantado y dándose prisa.

Sin preguntar qué pasaba, me levanté presuroso.

La primera luz del día era de un gris perfecto. ¡El Señor había enviado nieve!

Todo Nazaret estaba cubierto por un manto blanco, mientras grandes copos seguían cayendo, copos que los niños corrían a recoger como si fueran hojas, pese a que se derretían en sus manos.

José me observó con una sonrisa secreta mientras todo el mundo salía a ver la silenciosa nevada.

—¿Rezaste para que nevara? —preguntó—. Pues ya tienes aquí la nieve.

—¡No! —dije—. Yo no recé. ¿O sí...?

—¡Cuidado con lo que pides en tus rezos! —susurró—. ¿Entiendes lo que digo? —Su sonrisa se ensanchó
todavía más, y me llevó fuera para que tocara los copos de
nieve. Su risa y su felicidad me hicieron sentir muy bien.

Pero Santiago, que estaba aparte, bajo el alero del patio, se quedó mirándome. Y luego, cuando José se alejó, se
acercó sigilosamente para susurrarme al oído:

—¡Podrías rezar para que lloviera oro del cielo!

Y se fue con los demás; casi nunca estábamos a solas.

Aquel mismo día —la fiesta de las Luces había concluido al amanecer— fui a echar un vistazo a la pequeña arboleda, el único sitio donde podía estar a solas. Había mucha
nieve. Llevaba los pies calzados con sandalias gruesas y envueltos en lana, pero cuando llegué la lana ya estaba húmeda y me daba frío. No pude quedarme mucho rato bajo los
árboles. Estuve allí de pie, pensando y contemplando la
maravilla del manto blanco que cubría los campos y los
volvía tan hermosos como una mujer vestida con sus mejores galas.

Qué limpio, qué nuevo se veía todo.

Oré. «Padre celestial, dime qué esperas de mí. Dime
qué significan todas estas cosas. "Todo tiene su explicación." ¿Cuál es la explicación de todo esto?»

Cerré los ojos, y al abrirlos vi que la nieve formaba un
velo sobre Nazaret. Lentamente, el pueblo desapareció
envuelto en la blancura. Pero yo sabía que estaba allí.

—Padre celestial, no volveré a rezar para que nieve;
nunca rezaré para nada que no sea tu voluntad. Padre celestial, no rezaré para que éste viva o aquél muera; no, jamás
para que muera nadie, y nunca, nunca intentaré siquiera
que deje de llover o que llueva, o que nieve, no, mientras el
significado de todo esto se me escape...

Mi oración derivó entonces hacia recuerdos fugaces.

La nieve me cayó en los ojos al levantar la cabeza para mirar las ramas de los árboles, y fue como si la nieve me estuviera besando.

Yo estaba a buen resguardo allí, a salvo, incluso de mí mismo.

A lo lejos, alguien gritó mi nombre.

Desperté de mi oración, de la quietud, de la suavidad de la nieve, y corrí colina abajo agitando los brazos, dando voces, con ganas de volver al calor de la lumbre y la familia.

22

Mi primer año en la Tierra Prometida llegó a su fin como había empezado: con el comienzo del año nuevo para Israel.

Herodes Arquelao y los soldados romanos llegados de Siria habían implantado paz en Judea, o al menos la suficiente para que nosotros pudiéramos atravesar los dominios de Arquelao, cruzar el valle del Jordán y remontar el terreno montañoso hasta Jerusalén para asistir a las celebraciones de la Pascua.

Yo me consideraba un niño mayor desde aquel penoso y terrible viaje camino de Nazaret. Conocía muchas palabras nuevas con las que meditar acerca de lo que había visto entonces. Y me encantó cuando llegamos a campo abierto. Me gustaron las sonrisas y las carcajadas. Y bañarme de nuevo en el río Jordán.

Muchas personas del pueblo se habían sumado a nuestra familia, venían también muchas esposas y un numeroso grupo de doncellas vigiladas por sus padres, y todos mis nuevos amigos del pueblo, la mayoría parientes míos.

Se decía que las lluvias habían sido benignas ese año, y durante un buen trecho la región se veía reverdecida.

La vieja Sara hizo el viaje con nosotros montada en un burro, y fue estupendo tenerla allí. Mi madre también iba, pero tía Esther se quedó para cuidar de los más pequeños, con ayuda de la pequeña Salomé.

Bruria, la refugiada, vino con nosotros en compañía de su esclava griega, que llevaba a su bebé en cabestrillo y se ocupaba de todos.

Debería decir que uno de los motivos por los que José decidió traer a Bruria fue la esperanza de que cuando pasáramos por su finca, ella decidiera reclamarla. Conservaba la mayor parte de los documentos, pues habían sido rescatados del incendio, y sin duda, decía José, habría por allí personas que sabían que las tierras eran de ella.

Pero Bruria no tenía deseos de reclamar nada. No quería nada. Trabajaba como ida, ayudando pero sin pedir nada para ella. Y José nos dijo, en un aparte, que no la juzgáramos ni nos portáramos mal con ella. Si Bruria quería quedarse con nosotros para siempre, adelante. También nosotros habíamos sido extranjeros cuando estábamos en Egipto.

Nadie tenía el menor inconveniente, y así lo dijo mi madre. Riba era una bendición para las mujeres, según mi tía Salomé. Era modesta como una mujer judía, además de limpia y servicial, y trabajaba a la par de los demás.

Queríamos a ambas mujeres, y cuando Bruria pasó frente a su antigua granja y vimos que le daba igual, nos entristecimos. Eran sus tierras y le pertenecían.

Con nosotros iban también los fariseos, todos en un grupo, con sus mujeres y ancianos. Y también se habían sumado otras familias de Nazaret, así como de diversas aldeas.

Nuestros parientes de Cafarnaum, los pescadores y sus esposas e hijos, se reunieron con nosotros: estaban

Zebedeo, el primo de mi madre, y su mujer María Alejandra, prima también de mi madre, a la vez que primos lejanos de José, así como otros muchos, de los cuales yo sólo recordaba a algunos.

La columna de gente era interminable, todo el mundo iba charlando y entonando salmos como habíamos hecho aquel primer lejano día en Jerusalén. Entonamos los salmos de alabanza, que son los más bonitos.

Mis antiguos temores reaparecieron al dejar atrás el Jordán y empezar la ascensión a las montañas. Necesitaba a mi madre, pero no quería que nadie lo supiera. Aquellos malos sueños los había tenido hacía mucho tiempo, pero volvieron. Dormía pegado a la vieja Sara cuando podía, y si me despertaba llorando, ella ahuyentaba mis pesadillas con su voz. Sabía que Santiago se despertaba al oírme, y no quería que él supiera lo que me pasaba. Quería ser fuerte y estar con los hombres.

No fue un viaje duro; era bonito ver cómo los pueblos incendiados volvían a la vida; la ciudad de Jericó estaba siendo reconstruida y a su alrededor los palmerales y los grandes bosques de árbol del bálsamo se veían igual de hermosos que antes. El árbol del bálsamo sólo crecía allí; su perfume se vendía a precio de oro y los romanos lo codiciaban.

Qué diferencia, este nuevo Jericó bajo un sol brillante, de aquella ciudad ardiendo en mitad de la noche y que me había hecho llorar de miedo. Por supuesto, fuimos a ver los cimientos del nuevo palacio y cómo avanzaban sus carpinteros. Mis tíos lo observaron todo, desde las pilas de mampuestos hasta el desbroce del terreno donde estarían las nuevas habitaciones de Arquelao.

Pasado Jericó llegamos al pueblo donde habíamos dejado a nuestra prima Isabel y al pequeño Juan. Mi madre estaba preocupada, y otro tanto Zebedeo y su mujer; hacía mucho que no recibíamos ninguna carta de Isabel.

Nos encontramos la casita vacía y con las ventanas cerradas. Pensé que iba a ser un golpe terrible para mi madre, pero el golpe —que sí llegó— no fue tan grave como me temía.

Parientes lejanos vinieron a decirnos que Isabel, la esposa del sacerdote Zacarías, había sufrido una caída hacía sólo un mes y que se encontraba en Betania, cerca de Jerusalén. Ya no podía hablar, nos explicaron, ni moverse demasiado. El pequeño Juan se había ido a vivir con los esenos en el desierto. Varios de ellos se lo habían llevado a un lugar próximo a las montañas que bordeaban el mar Muerto.

Y después de atravesar los largos y sinuosos desfiladeros, llegamos al monte de los Olivos, desde donde pudimos ver ante nosotros la Ciudad Santa, al fondo del valle de Quidrón. Allí estaban las blancas paredes del Templo, con sus adornos de oro, y las casitas que salpicaban las colinas circundantes.

Todos rompieron a llorar de alegría, dando gracias al Señor, mientras que yo volví a sentir miedo. José me izó sobre sus hombros, aunque yo ya era demasiado grande para eso. Varios niños trataron de abrirse paso hasta la primera fila. Yo no.

El miedo me tenía atenazado como una inflamación de garganta. No importaba que hiciese sol, yo no lo veía. No veía otra cosa que oscuridad. Creo que la vieja Sara se dio cuenta, porque me atrajo hacia ella. A mí me gustaba el olor de sus prendas de lana, el tacto suave de su mano.

Una vez ofrecidas las plegarias, la gente reparó en las columnatas, allí donde se veían los efectos del fuego, así como las partes que estaban siendo reconstruidas.

—Seguro que los carpinteros y albañiles están contentos —dijo Cleofás—. Ellos lo queman, nosotros lo reconstruimos.

Nos reímos porque era cierto, pero Santiago lo miró con ceño, como si no quisiera que Cleofás dijera esas cosas. Entonces habló mi tío Alfeo:

—Los carpinteros y albañiles de Jerusalén siempre están contentos. ¡Llevan trabajando en el Templo desde que nacieron, la mayoría!

—Y no terminarán nunca —dijo Cleofás—. Para qué iban a hacerlo. Tenemos reyes con las manos manchadas de sangre, y la culpa los hace construir el Gran Templo como si eso pudiera lavar sus pecados a ojos del Señor. Bueno, que lo hagan. Que ofrezcan sacrificios, los profetas ya se han pronunciado sobre esos sacrificios...

—Dejemos de criticarlos —dijo Alfeo—. Vamos a bajar a la ciudad.

—Y los profetas lo han dicho —apuntó José con una sonrisa.

Cleofás pronunció en voz baja las palabras del profeta:

—«Sí, yo soy el Señor, y yo no cambio.»

Y continuaron hablando y hablando sobre lo grande que era el Templo, el mayor del mundo, pero yo lo oía todo a través del temor, del recuerdo de los cadáveres diseminados por doquier. Y más que nada sentía una horrible desdicha, algo que me decía que nunca iba a conocer nada más que desdicha.

Alguien me izó de nuevo, esta vez Alfeo.

Miré por fin el Templo, tratando de vencer el miedo, contemplé su majestuosidad y cómo la ciudad parecía crecer a su alrededor y aferrarse a él. La ciudad formaba parte del Templo, no era nada sin él. No había en Jerusalén otros templos. Y es cierto que desde aquella distancia parecía glorioso y bello, tan blanco y brillante y lleno de oro.

Había otros edificios grandes. Cleofás me señaló el palacio de Herodes así como la fortaleza, justo al lado del Templo y llena de soldados. Pero estos edificios no eran nada. El Templo era Jerusalén. El sol estaba brillando, y de pronto el temor, los recuerdos y la oscuridad desaparecieron.

Mi madre deseaba ir a Betania, a escasa distancia de donde nos encontrábamos, a fin de visitar a su prima Isabel. Pero los parientes querían bajar primero a Jerusalén y buscar un alojamiento. Y eso hicimos.

Íbamos apretujados, hasta el punto de que a veces hacíamos un alto porque no podíamos ni movernos, pero cantábamos para animarnos unos a otros. Cuando llegamos por fin a la Ciudad Santa, nos resultó muy difícil pasar por las puertas, tanta gente había allí, y los pequeños ya estábamos muy cansados. Algunos niños lloraban y otros se habían dormido en brazos de sus madres. Yo era demasiado mayor para pedir a alguien que me aupara, de modo que no podía ver hacia dónde íbamos.

No habíamos avanzado mucho en el interior de la ciudad cuando nos llegó el rumor de que las sinagogas estaban llenas y que las casas ya no podían acoger a más peregrinos. José decidió entonces encaminarnos a Betania, donde teníamos parientes en cuyos patios podríamos acampar.

Habíamos previsto llegar antes que el grueso de la gente, para asistir a las ceremonias de purificación, pese a que ese rito ya lo habíamos practicado en el pueblo, con las cenizas y el agua viva. Sin embargo, otras muchas personas venían con la misma idea, ya que esa festividad atraía a todo el mundo.

Con semejante multitud era de esperar que se produjeran roces y discusiones, y de hecho se oían gritos a cada momento, y cuando esto sucedía, a mí me rechinaban los dientes. Aun así, no había enfrentamientos. En lo alto de los muros había soldados de guardia; procuré no mirarlos. Me dolían las piernas y estaba hambriento, pero sabía que a todos les pasaba lo mismo.

Después del largo trecho cuesta arriba desde la ciudad hasta el pueblo, estaba tan cansado que quise ahorrar mi alegría por estar cerca de Jerusalén para el día siguiente. Era la hora del crepúsculo y había gente acampada por todas partes. Mi madre y mi padre me tomaron de las manos y fuimos rápidamente a ver a Isabel.

La casa era grande, una casa rica, con buenos pavimentos, paredes pintadas y ricos cortinajes en las puertas. El joven que nos recibió tenía modales exquisitos, lo que sin duda significaba que había sido rico. Vestía de lino blanco y llevaba unas sandalias de hermosa factura. Su pelo negro y su barba brillaban de aceite perfumado. Tenía un rostro luminoso, y nos recibió con los brazos abiertos.

—Éste es tu primo José —nos presentó mi madre—. Es sacerdote, y su padre Caifás también, como lo fue su propio padre. José, éste es nuestro hijo Jesús. —Me puso una mano en el hombro—. Venimos a ver a nuestra prima Isabel de Zacarías. Nos han dicho que se encontraba mal y que se alojaba aquí. Te damos las gracias por tu hospitalidad.

—Isabel es mi prima, como vosotros también —dijo el joven con voz suave. Tenía ojos oscuros y vivaces, y me sonrió de una manera que me hizo sentir bien—. Entrad, por favor. Os ofrecería un sitio donde dormir, pero ya veis, tenemos gente por todas partes. Ya no cabe nadie más...

—Oh, no, no venimos por eso —dijo José rápidamente—, sólo para ver a Isabel. Y para pedirte si podemos acampar fuera. Somos toda una tribu. Venimos de Nazaret, Cafarnaum y Caná.

—Sois bienvenidos —dijo el joven, indicando que le siguiéramos—. Encontraréis a Isabel tranquila pero callada. No sé si os conocerá. No os hagáis muchas ilusiones.

Yo sabía que estábamos ensuciando la casa con el polvo del camino, pero no había nada que hacer. Había peregrinos por todas partes, tumbados en mantas en cada habitación, y gente que iba de acá para allá con vasijas, y ya había bastante polvo. Seguimos adelante.

Entramos en una habitación tan repleta como las otras, pero con grandes ventanales de celosía por donde entraba el sol de la tarde; el ambiente era agradable y cálido. Nuestro primo nos llevó hasta un rincón donde, en una cama levantada del suelo, Isabel yacía inclinada sobre unas almohadas, muy abrigada con mantas de lana blanca. Estaba mirando hacia la ventana, al parecer contemplando el paisaje.

Nuestro primo se inclinó hacia ella y le cogió el brazo.

—Esposa de Zacarías —dijo con dulzura—, unos parientes tuyos han venido a verte.

Fue inútil.

Mi madre se inclinó para besarla y le habló, pero no obtuvo respuesta.

Isabel seguía mirando por la ventana. Se la veía mucho más vieja que el año anterior. Sus manos estaban tensas y retorcidas, apuntando rígidas hacia abajo. Parecía tan vieja como nuestra querida Sara, como una flor marchita a punto de desprenderse de la enredadera.

Mi madre miró a José y lloró contra su pecho, y nuestro primo José meneó la cabeza y dijo que habían hecho todo cuanto era posible.

—Ella no sufre —añadió—. Está como soñando.

Mi madre no podía dejar de llorar, de modo que salí con ella mientras José hablaba con nuestro primo sobre sus respectivos antepasados, la charla habitual de familias y matrimonios.

Una vez fuera, mi madre y yo encontramos a los tíos y la vieja Sara cómodamente reunidos en las mantas, un poco aparte del resto de los peregrinos y no lejos del pozo.

Varios parientes de la casa se nos acercaron para ofrecernos comida y bebida, y nuestro primo José venía con ellos. Vestían todos de lino, eran bien educados y nos trataron con amabilidad, más aun que si hubiéramos sido personas de su condición.

El mayor de ellos, Caifás, padre de José, nos dijo que como estábamos tan cerca de Jerusalén podíamos comer la Pascua en su casa. Que no nos preocupáramos por no estar dentro de las murallas. ¿Qué importaban unas murallas? Habíamos venido a Jerusalén y estábamos allí, y veríamos las luces de la ciudad en cuanto anocheciera.

Las mujeres salieron de la casa y nos ofrecieron mantas, pero nosotros ya teníamos las nuestras.

La vieja Sara y los tíos entraron a ver a Isabel antes de que se hiciera tarde. Santiago fue con ellos y luego volvió.

Cuando estuvimos todos reunidos y los primos ricos se hubieron marchado a Jerusalén para cumplir con sus obligaciones en el Templo por la mañana, la vieja Sara dijo que le gustaba el joven José, que era un buen hombre.

—Son descendientes de Zadok, y eso es lo importante —dijo Cleofás—. Con eso basta.

—¿Por qué son ricos? —pregunté.

Todos rieron.

—Son ricos gracias a las pieles de los sacrificios que les pertenecen por derecho —dijo José, muy serio—. Y proceden de familias ricas.

—Sí, ¿y qué más? —dijo Cleofás.

—La gente nunca habla bien de los ricos —dijo la vieja Sara.

—¿Es que tienes algo bueno que decir de ellos, anciana? —replicó Cleofás.

—¡Ah, conque se me permite hablar en la asamblea de los sabios! —respondió ella, irónica. Más risas—. Pues sí, tengo cosas que decir. ¿Quién crees que los escucharía si no fueran ricos?

—Hay muchos sacerdotes pobres —dijo Cleofás—. Lo sabes tan bien como yo. Los sacerdotes de nuestro pueblo son pobres. Zacarías era pobre.

—No, él no era pobre —repuso Sara—. Rico tampoco, pero nunca fue pobre. De acuerdo, hay muchos que trabajan con sus manos y no tienen más remedio. Y van ante el Señor, sí. Pero ¿poner en lo más alto a quienes protegen el Templo? No, eso no. Ese sitial sólo pueden ocuparlo hombres que sean temidos por otros hombres.

—¿Importa quiénes sean mientras cumplan con sus obligaciones, mientras no profanen el Templo, mientras tomen de nuestras manos los sacrificios? —terció Alfeo.

—No, claro que no importa —dijo Cleofás—. El viejo Herodes eligió a Joazer como sumo sacerdote porque era el que más le interesaba. Y ahora Arquelao quiere a otro distinto. ¿Cuánto tiempo hace que Israel no elige a su sumo sacerdote?

Levanté la mano como habría hecho en la escuela. Mi tío Cleofás se volvió hacia mí.

—¿Cómo sabe la gente si los sacerdotes hacen lo que deben hacer? —pregunté.

—Todos observan su comportamiento —dijo José—. Los otros sacerdotes, los levitas, los escribas, los fariseos.

—¡Oh, desde luego, los fariseos sobre todo! —bromeó Cleofás.

Y eso sí nos hizo reír. Queríamos mucho a nuestro rabino, el fariseo Jacimus, pero su estricta observancia de las normas se prestaba para las chanzas.

—¿Y tú, Santiago? —dijo Cleofás—. ¿No tienes nada que preguntar?

Sombrío, Santiago estaba absorto en sus pensamientos.

—El viejo Herodes asesinó a un sumo sacerdote —dijo en voz baja, como un hombre más—. Asesinó a Aristobulos porque éste deslumbraba a su pueblo, ¿no es verdad?

Los hombres asintieron con la cabeza.

—Así es —dijo Cleofás—. Ordenó que lo ahogaran por ello, y todo el mundo lo sabía. Todo porque Aristobulos se presentaba ante el pueblo con sus vestiduras y al pueblo le gustaba.

Santiago apartó la vista.

—¡Pero qué conversación es ésta! —dijo José—. Hemos venido a la casa del Señor para ofrecer sacrificios. Para ser purificados. Para comer la Pascua. No hablemos de estas cosas.

—Sí, tienes razón —dijo la vieja Sara—. Yo digo que José nuestro primo es un buen hombre. Y cuando despose a la hija de Anás, estará más cerca de quienes tienen el poder.

Mis tías, y Alejandra también, estuvieron de acuerdo.

Cleofás estaba asombrado.

—¡No llevamos aquí ni dos horas y las mujeres ya sabéis que José Caifás se va a casar! ¿Cómo hacéis para enteraros de esas cosas?

—Todo el mundo lo sabe —dijo Salomé—. Si no estuvieras tan ocupado citando a los profetas, tú también te enterarías.

—Quién sabe —dijo la vieja Sara—. Quizás algún día José Caifás llegará a sumo sacerdote...

Supe por qué decía eso. Pese a su juventud, José tenía un aire especial, en su manera de moverse y hablar, una facilidad de trato con todos, una gentileza peculiar. Al recibirnos se había preocupado por nosotros pese a que no éramos ricos, y detrás de sus expresivos ojos negros había un alma fuerte.

Pero ahora mis tías estaban discutiendo sobre ese punto con más ardor que los hombres, que les decían a ellas que se callaran, que no sabían nada de nada, y que eso era avanzar mucho las cosas, pero todos sabían que Arquelao podía cambiar al sumo sacerdote cuando le viniera en gana.

—¿Te has vuelto profeta, Sara, y por eso sabes que ese hombre será sumo sacerdote? —la pinchó Cleofás.

—Quizá —dijo ella—. Sé que sería un buen sumo sacerdote. Es inteligente y devoto. Es pariente nuestro. Es... es un hombre que me llega al corazón.

—Pues dale tiempo —dijo Cleofás—. Y que nuestros primos que nos han acogido aquí sean bendecidos por su generosidad. ¿Qué opinas tú, José? —añadió.

José, que se mantenía callado, sonrió, fingió estar reflexionando profundamente, y luego dijo:

—José Caifás es un hombre alto. Muy alto. Y camina muy erguido, y tiene unas manos largas que parecen pájaros volando pausadamente. Y se casa con la hija de Anás, nuestro primo, que es primo de la casa de Boethus. Sí, yo creo que será sumo sacerdote.

Todos reímos. Incluso la vieja Sara.

El miedo me había abandonado, pero yo aún no lo sabía.

La cena estuvo muy apetitosa.

La familia de Caifás nos sirvió un buen potaje de lentejas con muchas especias, una pasta de deliciosas aceitunas en aceite y abundantes dátiles confitados, que nosotros casi nunca comíamos en casa. Y, como siempre, había pasteles de higos secos, pero éstos estaban muy ricos. El pan era ligero y recién sacado del horno.

La esposa de Caifás, madre de José Caifás, se ocupó personalmente de que nos sirvieran vino; sus velos eran muy decorosos y le cubrían todo el cabello, dejando visible sólo una pequeña parte de la cara. La luz de las teas nos permitió verla en el umbral. Ella saludó con el brazo y volvió a entrar en la casa.

Hablamos del Templo, de nuestra purificación y de la festividad en sí: las hierbas amargas, el pan sin levadura, el cordero asado y las oraciones que pronunciaríamos. Los hombres lo explicaban de manera que los chicos pudieran entenderlo, pero otro tanto habían hecho los rabinos en la escuela, de modo que ya sabíamos lo que pasaría y lo que debíamos hacer.

Estábamos ansiosos porque el año anterior, entre los disturbios y el miedo, no habíamos podido cumplir con el ritual. Ahora queríamos aparecer ante el Señor tal como la Ley de Moisés lo exigía.

Debo decir que Santiago ya casi había terminado la escuela. Ahora tenía trece años y ante el Señor era ya un hombre. Silas y Leví eran mayores que él y ya no asistían a la escuela. Ambos habían tenido problemas con los estudios. El rabino no quería que se fueran pero ellos le habían suplicado, aduciendo que tenían mucho trabajo en casa. Así, mientras los demás repasábamos las normas de la festividad, ellos se alegraron de saltarse las clases.

Mientras nos acabábamos la cena, varios chicos de los campamentos vinieron a buscarnos. Eran simpáticos, pero yo estaba pensando en mi primo Juan hijo de Zacarías, que se había ido a vivir con los esenos. Me preguntaba si se sentiría bien allí. Estaba en pleno desierto, decían. ¿Cada cuánto vería a su madre? ¿Reconocería ella a su propio hijo? Pero ¿por qué pensar en estas cosas? Vinieron a mi mente aquellas palabras sobre que su nacimiento había sido anunciado. Mi madre también había acudido a los esenos cuando supo que yo iba a nacer. Ardía en deseos de ver a Juan, pero ¿cuándo iba a tener esa posibilidad?

Los esenos no asistían a las festividades. Vivían una existencia muy apartada y eran más estrictos aún que los fariseos. Los esenos soñaban con un Templo renovado. Una vez vi a un grupo de esenos en Séforis, todos con sus prendas blancas. Estaban convencidos de que ellos eran el verdadero Israel.

Al final, aunque tenía ganas de jugar, dejé a los chicos y traté de localizar a José. Estaba anocheciendo y allá abajo la ciudad empezaba a llenarse de luz. Las luces del Templo eran brillantes y hermosas, pero yo no podía buscar en todo el pueblo y los campamentos, y ni siquiera di con Cleofás.

Solo, José estaba contemplando la ciudad, escuchando la música y el batir de címbalos que procedían de algún lugar cercano. Daba sorbos a un vasito de vino.

Se lo pregunté a bocajarro:

—¿Volveremos a ver algún día al primo Juan?

—Quién sabe. Los esenos están al otro lado del mar Muerto, al pie de las montañas.

—¿Tú crees que son buena gente?

—Son hijos de Abraham como el resto de nosotros

—dijo—. Se puede ser peores cosas que eseno. —Hizo una pausa y continuó—: Eso pasa con nosotros los judíos. Ya sabes que en nuestro pueblo hay hombres que no creen en la resurrección del último día. Y luego están los fariscos. Los esenos creen con toda su alma y se esfuerzan al máximo para agradar al Señor.

Asentí con la cabeza.

A mí me constaba que todos los del pueblo querían ir al Templo, y que observar las festividades era importante para ellos. Pero no lo dije, porque me pareció que en sus palabras había verdad. No tenía más preguntas que hacer.

Me consumía la tristeza. Mi madre quería a su prima. Recordé verlas abrazadas al despedirse la última vez que habíamos estado juntos. Y que yo había sentido mucha curiosidad por mi primo. Despedía tal sensación de... de seriedad, sí, ésa es la palabra, seriedad. Eso fue lo que me atrajo de él.

Los otros chicos del campamento eran muy simpáticos y los hijos de los sacerdotes hablaban bien y decían cosas buenas, pero yo no tenía ganas de estar con ellos. Dejé a José. Yo tenía prohibido preguntarle las cosas que me pesaban en el corazón. Prohibido.

Me tumbé en la estera e intenté dormir pese a que en el cielo apenas empezaban a aparecer las primeras estrellas.

Alrededor, los hombres discutían sin parar, unos decían que el sumo sacerdote no era el mejor, que Herodes Arquelao se había equivocado en su elección, mientras otros sostenían que el sumo sacerdote era aceptable y que nos convenía tener paz, no más revueltas.

Sus voces airadas me asustaron.

Me levanté, dejé allí la estera y eché a andar alejándome del campamento por la ladera. Me sentó bien estar bajo las estrellas.

Había otros campamentos pero más pequeños; cubrían las pendientes y sus fogatas iluminaban poco, mientras en lo alto la luna brillaba hermosa sobre la región. Las estrellas desparramadas por el firmamento formaban sus bonitos dibujos.

La hierba olía muy bien y no hacía demasiado frío. Me pregunté si Juan estaría viendo ahora esas mismas estrellas en el desierto.

Entonces se acercó Santiago llorando.

—¿Qué te pasa? —pregunté incorporándome. Le cogí la mano. Nunca había visto así a mi hermano mayor.

—Necesito decírtelo... —empezó—. Lo siento. Perdona todas las cosas malas que te he dicho. Perdona por... haber sido malo contigo.

—¿Malo? Santiago, pero ¿qué estás diciendo? —Nadie podía oírnos ni vernos.

—No puedo ir mañana al Templo con esto dentro de mí, sabiendo que te he tratado tan mal.

Fui a abrazarle, pero él se apartó.

—Santiago —dije—, ¡tú nunca me has hecho daño!

—No tenía ningún derecho a contarte lo de los magos que fueron a Belén.

—Pero yo quería que me lo contaras —repuse—. Quería saber lo que pasó cuando nací. Necesito saberlo, Santiago. ¿No quieres contármelo todo?

—No te lo conté para complacerte. ¡Lo hice sólo para fastidiarte!

Sabía que eso era verdad. La dura verdad. Una más de las duras verdades que Santiago solía decir.

—Pero me dijiste lo que yo quería saber —repliqué—. Eso estuvo bien. Yo lo quería.

Santiago negó con la cabeza. Sus lágrimas no cesaban. Era el sonido de un adulto llorando.

—Santiago, te apenas por nada, en serio. Yo te quiero, hermano, no sufras por esto.

—Tengo que decirte otra cosa —susurró, como si hablar en susurros fuera necesario, aunque no lo era: estábamos lejos de los demás—. Te he odiado desde que naciste —dijo—. Te odiaba ya antes de que nacieras. ¡Sólo por existir!

La cara se me encendió. Me palpé el cuerpo. Jamás había oído a nadie decir semejante cosa. Tardé un momento en reaccionar:

—No me importa.

Santiago guardó silencio.

—No lo sabía —continué—. Mejor dicho, creo que lo sabía pero también sabía que se te pasaría. En cualquier caso, nunca pensé en ello.

—Mira cómo hablas —dijo con voz triste.

—¿Cómo?

—Sabes mucho para la edad que tienes —respondió, él que era tan alto a sus trece años, todo un hombre—. Te ha cambiado la cara desde que salimos de Egipto. Entonces tenías cara de niño y tus ojos eran iguales a los de tu madre.

Supe lo que quería decir. Mi madre siempre tenía cara de niña. Lo que no sabía era que yo hubiera cambiado.

¿Qué podía responderle?

—Siento haberte odiado —dijo—. Lo siento de veras. Deseo quererte y serte leal.

—Yo también te quiero, hermano —dije.

Silencio.

Santiago se enjugó las lágrimas.

—¿Puedo abrazarte? —pregunté.

Asintió con la cabeza. Al hacerlo, noté que él estaba temblando. Era evidente que se sentía muy mal.

Me aparté despacio.

—Santiago —dije—, ¿por qué me odiabas?

—Demasiados motivos —respondió meneando la cabeza—. No puedo contártelo todo. Algún día lo sabrás.

—No, Santiago, dímelo ahora. Necesito saberlo. Te lo suplico.

Tardó en responder.

—No soy yo quien debe decirte lo que ocurrió.

—¿Quién, entonces? Santiago, dime por qué me odiabas. Dime al menos eso. ¿Qué fue?

Me miró y tuve la impresión de que su cara reflejaba mucho odio. Tal vez sólo era infelicidad. Sus ojos, en la oscuridad, llameaban.

—Te diré por qué debo quererte —dijo—. Los ángeles bajaron cuando tú naciste. ¡Sólo por eso tengo que quererte! —Se echó a llorar otra vez.

—¿Te refieres al ángel que se apareció a mi madre?

—No. —Negó con la cabeza y esbozó una sonrisa opaca, amarga—. Los ángeles descendieron la noche misma de tu nacimiento. Ya sabes lo que pasó, te lo han contado. Estábamos en aquella posada, en Belén, compartiendo el establo y el heno con las bestias. Era el único sitio disponible y esa noche había mucha gente allí. Tu madre soportó los dolores en un rincón del establo, sin gritar ni nada. Tía Salomé la ayudó cuando llegó el momento, y cuando te sostuvieron en alto para que mi padre te viera, también yo te vi. Llorabas, pero sólo como lloran los recién nacidos porque no saben hablar. Y te envolvieron como se envuelve a un bebé para que no se mueva ni se haga daño, en pañales, y te acostaron en el blando heno de un pesebre. Tu madre yació en brazos de tía Salomé y entonces sí rompió a llorar, y fue horrible oírla.

»Mi padre se acercó a ella. Estaba muy arropada y le

habían retirado los trapos del parto. Mi padre la abrazó. "¿Por qué aquí? —dijo ella—. ¿Hemos hecho algo malo? ¿Es esto un castigo? ¿Por qué en este establo? No es justo." Eso fue lo que le preguntó. Pero él no sabía qué contestar. ¿Entiendes ahora? Un ángel se había aparecido a ella para anunciarle tu nacimiento, y acababa de ocurrir en un establo.

—Entiendo —dije.

—Fue horrible oírla llorar —repitió—, y mi padre no sabía cómo consolarla. Pero entonces se abrió la puerta y entró una ráfaga de aire helado. Todo el mundo se acurrucó y protestó para que cerraran la puerta. Eran unos hombres y un muchacho que portaba un farol. Hombres vestidos con pieles de oveja, los pies bien envueltos para protegerse del frío invernal, y con sus cayados. Todo el mundo vio que eran pastores.

»Ya sabes que un pastor nunca abandona su rebaño, menos aún en mitad de la noche y nevando, pero allí estaban ellos, y sus expresiones bastaron para que todos se incorporaran de su lecho de heno y se los quedaran mirando, yo incluido. ¡Era como si el fuego de la lámpara ardiera en sus rostros! ¡Yo nunca había visto caras como aquéllas!

»Fueron directos al pesebre donde yacías y te miraron. Luego se postraron de rodillas, tocando el suelo con la cabeza y alzando las manos. "Gloria al Señor en las alturas, y paz en la tierra entre los hombres, paz y buena voluntad", exclamaron. A todo esto, tu madre y mi padre no decían nada, sólo los miraban, como todos. Entonces los pastores se pusieron de pie y empezaron a explicar que un ángel se les había aparecido mientras vigilaban sus rebaños en la nieve. Nadie podría haberles impedido contarlo, y todos los que estábamos en el establo formamos corro a su alrededor. Uno de ellos dijo que el ángel había dicho: "No temáis pues os traigo nuevas que son motivo de gran alegría; hoy ha nacido un Salvador en la ciudad de David: ¡Cristo, el Señor!"

Santiago calló de repente.

Todo él se había transformado. Ya no parecía enfadado ni había lágrimas en sus ojos. Su rostro estaba más sereno y distendido.

—Cristo, el Señor —dijo.

No sonrió, pero había vuelto a Belén, a aquel momento. Su voz sonó grave y llena de aplomo.

—Christos Kyrios —dijo en griego. Él y yo hablábamos casi siempre en griego. Continuó en esa lengua—: Aquellos hombres estaban gozosos, llenos de júbilo y convicción. Nadie podría haber dudado de ellos. Y nadie dudó. —Se interrumpió, como dejándose llevar completamente por los recuerdos de aquella noche.

Me quedé sin habla.

Así que eso era lo que me ocultaban. Sí, y yo sabía por qué. Pero, ahora que lo sabía, necesitaba saber el resto. Tenía que saber qué había dicho el ángel a mi madre. El porqué y el cómo tenía yo poder para dar y quitar la vida, para hacer que nevara o dejara de llover, si es que se trataba de eso, y qué actitud tomar. No podía esperar más tiempo. Tenía que saberlo en ese momento.

Y me colmó de miedo pensar en lo que había dicho Cleofás, que yo iba a ser quien daría las respuestas.

Eran demasiadas cosas para mi cabeza. Demasiadas incluso para concretar las preguntas que quedaban por responder.

Y Santiago, mi hermano, parecía empequeñecerse más y más mientras lo tenía delante de mí. Lo veía cada vez más frágil y distante. Por un momento tuve la sensación de no formar parte de aquel lugar, la hierba, la cuesta, la ladera frente a Jerusalén, la música que llegaba hasta nuestros oídos, las risas distantes, y sin embargo todo era muy hermoso para mí, y también Santiago, el hermano a quien tanto quería; lo quería y le comprendía, a él como a su congoja, con todo mi corazón.

Santiago habló otra vez, moviendo los ojos como si estuviera viendo lo que describía.

—Aquellos pastores dijeron que el cielo se había llenado de ángeles. Una hueste de ángeles en el firmamento. Y mientras lo decían, alzaron sus brazos al cielo como si viesen a los ángeles. Y éstos habían cantado «Gloria al Señor en las alturas, y en la tierra paz y buena voluntad». —Inclinó la cabeza. Había dejado de llorar, pero parecía agotado y triste—. Imagínate —continuó en griego—. El cielo entero. Y los pastores habían visto eso y habían ido a Belén en busca del niño nacido en un pesebre, como los ángeles les habían pedido que hicieran.

Esperé.

—¿Cómo he podido odiarte por eso? —se preguntó él.

—Sólo eras un niño, un niño un poco más pequeño que yo ahora —dije.

Santiago meneó la cabeza.

—No me ofrezcas tu bondad —dijo casi inaudiblemente. Él seguía con la cabeza gacha—. No la merezco. Me he portado mal contigo.

—Pero eres mi hermano mayor.

Se levantó la túnica para enjugarse las lágrimas.

—No —dijo—. Yo te odiaba. Y eso es pecado.

—¿Adónde fueron aquellos hombres, los pastores? —pregunté—. ¿Dónde están ahora? ¿Quiénes son?

—Lo ignoro. Se marcharon. Contaron a todo el mundo la misma historia. No sé adónde fueron. No volví a verlos. Imagino que volverían con sus rebaños. Tenían que hacerlo. —Me miró. El claro de luna me permitió ver que se había serenado otra vez—. Después de aquello, tu madre estaba radiante. Había sido una señal. Se puso a dormir muy pegada a ti.

—¿Y José?

—Llámale padre.

—¿Y padre?

—Como siempre, escuchando sin decir nada. Cuando los que estaban en el establo le preguntaron su opinión, él no respondió. Todos se acercaban a ti y se ponían de rodillas. Rezaban y luego volvían a su rincón y su manta. Al día siguiente buscamos un nuevo alojamiento. En Belén todos se enteraron de lo ocurrido. Empezó a llegar gente preguntando por ti, incluso viejos apoyados en bastones. Pero José dijo que no nos quedaríamos mucho tiempo, sólo el suficiente para que te circuncidaran y para ofrecer un sacrificio en el Templo. ¿Sabes?, los magos de Oriente se presentaron en aquella posada porque iban a ver a Herodes...

Calló en seco.

—¿Los magos fueron a ver a Herodes? —pregunté—. ¿Y qué ocurrió?

Pero Santiago no podía decir más porque José se acercaba lentamente por la cuesta. Lo reconocí en la oscuridad por su manera de andar. Se detuvo a cierta distancia.

—Ya habéis estado fuera mucho rato —dijo—. Volved. No quiero que os alejéis tanto del campamento.

Nos esperó.

—Te quiero, hermano mío —dije en hebreo.

—Te quiero, hermano mío —respondió Santiago—. No volveré a odiarte nunca. Jamás te tendré envidia. La envidia es algo horrible, un pecado horrible. Te querré siempre.

José echó a andar delante de nosotros.

—Te quiero, hermano —repitió Santiago—, seas quien seas.

«Seas quien seas... Cristo, el Señor... Ojalá los magos no se lo hayan contado a Herodes.»

Me rodeó con el brazo y yo hice lo propio.

Mientras bajábamos, comprendí que no podría decirle a José que Santiago me había contado todas esas cosas. José nunca lo hubiera permitido. El estilo de José era no hablar de nada. El estilo de José era vivir día a día.

¡Pero yo necesitaba conocer el resto de la historia! Si mi hermano me había odiado todos aquellos años, si el rabino me paraba a la puerta de la escuela para preguntar quién era yo, ¡yo tenía que saberlo! ¿Eran estos extraños acontecimientos la razón de nuestra marcha a Egipto? No, no podía ser sólo eso. Aunque todo Belén hubiera hablado de lo sucedido, nosotros podríamos haber ido a cualquier otro lugar. Podríamos haber vuelto a Nazaret, pero ¿y el ángel que se apareció a mi madre?

Teníamos parientes allí, en Betania. Y no todos eran sacerdotes importantes y ricos. Por ejemplo, aquí estaba Isabel. Pero, un momento, ¡los hombres de Herodes habían matado a Zacarías! ¿Tal vez a causa de todas estas historias? ¡Por un recién nacido que era «Cristo, el Señor»! Ah, ojalá hubiera podido recordar más cosas de lo que Isabel nos había dicho aquel día terrible, después de que los bandidos saquearan el pueblo, acerca de la muerte de Zacarías en el Templo.

¿Cuánto tiempo habría de pasar hasta que conociera todos los detalles?

Aquella noche, mientras estaba acostado, cerré los

ojos y oré. Todas las palabras de los profetas pasaron por mi cabeza. Yo sabía que los reyes de Israel habían sido ungidos por el Señor, pero no habían sido anunciados por ningún ángel. Claro, ninguno de ellos era hijo de una mujer que nunca había yacido con un hombre.

Al final, no pude seguir pensando. El esfuerzo me agotaba. Contemplé las estrellas e intenté ver a las huestes cantando en el cielo. Recé para que se me aparecieran los ángeles como a cualquier otro ser humano.

Una gran dulzura me sobrevino entonces, una paz de espíritu. «El mundo entero, la tierra, es el Templo del Señor —pensé—. Toda la creación forma su Templo. Y lo que hemos construido en esa colina de allá es sólo un pequeño lugar, un lugar que nos sirve para mostrar que amamos al Señor que todo lo creó. Padre celestial, ayúdame.» Cuando por fin me dormí, en sueños escuché un potente cántico. Luego, al despertar, por un momento no supe dónde me hallaba; aquel sueño fue como un velo de oro que alguien apartara de mí.

Me sentía muy bien. El día apenas despuntaba. Las estrellas aún estaban allí.

23

Ya no era un niño. Según la costumbre, un chico asume el yugo de la Ley de Moisés al cumplir los doce años, pero eso no importaba. Yo había dejado de ser un niño. Lo supe cuando vi jugar a los otros niños aquella mañana. Y cuando nos unimos a los peregrinos que se dirigían al Templo.

Fue lo mismo que el día anterior, los apretones, los cánticos para pasar el rato, el lento avance hasta llegar a los baños, donde nos zambullimos desnudos en el agua fría para luego ponernos la ropa limpia que habíamos traído.

Por fin estábamos en el túnel, avanzando hacia el Gran Patio. Aquí, las voces de los que discutían resonaban en las paredes y en ocasiones sonaban airadas, pero yo ya no tenía miedo.

No hacía otra cosa que pensar en la historia que Santiago no había terminado de contarme.

El torrente de peregrinos, con sus diversas lenguas, desembocó finalmente en el patio del Templo, y fue un alivio ver allá en lo alto el cielo despejado. La gente se dispersó, inspiró hondo y a placer, pero enseguida nos atascamos de nuevo en la cola para comprar las aves de nuestro sacrificio. Santiago quería hacer una ofrenda por su pecado, y entonces comprendí que habíamos ido por ese motivo.

Qué pecado quería expiar Santiago, eso lo ignoraba. O quizá no. Pero ¿y qué? Cleofás había dicho que yo tenía que verlo, y por eso me había llevado consigo.

Hasta el día siguiente no recibiríamos la primera agua de purificación. Esto me tenía perplejo.

—¿Cómo es que vamos a ir al santuario para el sacrificio si no hemos sido purificados todavía? —pregunté.

—Te equivocas —dijo Cleofás—. Nos purificamos en el *mikvah* antes de partir de Nazaret. Esta mañana nos hemos bañado en el arroyo junto a la casa de Caifás. Nos rociarán porque es la Pascua. Una purificación en toda regla por si hemos contraído alguna impureza de la que no tengamos noticia. —Se encogió de hombros—. Además, es la costumbre. Pero no hay motivo para que Santiago tenga que esperar. Santiago es bueno. Vamos a entrar en el santuario.

—Los judíos griegos deben pasar por la purificación antes de que entren —dijo tío Alfeo—. Y también los judíos de otras tierras.

José guardó silencio. Tenía una mano sobre el hombro de Santiago mientras lo guiaba, a él y a nosotros, entre la multitud.

Antes de comprar las aves, previamente seleccionadas para el sacrificio, tuvimos que cambiar nuestro dinero por los shekels recibidos por el Templo.

Por encima de las mesas de los que cambiaban monedas al pie de la columnata, vi el techo quemado y a los hombres que trabajaban allí, sudando al sol, mientras restregaban y limpiaban las piedras que habían sobrevivido al incendio, y a otros que colocaban piedras nuevas con mortero. Yo conocía bien ese trabajo. Pero jamás había estado en un edificio tan grande, y ni siquiera alcanzaba a ver el final de la columnata ni a derecha ni a izquierda. Los capiteles eran muy hermosos y buena parte del trabajo en oro había sido restaurado.

Oí un clamor de voces delante de mí. Hombres y mujeres discutían con los encargados de cambiar el dinero. Cleofás se impacientaba.

—¿A qué viene tanta discusión? —me dijo en griego—. Fíjate. ¿Es que no saben que estos tipos son unos salteadores? —Empleó la misma palabra en griego que utilizábamos para los bandidos que vivían en las colinas, aquellos rebeldes que habían tomado Séforis y habían sido perseguidos luego por los romanos.

En nuestra primera visita, el derramamiento de sangre nos había impedido llegar hasta aquí. Y ahora, cuando nos tocaba ya el turno ante las mesas, el alboroto era tremendo.

—Pues si quieres comprar dos aves, ¡tienes que cambiar esto! —le dijo uno de ellos a una mujer, la cual no pareció entender lo que el otro le decía en griego. La mujer hizo una pregunta en un arameo diferente del nuestro, pero yo logré entenderla.

Cuando José se ofreció a darle las monedas exactas que necesitaba, ella rehusó aceptar nada.

José, Cleofás y el resto de los hombres cambiaron sus monedas sin decir palabra, pero luego Cleofás se apartó un poco y espetó:

—Hatajo de bribones, ¿estáis orgullosos de lo que hacéis?

Los que cambiaban el dinero apenas si se dignaron mirarle, y José le apremió para que callara.

—En la casa del Señor, no —dijo.

—¿Por qué no? —replicó Cleofás—. El Señor sabe que son unos ladrones. Se quedan demasiada comisión por el cambio.

—Déjalo correr —dijo Alfeo—. Hoy todavía no ha pasado nada. ¿Qué quieres, provocar un altercado?

—Pero ¿por qué cobran tanta comisión, padre? —preguntó Santiago.

—Yo no sé lo que hacen, simplemente lo acepto —respondió José—. Hemos traído dinero suficiente para el sacrificio. Nadie me ha quitado nada que yo no estuviera dispuesto a dar.

Estábamos ya en el sitio donde guardaban las tórtolas. El calor apretaba. Las piedras estaban duras bajo mis pies, aunque eran hermosas. Oí nuevas voces airadas, discusiones mezcladas con el alboroto de las aves. Tardamos bastante en llegar a las mesas.

El hedor de las jaulas era peor que el de cualquier corral de Nazaret. La inmundicia rebosaba de ellas.

Hasta el mismo José se sorprendió del precio que tuvo que pagar, pero el mercader estaba enfadado y se quejaba de tener tanto trabajo.

—¿Te gustaría estar aquí sentado y tener que aguantar a toda esta gente? —inquirió—. ¿Por qué no te traes las aves de Galilea? Es de ahí de donde vienes, ¿no? Lo adivino por tu forma de hablar.

Por todas partes se oían las mismas protestas. Una familia había tenido que volverse porque los sacerdotes no aceptaban sus aves. El mercader gritó en griego que esas aves estaban perfectas cuando él las había vendido. José se ofreció a costearles el sacrificio, pero el padre dijo que no, aunque le dio las gracias. La mujer lloraba.

—Ha caminado catorce días para venir a ofrecer este sacrificio —balbuceó.

—¡Pues deja que paguemos nosotros otras dos tórtolas! —dijo Cleofás—. No te doy el dinero a ti —le dijo a la mujer—. Se lo doy a este individuo y él te entrega otras dos. Sigue siendo tu sacrificio, ¿entiendes? Tú no me quitas nada. Es él quien se queda mi dinero.

La mujer dejó de llorar y miró a su esposo. El hombre asintió con la cabeza.

Cleofás pagó.

El mercader entregó dos pequeñas tórtolas asustadas y, rápidamente, metió las otras en una jaula vacía.

—¡Miserable bribón! —dijo Cleofás por lo bajo.

El mercader asintió:

—Sí, sí, sí.

Santiago hizo su compra.

Me vinieron pensamientos a la cabeza y empecé a sentir miedo; no recuerdos de aquella batalla campal ni del hombre que había muerto allí, sino otros pensamientos: que ése no era un sitio para orar, que no era el hermoso lugar de Yahvé al que todos venían para adorarle. Cuando recitábamos las Escrituras todo parecía sencillo, incluso los rituales del sacrificio, pero aquello era un enorme mercado lleno de ruido, enojo y decepción.

Había muchos gentiles allí, en medio de aquella multitud, y yo sentí vergüenza ajena por lo que tenían que ver y oír. Pero reparé en que a muchos les daba lo mismo. Habían venido a ver el Templo y parecían más contentos casi que los judíos a mi alrededor, los que seguirían hasta el Patio de las Mujeres, lugar en el que ningún gentil estaba autorizado a entrar.

Por supuesto, los gentiles tenían sus propios templos, sus propios mercaderes que vendían animales para sacrificar. Yo había visto muchos en Alejandría. Posiblemente discutían y peleaban tanto como los judíos.

Pero nuestro Señor era el creador de todas las cosas, nuestro Señor era invisible, nuestro Señor lo era de todos los lugares y todas las cosas. Nuestro Señor moraba sólo en su Templo, y nosotros, hasta el último de nosotros, éramos su pueblo sagrado.

Cuando llegamos al Patio de las Mujeres la vieja Sara, mi madre y las demás se detuvieron, pues las mujeres no tenían permiso para ir más allá. Allí no había tanta aglomeración. Los gentiles no podían entrar so pena de muerte. Ahora sí estábamos en el Templo, aunque el ruido de los animales no nos había abandonado pues los hombres traían sus propias vacas, ovejas y aves.

Los incendios no habían dañado aquel lugar. Por todas partes veías plata y oro. Las columnas eran griegas, tan bellas como cualquiera de las que había en Alejandría. Varias mujeres subieron a la terraza para contemplar el sacrificio en el Patio Interior, pero la vieja Sara ya no podía subir más escaleras y nuestras mujeres se quedaron con ella.

Quedamos en encontrarnos de nuevo en la esquina suroriental del Gran Patio, y a mí me preocupó cómo daríamos los unos con los otros.

Las piernas me dolían mientras subíamos los peldaños, pero me sentía imbuido de una nueva dicha, y por primera vez mis dolorosos recuerdos, mi confusión, me abandonaron.

Me encontraba en la casa del Señor. Ya se oían los cánticos de los levitas.

Al llegar a la verja, el levita guardián nos detuvo.

—Este chico es muy pequeño —dijo—. ¿Por qué no lo dejáis con vuestras mujeres?

—Es mayor de lo que su edad dice, y conoce la Ley de Moisés —dijo José—. Está preparado —añadió.

El levita asintió con la cabeza y nos dejó pasar.

Aquí volvía a estar repleto de gente. El ruido de animales era ensordecedor, y las tórtolas de Santiago se agitaron. Pero la música sonaba en todas partes. Oí las flautas y los címbalos y las bien ensambladas voces de los cantantes. Jamás había oído música tan sublime, tan plena, como la de los levitas cantando. No eran los cánticos alegres y mal interpretados de cuando nosotros entonábamos los salmos por el camino, ni las canciones de ritmo rápido de las bodas. Era un sonido oscuro y casi triste que fluía ininterrumpidamente con fuerza tremenda. Las palabras en hebreo se fundían en el estribillo. No había un principio ni un final.

Quedé tan cautivado que hasta un rato después no me percaté de lo que estaba sucediendo ante mis ojos, frente a la barandilla.

Los sacerdotes, vestidos de puro blanco y con turbantes blancos, se movían al compás del vaivén de los animales, entre la multitud y el altar. Vi los corderitos y los machos cabríos que iban a sacrificar. Vi las aves.

Los sacerdotes estaban tan apretujados alrededor del altar que no distinguía lo que estaban haciendo, sólo de vez en cuando alcanzaba a ver la sangre que salía disparada hacia arriba o abajo. Sus bellas prendas de lino manchadas de sangre. Un gran fuego ardía sobre el altar, y el olor a carne quemada era indescriptible. Cada vez que tomaba aire olía aquella pestilencia.

Aunque José señaló el altar del incienso y yo pude verlo también, no percibí el olor del incienso.

—Mira los cantantes, ¿los ves? —dijo Cleofás, inclinándose para hablarme al oído.

—Sí —dije—. Santiago, mira. —Se distinguían entre las idas y venidas de los sacerdotes.

Estaban en los escalones que llevaban al santuario y eran muchos, hombres barbudos de largas guedejas, todos con pergaminos en las manos; vi también las liras que producían los deliciosos sonidos que yo no había sabido identificar entre la armoniosa belleza de su música.

Los cánticos de los levitas me llegaron con más nitidez al verlos a ellos. Era tan hermoso que me sentí flotar. Aquella música borró todos los demás sonidos.

Mis preocupaciones desaparecieron por completo mientras estaba allí, rezando, mis palabras convertidas en algo distinto, en simple adoración al Creador, en tanto escuchaba la música y miraba todo cuanto estaba pasando.

«Señor, Señor, sea yo quien sea, sea yo lo que sea, sea yo lo que haya de ser, formo parte de este mundo que es una fluida maravilla, como esta música. Y Tú estás con nosotros. Estás aquí. Has montado aquí tu tienda, entre nosotros. Esta música es tu canción. Esta casa es la tuya.»

Empecé a llorar, pero por lo bajo. Nadie lo advirtió.

Santiago cerró los ojos en oración mientras sujetaba las dos tórtolas, esperando a que llegara el sacerdote. Había tantos que no se podían contar. Recibían los corderos que balaban y los machos cabríos que chillaban hasta el último momento. La sangre era recogida en cuencos, conforme a la Ley de Moisés, para luego ser arrojada sobre las piedras del altar.

—Veréis —dijo Cleofás—. Éste no es el altar de la Presencia. Ése está allá arriba, detrás de los cantantes, en el santuario, más allá del gran velo. Y estas cosas nunca las veréis. Vuestra madre fue una de las que tejió parte de esos velos, dos cada año. Ah, qué portentosos bordados. Sólo el sumo sacerdote puede entrar en el sanctasanctórum, y cuando entra lo hace envuelto en una nube de incienso.

Pensé en José Caifás. Me lo imaginé entrando en aquel

sagrado lugar. Luego pensé en el joven Aristobulos, el sumo sacerdote a quien el viejo Herodes había hecho asesinar. «Ojalá los magos no se lo hayan contado a Herodes...»

Recordé las palabras de mi madre: «Tú no eres hijo de un ángel.» Qué niño era yo cuando me dijo eso. No había vuelto a pensar en aquellas palabras desde la noche en que ella me habló en el tejado, aquí en Jerusalén. No me había permitido pensar en ello. Pero ahora sí, y todas las extrañas imágenes que me había formado al oír el relato de Santiago explotaron de color en mi mente.

Pero yo no quería esos pensamientos, esos fragmentos de algo que era incapaz de completar. Yo quería la paz y la dicha que había sentido hacía sólo unos momentos. Y la paz y la dicha volvieron. Tanto es así, que ya no fui un muchacho allí de pie entre otras personas, sino que fui mi alma, mi entendimiento, como si pudiera salir de mi cuerpo, mi alma transportada en las olas de la música, como si yo no tuviera peso ni tamaño y de este modo, en ese momento, pudiera entrar en el sanctasanctórum, y así lo hice: atravesé la cancela y la pared, sin dejar de proyectarme más y más hacia fuera de mí mismo. «Te llamaron Christos Kyrios.»

«Señor, dime quién soy. Dime qué debo hacer.»

Volví en mí al sonido de un llanto, un sonido empequeñecido por la música y las oraciones susurradas en hebreo. Era Santiago. Estaba temblando.

Miré de nuevo el gran altar de piedra de los sacrificios, y los sacerdotes arrojando la sangre sobre las losas. La sangre pertenecía al Señor. Ya pertenecía al Señor cuando aún estaba en el animal, y también ahora. La sangre era la vida del animal. Un israelita jamás debía ingerir sangre. Las piedras del altar estaban empapadas de sangre.

Era una cosa hermosa y oscura como la música, y como las oraciones que se oían por doquier en hebreo. El propio ir y venir de los sacerdotes recordaba los movimientos de una danza.

«No, ya no soy un niño. Ya no.»

Pensé en los hombres que habían muerto un día como aquél el año anterior. Pensé en los que habían perecido quemados en ese mismo Templo. Pensé en este Templo cubierto de sangre. Sangre. Siempre sangre.

Santiago sujetaba con fuerza a las dos tórtolas, que trataban de escapar, formando una jaula con sus dedos.

—Confieso mis pecados —susurró—. Soy culpable de envidia y de rencor.

Intentó tragarse las lágrimas. A sus trece años, era un hombre que lloraba. Yo no sabía si alguien se había dado cuenta de que lloraba, pero entonces vi la mano de José en su hombro, dándole consuelo. José le besó en la mejilla. José quería a su hijo Santiago. Le quería mucho. Y también a mí. Quería a cada uno de un modo diferente.

Santiago mostró sus pájaros e inclinó la cabeza cuando el sacerdote se acercó a nosotros.

—«Pues nos ha nacido un niño —recitó Santiago del profeta Isaías—, se nos ha dado un hijo que lleva sobre sus hombros el dominio. —Trató de contener las lágrimas, antes de continuar—. Y se le ha dado el nombre de Consejero-Portentoso, Héroe-Divino, Padre-Sempiterno, Príncipe de Paz.»

Me volví para mirarle. ¿Por qué esa oración?

—Que el Señor perdone mi envidia. Que el Señor perdone mis pecados y yo pueda quedar limpio. Deja que no tenga miedo. Déjame comprender. Me arrepiento de todo.

De súbito, el sacerdote estaba allí plantado delante de

nosotros, con la barba y el rostro salpicados de sangre. Pero era hermoso con su lino blanco y su mitra. Detrás de él estaba el levita. El sacerdote acercó el cuenco dorado. Con los ojos casi cerrados miró fijamente a Santiago, quien hizo una inclinación con la cabeza y le entregó las dos tórtolas.

—Esto es una ofrenda por pecar —dijo Santiago.

Me empujaron hacia delante y me inclinaron para que pudiese ver, pero el sacerdote se perdió enseguida entre los demás sacerdotes y ya no pude ver lo que hacían en el altar. Lo sabía por las Escrituras, eso sí. Le retorcían el pescuezo al pájaro y derramaban su sangre. Ésa era la ofrenda por pecar. El segundo pájaro sería quemado.

No estuvimos allí mucho tiempo.

Había terminado. Deuda saldada.

Regresamos, casi a empujones, y pronto estuvimos entre la multitud del Patio de los Gentiles. Esta vez no fuimos hacia el centro sino que seguimos la columnata conocida como Pórtico de Salomón.

Había maestros sentados bajo el porche, y muchos hombres jóvenes formando corro alrededor. También algunas mujeres se detenían para escucharlos. Oí a uno que enseñaba en arameo, y luego otro que contestaba a una pregunta en griego ante una abigarrada multitud.

Yo quería parar, pero la familia siguió adelante, y cada vez que yo aflojaba el paso para mirar a los maestros, para pescar alguna palabra suelta, alguien me cogía de la mano y tiraba de mí.

Finalmente vi el gran pórtico un poco más allá. No había tanta gente como antes. Salimos y vimos a la vieja Sara bajo el tejado, sentada a la sombra de una columna con Bruria, nuestra triste refugiada, y también Riba, que jugaba con su bebé. Estaban allí mi madre y mis tías. Me había olvidado por completo de ellas. Ni siquiera sabía que las estábamos buscando. Sara recibió a Santiago con un abrazo y un beso.

Como estábamos muy cansados, nos sentamos con ellas. Enseguida me fijé en que mucha gente hacía lo mismo pese a que los albañiles estaban trabajando a escasa distancia, en la pared del fondo. Nos pusimos muy juntos para que la gente pudiese pasar.

Muchos se marchaban del Templo. Dos o tres mercaderes habían recogido sus jaulas y estaban bajando las escaleras. Pero todavía había otros que protestaban y se gritaban entre sí, y varias personas se demoraban todavía en las mesas de cambiar dinero.

Los levitas que vendían el aceite y la harina para el sacrificio estaban plegando sus mesas. Entonces vi que los guardias se aproximaban a la escalera para observar a quienes abandonaban el Templo.

El sacrificio vespertino del cordero pronto habría terminado. Yo no lo sabía con certeza, pero no me preocupaba; aún tenía muchas cosas que aprender, todo a su tiempo.

Cerca de allí vi a un ciego sentado en un taburete, un hombre con una larguísima barba gris que estaba hablando en griego a nadie con los brazos extendidos, o tal vez hablaba a todo el mundo. La gente le lanzaba monedas al regazo. Los había que se paraban a escuchar unos segundos. Yo no podía oírle bien debido al alboroto general. Le pregunté a José si me dejaba darle algo y escuchar lo que decía.

José lo pensó un momento y luego me dio un denario, que era mucho. Cogí la moneda y corrí a sentarme a los pies del ciego.

Hablaba un griego muy bonito, tan suave como el de Filo de Alejandría. Estaba recitando un salmo:

—«Permite que mi grito de alegría llegue a ti, Señor, dame comprensión como me prometiste...» —Calló un momento y palpó la moneda que yo había dejado en su regazo. Rocé el dorso de su mano. Tenía los ojos velados, de un gris pálido—. ¿Y quién es éste que me da tanto y viene a sentarse a mis pies? —preguntó—. ¿Un hijo de Israel o alguien que busca al Señor de Todos?

—Un hijo de Israel, maestro —respondí en griego—. Un alumno en busca de la sabiduría de tus cabellos grises.

—¿Y qué quieres saber, niño? —preguntó él, mirando al frente. Deslizó la moneda en el cinto que ceñía su túnica.

—Maestro, por favor, dime quién es Christos Kyrios.

—Ah, pequeño, son muchos los ungidos —dijo—, pero ¿el ungido por el Señor? ¿Quién crees tú que podría ser, aparte del hijo de David, el rey ungido de la raíz de Jesé que habrá de gobernar Israel y traer la paz a la Tierra Prometida?

—Pero, maestro, ¿y si unos ángeles cantaron cuando ese ungido nació?, ¿y si unos magos fueron a llevarle presentes, siguiendo una estrella en el cielo?

—Oh, esa vieja historia —dijo el ciego—. El bebé que nació en un pesebre, allá en Belén. De modo que la conoces. Ya casi nadie habla de esa historia. Es demasiado triste. Creía que estaba olvidada.

Me quedé sin habla.

—La gente dice «aquí está el Mesías» y «allá está el Mesías» —continuó, diciendo «mesías» en hebreo—. Cuando venga el Mesías lo sabremos, ¿cómo no vamos a saberlo?

Yo estaba demasiado agitado para decir nada.

—Dime las palabras de Daniel, niño... «El que vendrá como Hijo del Hombre.» Niño, ¿estás ahí?

—Sí, maestro, pero ¿qué historia es ésa, la del niño que estaba en un pesebre? —pregunté.

—Fue algo espantoso, y además ¿quién sabe qué pasó exactamente? Todo ocurrió muy rápido. Sólo Herodes pudo hacer algo tan horrible, ¡un malvado sediento de sangre! Pero no debo decir estas cosas. Su hijo es ahora rey.

—Pero, maestro, ¿qué fue lo que hizo? Estamos a solas, no hay nadie por aquí cerca.

El ciego me tomó la mano.

—¿Cuántos años tienes? Tu mano es pequeña, y está áspera de trabajar.

No quise decírselo. Sabía que se iba a sorprender.

—Maestro, debo averiguar lo que sucedió en Belén. Cuéntamelo, te lo ruego.

—Cosas indecibles... —Meneó la cabeza—. ¿Cómo hemos podido acabar bajo el yugo de semejante familia?, ¿de unos hombres que ceden a la cólera, que asesinan a sus propios hijos? ¿A cuántos de sus propios descendientes aniquiló Herodes? ¿A cinco? ¿Y qué dijo César Augusto acerca de Herodes cuando éste asesinó a sus dos hijos varones? «Preferiría ser un cerdo de Herodes a ser su hijo.»

El ciego rió. Yo hice otro tanto por respeto a él, pero mi mente estaba conmocionada.

—Niño, responde por mí —dijo—. Debido a mi ceguera ya no puedo leer mis libros, y los libros lo eran todo para mí, mi único consuelo, y me cuesta un dinero tener alguien que me los lea, mis libros son mi tesoro. No los regalaré para pagar a un muchacho que me lea lo que queda de ellos. No puedo regalar los que yo mismo copié con tanto esmero, conforme a la Ley. Dime de Zacarías: «En ese día... En ese día...» Vamos, la última línea, niño...

—«En ese día no habrá ya más mercaderes en la casa del Señor» —dije.

El anciano asintió.

—¿Los oyes? —preguntó.

Se refería a los hombres que cambiaban las monedas y a quienes discutían con ellos.

—Sí, los oigo.

—¡En ese día! —repitió—. En ese día.

Miré sus ojos, el grosor del velo que los cubría. Era como leche sobre sus ojos. Si yo... No, pero había hecho una promesa. Si yo hubiera sabido que eso estaba bien... pero lo había prometido.

Sus dedos, blandos y resecos, apretaron los míos.

Y yo así su mano y recé silenciosamente por él. «Oh, Dios misericordioso, sólo si ésa es tu voluntad, concédele el consuelo, concédele algún alivio...»

José estaba detrás de mí.

—Ven, Yeshua —dijo.

—Que Dios te bendiga, maestro —dije yo, y le besé la mano. El hombre se quedó agitándola a modo de despedida.

Tan pronto la vieja Sara se puso de pie y Riba se hubo asegurado el bebé con unas ligaduras, iniciamos el trayecto para salir del Templo.

En lo alto de la escalera que daba al túnel, José se detuvo y me agarró de la mano. Santiago había seguido andando.

El ciego venía presuroso hacia nosotros, sus ojos negros y centelleando de luz. Miró a derecha e izquierda y luego de nuevo a José. Ver resucitar a un muerto no habría sido menos pasmoso.

El corazón me dio un vuelco.

—¡Aquí había un niño! —exclamó el anciano—. ¡Un

niño! —Miró hacia mí y luego escalera abajo hacia la muchedumbre—. Un chico de doce o trece años. Acabo de oír su voz hace un momento. ¿Adónde ha ido?

José meneó la cabeza y, agarrándome con su fuerte brazo derecho, me subió a su hombro y caminó hacia el túnel.

De camino a casa no me habló en ningún momento.

Yo quería repetirle las palabras de mi oración, para que viera que me habían salido del alma, que yo no había querido hacer nada malo, que tan sólo había orado y me había puesto en manos del Señor.

24

Los días que siguieron fueron alegres y plenos para la familia. Estuvimos en el Templo para la purificación y nos bañamos después de ser rociados por segunda vez, como era de rigor. Durante el período de espera paseamos por las calles de Jerusalén, maravillados de las joyas, los libros y las telas que vendían en el mercado, y Cleofás compró incluso un librito en latín. José le compró a mi madre unos bonitos bordados, que ella podría coser en un velo para lucirlos en las bodas del pueblo.

Eso durante el día. Por la noche había música e incluso bailes en Betania, entre los campamentos.

Y la Pascua propiamente dicha fue una maravilla.

José se encargó de degollar el cordero delante del sacerdote y el levita, que recogieron la sangre. Y cuando estuvo asado, cenamos según la costumbre con pan sin levadura y las hierbas amargas, contando la historia de nuestro cautiverio en tierras de Egipto, y cómo el Señor nos había rescatado de allí y hecho cruzar el mar Rojo para devolvernos a la Tierra Prometida.

Comíamos el pan ázimo porque al huir de Egipto no habíamos tenido tiempo de hacer pan con levadura; las hierbas amargas eran en recuerdo de lo amargo que había sido nuestro cautiverio; el cordero, porque ahora éramos libres y podíamos celebrar que el Señor nos había salvado; y fue la sangre del cordero en las puertas de los israelitas lo que había hecho que el Ángel de la Muerte pasara de largo cuando había asesinado a los primogénitos de Egipto porque el faraón no quería dejarnos ir.

¿Y quién de nosotros, de nuestra pequeña asamblea, no iba a dar a todo esto un significado especial, haciendo un año que habíamos salido de Egipto, padecido guerras y penurias, y encontrado nuestra tierra prometida en Nazaret, desde donde habíamos acudido gozosos al Templo del Señor?

Pasada la festividad, cuando muchos ya se marchaban de Jerusalén y nuestra familia empezaba a hablar de la partida, si la vieja Sara estaría en disposición de hacer el viaje, y de esto y de lo de más allá, yo busqué a José en vano.

Cleofás me dijo que había ido a Jerusalén con mi madre, al mercado, ahora que había poca gente, con la intención de comprar hilo.

—Quisiera volver al Templo para oír a los maestros del pórtico —le dije—. No nos marcharemos hoy mismo, ¿verdad?

—No, qué va. Busca alguien que te acompañe. Está bien que veas el Templo cuando no hay aglomeraciones, pero no puedes ir solo. —Fue a hablar con los hombres.

En todo este tiempo, José no me había dicho una sola palabra acerca del ciego. Lo que había ocurrido con él lo había asustado. Yo no me había dado cuenta en el momento, pero ahora lo sabía. Lo que no sabía era si José podía ver el cambio operado en mí. Porque yo había cambiado.

Mi madre sí lo notaba. Ella lo veía, pero no la preocupaba. Después de todo, yo no estaba triste. Sólo había renunciado a jugar con los otros chicos. Y como veía las cosas con otros ojos, me mostraba callado pero en absoluto infeliz. Escuchaba a los hombres cuando hablaban, prestaba atención a cosas que antes no habría notado, y la mayor parte del tiempo estaba solo.

De vez en cuando tenía tentaciones de enojarme, enojarme con aquellos que se negaban a decirme las cosas que yo quería oír. Pero cuando recordaba que el ciego se había negado a hablarme de aquellas «cosas horribles», comprendía por qué nadie había querido contármelas. Mi madre y José trataban de protegerme de algo, pero yo no podía estar protegido por más tiempo. Necesitaba saber.

Necesitaba saber lo que los otros sabían.

Fui hasta el camino que llevaba al Templo. José Caifás estaba bajando en compañía de varios miembros de su familia directa y me saludó con una sonrisa.

Yo me puse a la cola.

José volvió la cabeza un par de veces y me llamó por mi nombre, cosa que me sorprendió, y me hizo señas para que me sumara a su grupo, cosa que hice pero manteniéndome un poco rezagado. Después de todo, estaba cubierto del polvo del campamento, mientras que él iba como siempre, de punta en blanco, lo mismo que quienes le acompañaban, que probablemente eran también sacerdotes.

Pero yo hacía lo que Cleofás me había dicho. Iba acompañado por alguien. No estaba solo.

Cuando llegamos a las cercanías del Templo me escabullí.

El Patio de los Gentiles no estaba muy lleno, y por

primera vez pude apreciar realmente la magnitud del Templo y sus ornamentos. Era tal como decía Cleofás.

Pero no era esto lo que yo quería ver.

Fui al Pórtico de Salomón para escuchar a los maestros.

Había muchos, y algunos de ellos atraían más público que otros. Yo buscaba a un anciano, un hombre frágil por sus muchos años y con el pelo blanco.

Finalmente di con el más anciano de todos, un hombre muy flaco, con unos ojos que despedían chispas y sin un solo pelo en la cabeza debajo del chal, aunque sí pelos grises en los lados. Iba bien vestido y llevaba hilos azules cosidos a sus borlas. Tenía un buen corro de jóvenes alrededor, algunos bastante mayores que yo.

Lo observé y escuché sus palabras.

El anciano hacía preguntas a los chicos, mirando fijamente a quien respondía. Tenía una risa fácil, amistosa y agradable, pero todo él irradiaba autoridad. Decía lo que tenía que decir, sin malgastar una sola palabra. Y su voz tenía la viveza de una persona mucho más joven.

Sus preguntas eran parecidas a las que nuestros rabinos podrían habernos hecho. Me acerqué un poco más y ofrecí algunas respuestas. El anciano pareció complacido. Me indicó por gestos que me aproximara. Los chicos me hicieron sitio para que me sentara a sus pies. Ni siquiera pensé en Santiago. Ofrecí respuesta tras respuesta a sus preguntas. El rabino Berejaiah me había adiestrado bien. Y al poco rato, el maestro dejó que otros chicos respondieran también.

Cuando sonó el cuerno para el sacrificio vespertino, hicimos una pausa para decir las oraciones.

Llegó entonces el momento que yo estaba esperando sin saberlo siquiera. Mi corazón latía con fuerza. Los chicos se fueron a las habitaciones donde dormían o a sus casas en la ciudad. El maestro se encaminó hacia la biblioteca del Templo, y yo le seguí junto con otros dos chicos.

La biblioteca era grande, más que la de Filo, y estaba llena de pergaminos. Había escribas copiando textos con la cabeza gacha, y cuando el anciano entró se levantaron en señal de respeto.

Pero el maestro pasó de largo y fue hacia su lugar de estudio particular, permitiéndonos entrar con él. Uno de los chicos le hizo preguntas sobre la Ley de Moisés.

Yo lo oía todo, pero las palabras no penetraban en mi mente. Mi propósito era sólo uno.

Por fin, quedamos a solas él y yo. Se había sentado a su mesa y le habían llevado un vaso de vino. Las lámparas estaban encendidas y alrededor todo eran pergaminos. La sala olía a papiro y al aceite de las lámparas. Si mi corazón no hubiera estado aporreando mi pecho, aquel lugar me habría encantado.

—¿Qué quieres de mí, chico? —pregunto el rabino—. Has esperado mucho este momento. Di lo que sea.

Esperé un instante, pero no me venía nada a la cabeza, ninguna pregunta en concreto.

—Hace ocho años, en Belén nació un niño. Los ángeles anunciaron el lugar a unos pastores. Lo llamaron «Cristo, el Señor». Unos días después se presentaron tres hombres de Oriente, unos magos persas que le ofrecieron presentes, afirmando que una estrella los había guiado hasta el niño.

—Sí —asintió él—. Conozco esa historia.

—¿Qué fue del niño?

—¿Por qué te interesa saberlo? ¿Por qué preguntas?

—Te suplico que me lo digas. No puedo pensar en otra

cosa, noche y día. Soy incapaz de comer o beber mientras no averigüe lo de ese niño.

El maestro meditó. Tomó un sorbo de vino.

—Te lo contaré —dijo después—, para que puedas quitártelo de la cabeza y estar en paz. Y estudiar, que es lo que deberías hacer.

—Sí —dije.

—Esos magos, como tú los llamas, esos hombres sabios, vinieron a Jerusalén. Fueron al palacio de Herodes, al sur de Belén. Dijeron que habían seguido una estrella y que habían visto señales en el cielo que hablaban del nacimiento de un nuevo rey. —Hizo una pausa—. Eran hombres ricos, llevaban bellas vestiduras y venían con una caravana de sirvientes, eran asesores de sus gobernantes. Traían regalos para ese niño. Pero cuando estaban cerca de Jerusalén, la estrella quedó flotando sobre una serie de poblados. No consiguieron encontrar el sitio donde podía estar el niño. Herodes había recibido a esos hombres y había fingido interesarse por ese nuevo rey. —Sonrió con amargura. Bebió otro sorbo.

Esperé.

—Nos convocó a nosotros, los ancianos, los escribas, los que conocíamos las Escrituras, a fin de determinar dónde había de nacer el verdadero rey de Israel. El Cristo. Como de costumbre, Herodes ofreció todo un espectáculo de ostentación y fingimientos, implorando que le dijésemos qué predecían las Escrituras.

Meneó la cabeza y apartó la vista, mirando hacia las paredes, para luego mirarme de nuevo.

—Le dijimos que el nuevo mesías había de nacer en Belén. Era la verdad, ni más ni menos. No deberíamos haberle dicho nada. ¡Pero entonces no sabíamos que un niño había nacido en Belén rodeado de signos milagrosos! No estábamos todavía al corriente porque el niño había nacido sólo unos días atrás. No sabíamos nada de los ángeles, ni de la virgen madre. De todo eso nos enteramos después, mucho después. Sólo conocíamos las Escrituras, y pensamos que esos hombres de Oriente no eran más que gentiles embarcados en una estúpida búsqueda. De modo que respondimos, no con astucia, sino con la verdad. En cuanto a Herodes, comprendíamos perfectamente que la última cosa que le habría gustado encontrar era al verdadero rey, el Cristo.

Inclinó la cabeza y se quedó callado.

Yo no pude soportar su silencio.

—Maestro, ¿qué sucedió? —dije.

—Los magos fueron allí, eso lo supimos más tarde. Encontraron al niño y le ofrecieron sus presentes. Pero no volvieron a hablar con Herodes como éste les había pedido. Se marcharon por caminos desconocidos. Y cuando Herodes descubrió que le habían engañado, montó en cólera. Muy de mañana, mientras todavía estaba oscuro, envió soldados de su fortaleza, y mientras él observaba desde un torreón, los soldados registraron todas las casas de Belén ¡y mataron a todos los niños menores de dos años!

Me estremecí y las lágrimas afloraron a mis ojos.

—Arrancaron a los niños de brazos de sus madres, les aplastaron la cabeza contra las piedras, los degollaron. Los mataron a todos. Ni uno solo escapó con vida.

—¡Pero eso es atroz! —exclamé quedamente, ahogándome casi con mis palabras—. ¡No es posible que hayan hecho eso!

—Por supuesto que sí —dijo el maestro.

Los sollozos se agolpaban en mi garganta. No podía moverme. Intenté taparme la cara pero no podía moverme. Me puse a temblar y llorar con todo mi cuerpo y toda mi alma.

Sentí las manos del maestro en mis hombros.

—Hijo —dijo, tratando de calmarme—. Hijo.

Pero yo no podía parar.

No podía parar ni podía decírselo. ¡No podía decírselo a nadie! ¡Esa tragedia había ocurrido por nacer yo! Empecé a gritar. Grité como la noche en que vi arder Jericó, y el terror que ahora me atenazaba era mil veces peor que aquel miedo, mil veces peor. No me tenía en pie.

Alguien me sujetó. El maestro me habló con dulzura, pero las palabras se perdieron en medio de mi pánico.

Vi los bebés. Los vi arrojados contra las piedras. Vi sus cuellos rajados. Vi los corderos degollados en el Templo durante la Pascua. Vi la sangre. Vi las madres gritando. No podía dejar de llorar.

Alrededor de mí alguien susurraba. Unas manos me izaron.

Fui tendido en una cama. Noté un paño fresco en la frente. Los sollozos me atragantaban. No podía abrir los ojos. No podía dejar de ver a los bebés asesinados. No podía dejar de ver los corderos degollados, la sangre en el altar, la sangre de los bebés. Vi al hombre, a nuestro hombre, agonizando traspasado por la lanza. Vi a la pequeña Esther, la pequeña Esther sangrando. Bebés sobre las piedras. Padre celestial, no. No por mi culpa. No.

—No, no... —repetía una y otra vez, si es que llegué a decir algo.

—Incorpórate. ¡Debes tomar esto!

Me levantaron.

—Abre la boca, ¡bebe!

Me atraganté con el líquido, la miel, el vino. Intenté tragar.

—¡Pero están muertos, están muertos...!

No sé cuánto tiempo transcurrió hasta que pude llorar sin más, a rienda suelta, y luego dije:

—No quiero dormir. Estoy seguro de que los veré cuando sueñe.

25

Estaba enfermo. Tenía sed. Las voces y las manos eran bondadosas. Me dieron a beber vino y miel. Dormí, y los paños en la frente me hicieron bien. Si hubo sueños, no los recordé después. Oía música, las voces profundas y suaves de los levitas. De vez en cuando volvía a ver los bebés, los inocentes asesinados, y lloraba. Apoyaba la cabeza en la almohada y las lágrimas me resbalaban.

Tengo que despertarme, pensé, pero no podía hacerlo. Cuando por fin lo conseguí, era de noche y el viejo maestro dormía en su silla. Era como estar en un sueño, y me fui durmiendo otra vez sin poder evitarlo.

Finalmente, llegó un momento en que abrí los ojos y supe que ya me encontraba bien. De inmediato pensé en los niños asesinados, pero esta vez no lloré. Me incorporé y miré alrededor. El viejo rabino estaba en la habitación, y enseguida se levantó de su mesa. Había otro hombre que se acercó también a mí.

El más joven me palpó la frente y me miró a los ojos.

—Bueno, ya pasó —dijo—. Vuelves a ser tú mismo, pequeño sin nombre. Quiero oír tu voz.

—Gracias —dije. La garganta me dolía, pero supuse que era sólo de no hablar—. Gracias por cuidarme. No quería ponerme enfermo.

—Vamos, tengo ropa limpia para ti —dijo el más joven—. Te ayudaré.

Al levantarme, me tendió una túnica nueva, y ese detalle me llegó al alma. Cuando regresé del baño, renovado y vestido, el rabino despidió al más joven y me dijo que tomara asiento.

Había un taburete. Creo que nunca me había sentado en uno. Obedecí.

—Eres un niño —dijo el rabino—, y yo no lo tuve demasiado en cuenta. Un niño con un gran corazón.

—Necesitaba las respuestas a mis preguntas, rabino. Tenía que saberlas. Yo no hubiera dejado de preguntar.

—Pero ¿por qué? Sabes que el niño que nació en Belén murió hace ocho años. Y ahora no te pongas a llorar otra vez.

—No, no lloraré.

—Y una virgen madre... ¿cómo se puede creer en algo así?

—Yo lo creo, rabino. Y el niño no está muerto. El niño escapó.

Se me quedó mirando largamente.

Y en ese momento percibí toda mi tristeza, todo cuanto me separaba de los demás. Fue un sentimiento amargo.

Presentí que el rabino iba a desechar mis palabras, que iba a decirme que aun en el caso de que el niño hubiera escapado de Belén, era sólo una historia, y que la matanza de Herodes fue sin duda una cosa horrenda.

Sin embargo, antes de que el rabino pudiera hablar, oí unas voces que conocía muy bien. Mi madre y José estaban allí.

Mi madre me llamó por mi nombre.

Me levanté al punto y fui a saludarlos, mientras decía rápidamente al escriba que, en efecto, yo era hijo de ellos.

Mi madre me abrazó.

José besó las manos del viejo rabino.

No pude seguir bien toda la conversación que mantuvieron, pero supe que José y mi madre me buscaban desde hacía tres días.

El rabino elogió las respuestas que había dado a sus preguntas, estando con los otros chicos. No me pareció que dijera nada sobre lo que habíamos hablado después, ni sobre que yo me hubiera encontrado mal.

Me acerqué a él, besé sus manos y le di las gracias por el tiempo que me había dedicado.

—Ahora ve con tu madre y tu padre —me dijo.

José quiso pagarle por cuidar de mí, pero el anciano rehusó su ofrecimiento.

Cuando estuvimos al sol en el Gran Patio, mi madre me tomó por los hombros y preguntó:

—¿Por qué nos has hecho esto? ¡Estábamos muy preocupados!

—Madre, es preciso que sepa ciertas cosas —dije—. Cosas que tengo prohibido preguntaros a ti o a José. ¡Debo ocuparme de las cosas que me incumben!

Fue un golpe para ella. Me resultó muy doloroso notarlo en su cara.

—Lo siento —dije—. Lo siento mucho. Pero es la verdad.

Miró a José, que asintió con la cabeza.

Salimos del Templo y cruzamos la ciudad vieja por sus estrechas calles hasta la sinagoga de los nazarenos, y una vez allí subimos a la pequeña habitación donde se habían hospedado durante mi búsqueda.

La habitación estaba limpia. Tenía una ventana con celosía y entraba una luz agradable.

Mi madre se sentó de espaldas a la pared, con las piernas cruzadas. Y José salió sin decir nada.

Esperé, pero él no volvió.

—Siéntate aquí y escucha —dijo mi madre.

Me senté delante de ella. La luz le daba en la cara.

—Nunca he contado esto a nadie —dijo—. Voy a contarlo una sola vez.

Asentí.

—No me interrumpas mientras hablo.

Asentí de nuevo.

Mi madre apartó la vista y empezó:

—Yo tenía trece años. Me prometieron a José, que era familiar mío, según nuestra costumbre, pariente lejano pero perteneciente a la misma tribu. La vieja Sara había dado su visto bueno a mis padres antes de mi regreso de Jerusalén, donde había estado trabajando en los velos del Templo. Yo casi no recordaba a José. Le conocí. Era un hombre bueno.

»Me educaron de manera muy estricta. Yo nunca salía de la casa. Los sirvientes iban al pozo. Cleofás me enseñó lo poco que sé de leer y lo poco que sé del mundo. Debía casarme en Nazaret, pues mis padres habían ido allí desde Séforis para vivir con la vieja Sara. En la misma casa donde vivimos ahora.

»Una mañana desperté muy temprano, sin saber por qué. No había amanecido aún. Estaba de pie en mi habitación y mi primer pensamiento fue que mi madre me necesitaba, pero fui a verla y estaba durmiendo plácidamente. Volví a mi cuarto. Y de repente todo se llenó de luz. Sucedió en un instante. Sin ruido. La luz estaba en todas partes. Todo cuanto había en la habitación seguía allí, pero bañado por esa luz. Era una luz que no dañaba la vista, pero muy brillante a la vez. Como si uno pudiese mirar el sol sin que le haga daño en los ojos. No sentí miedo. Me quedé allí y vi una figura en la luz. Parecía un hombre, sólo que mucho más grande, y no se movía. Desde luego no se trataba de un hombre corriente.

»Me habló. Dijo que yo había sido elegida entre las mujeres. Y que de mi vientre saldría un hijo llamado Jesús, que llegaría a ser grande y que sería el hijo del Señor. Añadió que Dios le daría el trono de David y que reinaría eternamente sobre la casa de Jacob. Yo le respondí que nunca había yacido con un hombre. La voz dijo que el Espíritu Santo vendría a mí. Y repitió que el niño que nacería de mí sería el hijo de Dios.

Mi madre me miró.

—Esta voz, este ser, este ángel quería una respuesta de mí, y yo dije: «Soy la servidora del Señor. Que así sea.» Casi al instante, sentí vida dentro de mí. Oh, no me refiero al peso del bebé que notas más adelante, ni a sus movimientos, no. Pero sí un cambio. Supe que estaba sucediendo. ¡Lo supe! Lo supe mientras la luz desaparecía por completo.

»Salí corriendo a la calle. No sé por qué. No sabía lo que hacía. Empecé a dar voces y grité que un ángel se me había aparecido, que un ángel me había hablado, que yo iba a tener un niño. —Hizo una pausa—. Y por eso hay gente en Nazaret que se mofará de mí toda la vida. Aunque muchos lo olvidaron con el tiempo.

Esperé.

—Lo más difícil era contárselo a José —continuó—. Pero mis padres, bueno, mis padres esperaron. Me creían, sí, pero decidieron esperar. Y cuando vieron que su hija virgen tenía un hijo en su vientre, cuando ya no hubo ninguna duda, entonces y sólo entonces se decidieron a decírselo a José. Y lo que ellos habían visto llegó también a oídos de otras personas.

»Pero José había recibido en sueños la visita de un ángel. Él no salió dando voces a la calle, como yo. Y tampoco fue el mismo ángel que se me apareció a mí, resplandeciente de luz. Pero era un ángel, y le había dicho que me tomara por esposa. A José no le importaron las habladurías del pueblo. Tenía que ir a Belén para el censo, y habló con Cleofás y decidieron que viajaríamos juntos a Betania, donde Cleofás y yo podríamos alojarnos en casa de Isabel, y luego José y yo nos casaríamos, de manera que así quedaba todo arreglado. Era invierno y el viaje resultó muy duro, pero fuimos todos juntos, incluidos los hermanos de José, como ya sabes, y nuestro querido Santiago, que entonces era pequeño.

Continuó hablando, pausadamente.

Me contó la historia que Santiago me había explicado: el establo, los pastores, sus rostros llenos de dicha, los ángeles que habían visto. Me habló de la llegada de los magos, de sus regalos.

Yo la escuchaba en silencio como si no supiera nada.

—Teníamos que irnos de Belén. Había corrido demasiado la voz. Los pastores, después los magos. Venía gente a cada momento, por el día y por la noche. Y una mañana José despertó diciendo que debíamos irnos enseguida. Lo recogimos todo y partimos en menos de una hora. José no quiso decirme por qué, sólo que un ángel se le había aparecido otra vez en sueños. Yo no supe que nos dirigíamos al sur, hacia Egipto, hasta que se puso el sol. No paramos de andar hasta bien entrada la noche.

Su rostro se nubló. Volvió a apartar la vista.

—Vagamos por diversos lugares. Estuvimos viviendo en muchos pueblecitos de Egipto. Los hombres aceptaban trabajos cuando podían, y las cosas no nos iban mal. Los carpinteros siempre tienen trabajo y la gente era amable con nosotros. Tú me hacías muy feliz, no pensaba en otra cosa que en ti. Eras el dulce bebé que toda mujer ansía. Y a todo esto seguía sin saber por qué huíamos. Finalmente nos dirigimos al norte, hasta Alejandría, y nos establecimos allí en la calle de los Carpinteros. Qué bonito era aquello. A Salomé y Esther también les gustaba mucho. Lo mismo que a Cleofás.

»Sólo pasado un tiempo empecé a oír cosas sobre lo que había ocurrido en Belén. Los rumores de un mesías nacido allí habían despertado la cólera y la envidia del rey. Herodes había enviado soldados de su fortaleza, que estaba a escasa distancia. ¡Mataron a todos los niños más pequeños del pueblo! Unos doscientos niños asesinados en la oscuridad de la noche.

Mi madre me miró.

Me esforcé por no llorar, por no tener miedo, por no temblar...

Ella bajó la cabeza y su gesto se crispó. Cuando volvió a levantarla, había lágrimas en sus ojos.

—Le dije a José: «¿Tú sabías que iba a pasar eso? ¿Te lo dijo el ángel que se te apareció?» Él respondió que no, que no sabía nada. Yo dije: «¡Cómo pudo permitir el Señor algo tan horrible como la muerte de esos niños inocentes!» —Se mordió el labio—. No podía entenderlo. Pensé que teníamos las manos manchadas de sangre.

Por un momento creí que iba a rendirme a las lágrimas, pero me esforcé en contenerlas.

—José me dijo: «No, nosotros no tenemos las manos manchadas de sangre. Vinieron pastores y gentiles a adorar a este niño. Un rey malvado ha querido matarlo porque las tinieblas no pueden soportar la luz, pero la luz nunca será ahogada por las tinieblas. Las tinieblas siempre intentan tragarse la luz. Pero la luz prevalece. Debemos proteger al niño, y eso es lo que vamos a hacer. El Señor nos indicará cómo.»

Sus ojos se posaron en los míos. Me miró intensamente. Alargó los brazos y me tomó por los hombros.

—Tú no naciste de un hombre —dijo.

Guardé silencio.

—¡Eres el unigénito de Dios! —susurró—. No el hijo de Dios como el César se hace proclamar hijo de Dios; no el hijo de Dios como un hombre bueno se hace llamar hijo de Dios. No el hijo de Dios como llamarían hijo de Dios a un rey ungido. ¡Tú eres el unigénito de Dios!

Esperó, mirándome fijamente pero sin pedirme nada. Sus manos permanecieron firmes sobre mis hombros. Su mirada no cambió. Cuando habló de nuevo, lo hizo con voz más grave, más suave.

—¡Tú eres el verdadero hijo del Señor! —dijo—. Por eso puedes matar y devolver la vida, por eso puedes sanar a un ciego como José te vio hacer, por eso puedes rezar pidiendo que nieve y nevará, por eso puedes discutir con tu tío Cleofás cuando él se olvida de que eres un niño, por eso haces gorriones con barro y puedes darles vida. Guarda ese poder dentro de ti, consérvalo hasta que tu padre celestial te indique que es el momento de usarlo. Si te ha creado niño, entonces lo ha hecho para que crezcas en sabiduría como en todo lo demás.

Yo asentí despacio.

—Y ahora te vienes con nosotros, a Nazaret, no al Templo. Oh, sé cuánto deseas ir allí. Pero no puede ser. El Señor no te envió a casa de un maestro del Templo ni de un sacerdote del Templo ni de un escriba ni de un rico fariseo. Te envió a José, el carpintero, y a su esposa María de la tribu de David en Nazaret. Y ahora vuelves con nosotros a Nazaret.

26

Contemplamos por última vez la ciudad de Jerusalén desde el monte de los Olivos.

José me dijo lo que yo ya sabía, que tres veces al año regresaríamos a Jerusalén para las grandes fiestas, y que así yo podría conocer muy bien aquella gran ciudad.

El viaje a Nazaret fue muy rápido, pues ya no íbamos con toda la familia, pero no nos dimos ninguna prisa y pudimos conversar a placer sobre la belleza de aquellos parajes, así como sobre las cosas de nuestra vida diaria.

Cuando finalmente coronamos la colina y el pueblo fue visible allá abajo, yo les dije a mis padres que nunca volvería a hacer lo que había hecho, esto es, marcharme y abandonarlos sin más. No traté de explicar lo sucedido, sólo les dije que no se preocuparan porque nunca volvería a abandonar la familia por mi cuenta.

Vi que eso les complacía pero que preferían no hablar sobre lo sucedido. Ya habían decidido pasar página y dejarlo al margen de los asuntos cotidianos. Mi madre se puso a hablar de cosas sencillas que tenían que ver con la casa, y José asentía con la cabeza a cuanto ella decía. Yo iba andando con ellos, pero estaba solo.

Pensé en lo que mi madre había dicho, en las palabras de José sobre que las tinieblas tratan de engullir la luz sin conseguirlo nunca. Eran hermosas palabras, sí, pero palabras al fin y al cabo.

Vi mentalmente, sin sentir, sin llorar, sin estremecerme, a aquel hombre alanceado en el Templo, vi a los niños asesinados en Belén. Vi el incendio en la noche de Jericó alzarse hasta el cielo. No podía quitarme todas esas imágenes de la cabeza.

Cuando llegamos a casa, fui a sentarme y descansé.

La pequeña Salomé vino a verme. Yo no decía nada porque pensé que me dejaría algo de comer o de beber y luego se iría, como hacía siempre, ya mujer y ya ajetreada.

Pero no lo hizo. Se quedó allí plantada.

Al final levanté la vista.

—¿Qué? —dije.

Se arrodilló ante mí y me tocó la mejilla con la palma de la mano. Yo la miré, y fue como si nunca se hubiera apartado de mí para estar con las mujeres, trabajando. Me miró a los ojos.

—¿De qué se trata, Yeshua? —preguntó.

Tragué saliva. Tuve el presentimiento de que la voz me saldría demasiado sonora para lo que tenía que decir, pero lo dije igualmente.

—Sólo lo que todo el mundo tiene que saber. No sé cómo no me di cuenta antes. —El hombre tendido en el suelo, el cordero, los niños. La miré.

—Cuéntamelo —dijo.

—¡Sí! ¿Por qué no me di cuenta antes?

—Habla —dijo ella.

—Es muy sencillo. No significa nada hasta que uno lo entiende, sea quien sea.

—Quiero saberlo.

—Pues que todo lo que nace en este mundo, no importa cómo ni por qué, nace para morir.

Ella guardó silencio.

Me puse en pie y salí de la casa. Estaba anocheciendo. Caminé por la calle y subí la cuesta hasta donde la hierba estaba blanda e impoluta. Era mi lugar favorito, a poca distancia de la arboleda junto a la que tanto me gustaba ir a descansar.

Contemplé las primeras estrellas en el crepúsculo.

Nacido para morir. Sí, nacido para morir. ¿Por qué, si no, iba a nacer yo de mujer? ¿Por qué, si no, era de carne y sangre sino para morir? El dolor fue casi insoportable. Llegaría a casa llorando si no lograba dejar de pensar en ello. Pero no, eso no tenía que pasar. Nunca más.

¿Y cuándo se me aparecerán los ángeles con una luz tan brillante que no me dé miedo? ¿Cuándo llenarán los ángeles el cielo con sus cánticos para que pueda verlos? ¿Cuándo se me aparecerán en sueños?

La quietud me invadió justo cuando pensaba que el corazón me iba a estallar. La respuesta pareció surgir de la tierra misma, de las estrellas, la hierba y los árboles cercanos, del ronroneo del anochecer.

¡No me habían enviado aquí para ver ángeles! No me habían enviado aquí para soñar con ellos, ni para oírlos cantar. Había sido enviado para vivir. Para respirar y sudar y tener sed y, a veces, para llorar.

Y todo cuanto me sucediera, grande o pequeño, era algo que yo tenía que aprender. Había espacio de sobra en la mente infinita del Señor, y yo tenía que extraer de ello una lección, por más difícil que fuese encontrarla.

Casi me reí.

Era tan sencillo, tan hermoso. Ojalá pudiera retenerlo en mi mente, ese momento de lucidez, no olvidarlo con el paso de los días, no olvidarlo pasara lo que pasase, no olvidarlo jamás.

Oh, sí, yo me haría mayor, y llegaría un momento en que partiría de Nazaret. Saldría al mundo y haría lo que estuviera destinado a hacer, sí. Todo estaba claro. Mis temores habían desaparecido.

Pareció como si el mundo entero me sostuviera. ¿Por qué llegué a pensar que estaba solo? La tierra me abrazaba, me abrazaban aquellos que me querían al margen de lo que pudieran pensar o comprender, las estrellas me abrazaban.

—Padre —dije en voz alta—. Yo soy tu hijo.

Nota de la autora

Todas las novelas que he escrito desde 1974 han supuesto cierto grado de investigación histórica. Ha sido siempre un placer para mí, al margen de los muchos elementos imaginarios involucrados en una historia concreta, y al margen de lo ficticia que pudieran ser la trama o sus personajes, que el trasfondo fuese en todo momento históricamente preciso. Si una novela mía se sitúa en la Venecia del siglo XVIII, no quepa duda de que los detalles en cuanto a la ópera, los vestidos, el ambiente, los valores de la sociedad... todo eso es correcto.

Sin yo planearlo, he ido retrocediendo lentamente en la historia, desde el siglo XIX —donde me sentí a gusto en mis dos primeras novelas— hasta el siglo I —donde busqué respuestas a preguntas tremendas que se habían convertido para mí en una obsesión insoslayable.

En el fondo, la figura de Jesucristo era el meollo de esta obsesión. Para ser más precisos, el nacimiento del cristianismo y la caída del mundo antiguo. Quería saber, desesperadamente, lo que sucedió en el siglo I y por qué la gente en general no hablaba nunca de ello.

Téngase en cuenta que yo había vivido una infancia

católica, anticuada y estricta, en una parroquia americano-irlandesa (lo que ahora llamaríamos un gueto católico) a finales de los años cuarenta y principios de los cincuenta. Oíamos misa y comulgábamos diariamente en una enorme y majestuosa iglesia construida por nuestros antepasados, algunos con sus propias manos. Los chicos y las chicas estaban en clases separadas. Aprendíamos catecismo e historia de la Biblia, así como las vidas de los santos. Vidrieras de colores, misa en latín, detalladas respuestas a preguntas sobre el bien y el mal... todo esto quedó grabado para siempre en mi memoria, junto con una buena dosis de historia de la Iglesia en forma de una gran cadena de acontecimientos, desde el triunfo sobre el cisma y la Reforma hasta el papado de Pío XII.

Abandoné esta religión a los dieciocho años porque dejé de creer que era «la única iglesia verdadera establecida por Cristo para conceder la gracia». Ningún acontecimiento de índole personal precipitó esta pérdida de fe. Ocurrió en el campus de un *college* laico; había una intensa presión sexual, pero por encima de todo estaba el mundo mismo, sin catolicismo, lleno de gente buena y de gente que leía libros, libros que yo tenía prohibido leer. Quería conocer la obra de Kierkegaard, de Sartre y Camus. Quería saber por qué tanta gente aparentemente buena no creía en una religión organizada pero sí se preocupaba mucho de su comportamiento personal y de sus valores. Como la rígida católica que yo era entonces, no tenía la menor opción para explorar. Así que rompí con la Iglesia. Y con mi fe en Dios.

Dos años más tarde me casé con un ateo apasionado, Stan Rice, quien no sólo no creía en Dios, sino que estaba convencido de haber experimentado una especie de visión de la que había deducido la certeza de que Dios no existía.

Era una de las personas más honradas y conscientes que he conocido nunca. Ambos vivíamos para escribir.

En 1974 se publicó mi primer libro. La novela reflejaba mi sentimiento de culpa y mi desdicha por estar apartada de Dios y de la salvación; el hecho de sentirme perdida en un mundo sin luz. Estaba ambientada en el siglo XIX, un contexto histórico que había investigado a fondo en busca de respuestas sobre Nueva Orleans, donde nací pero ya no vivía.

Después escribí muchas novelas sin ser consciente de que reflejaban mi búsqueda de significado en un mundo sin Dios. Como he dicho antes, estaba retrocediendo en la historia, buscando respuesta acerca de acontecimientos históricos: por qué tuvieron lugar ciertas revoluciones, por qué la reina Isabel I era como era, quién escribió realmente las obras de Shakespeare (esto no lo utilicé en ninguna novela), qué fue realmente el Renacimiento italiano, cómo fue la peste negra. Y cómo se había producido el feudalismo.

En la década de 1990, viviendo de nuevo en Nueva Orleans entre católicos practicantes, aunque flexibles y de cierto refinamiento, absorbí sin duda ciertas influencias suyas.

Pero, inevitablemente, me puse a investigar el siglo I porque quería saber cosas sobre la antigua Roma. Tenía novelas para escribir con personajes romanos. Tal vez llegaría a descubrir algo que había deseado saber toda mi vida y no había sabido nunca.

¿Cómo «sucedió» realmente el cristianismo? ¿Cuál fue de hecho el motivo de la caída de Roma?

Para mí, éstas eran preguntas decisivas, siempre lo habían sido. Tenían que ver con lo que éramos en la actualidad.

Recuerdo una fiesta en una hermosa casa de San Francisco, en honor de un famoso poeta. Corrían los años sesenta y allí había un intelectual europeo con quien de pronto me encontré a solas, sentados en un diván. Le pregunté: «¿Por qué cayó Roma?» Su respuesta nos ocupó las dos horas siguientes.

No pude asimilar la mayor parte de las cosas que me dijo, pero nunca he olvidado lo que sí entendí: que todo el grano de la ciudad tenía que venir de Egipto, que los alrededores de la gran urbe estaban ocupados por villas, y que las masas vivían de la limosna.

Fue una maravillosa velada, pero no salí de allí convencida de haber comprendido realmente lo que pasó.

La historia de la Iglesia católica me había hecho consciente de nuestra herencia cultural, aunque me la explicaron muy pronto y fuera de contexto; y yo quería conocer el contexto, por qué las cosas fueron como fueron.

Una vez, siendo una niña de once años o menos, me encontraba tumbada en la cama de mi madre, tratando de leer uno de sus libros. Encontré una frase que decía que la Reforma protestante dividió culturalmente Europa por la mitad. Me pareció absurdo y le pregunté a ella si eso era verdad. Mi madre dijo que sí. Nunca lo he olvidado. Toda mi vida he querido saber qué significaba.

En 1993 me sumergí en ese primer período, y por supuesto retrocedí todavía más, a la historia de Sumer y Babilonia y todo Oriente Medio, y de Egipto, que ya había estudiado en la universidad. Leí textos especializados de arqueología como si fueran novelas policíacas en busca de pautas, me embelesé con la historia de Gilgamesh y con detalles como la herramienta de albañilería que las estatuas de algunos reyes antiguos sostenían en sus manos.

Por esa época escribí dos novelas que reflejan bien lo que estaba haciendo. Pero me sucedió algo que probablemente no está registrado en ningún libro.

Me topé con un misterio sin solución, un misterio tan inmenso que renuncié a intentar encontrarle una explicación porque el misterio en sí resultaba imposible de creer. El misterio era la supervivencia de los judíos.

Sentada en el suelo de mi despacho, rodeada de libros sobre Sumer, Egipto, Roma, etcétera, y de cierto material escéptico sobre Jesús que había caído en mis manos, no fui capaz de comprender cómo estas personas habían resistido como el gran pueblo que eran.

Fue este misterio lo que me acercó de nuevo a Dios; puso en marcha la idea de que, en efecto, Dios podía existir. Y cuando eso ocurrió, creció en mí el inmenso deseo de volver a la mesa del banquete. En 1998 retorné a la Iglesia católica.

Pero, incluso entonces, yo no me había acercado aún a la pregunta de Jesucristo y el cristianismo. Sí, leí la Biblia, completamente pasmada ante su variedad, su poesía, sus asombrosos retratos de mujeres, la inclusión de extraños y a menudo sangrientos y violentos detalles. Cuando estaba deprimida, cosa que me sucedía con frecuencia, alguien me leía la Biblia, a menudo traducciones literarias del Nuevo Testamento, esto es, las traducciones de Richmond Lattimore que son maravillosamente literales y hermosas y reveladoras, y que reabren el texto.

En 2002 decidí concentrarme única y exclusivamente en responder a las preguntas que me habían inquietado toda mi vida. La decisión la tomé en julio de ese año. Leía la Biblia constantemente, a veces incluso le leía a mi hermana fragmentos en voz alta, y me sumergí en el Antiguo Testamento, decidiendo que me dedicaría por completo a tratar de entender a Jesús y el proceso del que surgió el cristianismo.

Quería escribir la vida de Jesucristo. Eso lo sabía desde hacía años. Pero ahora estaba preparada para ello. Preparada para reñir con mi carrera. Quería escribir el libro en primera persona. Era lo único que importaba. Consagré el libro a Cristo.

Me consagraba yo misma, y mi trabajo, a Cristo. No sabía muy bien cómo iba a hacerlo. Ni siquiera entonces tenía idea de cómo iba a ser mi personaje de Cristo. Había asimilado muchas nociones modernas acerca de Jesús, como que se había hecho demasiada propaganda a su favor, que los Evangelios eran documentos tardíos, que en realidad no sabíamos nada sobre él, que el movimiento del cristianismo estuvo marcado por la violencia y las disputas ya desde un principio. Había comprado muchos libros sobre el tema, y mis estanterías estaban repletas de ellos.

Pero la verdadera investigación comenzó en julio de 2002. En agosto me fui a mi apartamento en la playa para escribir el libro. Qué ingenuidad. No tenía la menor idea de que había entrado en un campo de investigación donde nadie está de acuerdo en nada, se trate del tamaño de Nazaret, del nivel económico de la familia de Jesús, de la postura judía de los galileos en general, del motivo por el que Jesús adquirió celebridad, de la razón por la que fue ejecutado, o de por qué sus seguidores se dispersaron por todo el mundo.

En cuanto a la magnitud del ámbito de trabajo, prácticamente no tenía límites. Los estudios sobre el Nuevo Testamento incluían todo tipo de obras, desde libros escépticos que ponían en duda que Jesús tuviera el menor valor para la teología, hasta libros que refutaban concienzudamente las objeciones de los escépticos con notas al pie que ocupaban media página. La bibliografía era interminable. En ocasiones, las disputas ocasionaban rencor.

Y, en cuanto a los materiales de referencia para el siglo I, unos consideraban los Evangelios como fuentes secundarias mientras otros los consideraban primarias; por otra parte, la historia de Josefo y las obras de Filo eran sometidas a un análisis exhaustivo y se debatía sobre su importancia o su validez, e incluso sobre si contenían algo de verdad.

Luego estaba el asunto de los rabinos. ¿Podían dar la Mishná, la Tosefta y los Talmuds una imagen precisa del siglo I? ¿Mencionaban realmente a Jesús? Y si no, daba lo mismo, porque tampoco mencionaban a Herodes, que construyó el Templo.

Había material como para perderse irremisiblemente.

Pero permítaseme volver atrás. En 1999 mi editora y mentora de muchos años me había enviado por correo un ejemplar de *Jesus of Nazaret, King of the Jews*, de Paula Fredriksen. Yo había leído buena parte de este libro, donde Fredriksen recreaba estupendamente el entorno judío en el que debió de moverse Jesús de niño en Nazaret, apuntando la posibilidad de que hubiera visitado el Templo de Jerusalén con su familia con motivo de la Pascua judía. Fredriksen hacía mucho hincapié en que Jesús era judío, y en que había que tener en cuenta esto a la hora de escribir sobre él o de pensar en él. Ésa fue al menos la intención que yo vi.

Ahora, seis años después, he escrito un libro que sin duda se inspira en esa escena escrita por Fredriksen, y no puedo por menos de darle humildemente las gracias y reconocer la influencia que ejerció en mí.

Mis creencias, por descontado, están en el polo opuesto de las de Fredriksen, como prueba mi novela. Pero fue Fredriksen quien me puso en el buen camino en el sentido de explorar a Jesús en tanto que judío, y fue a partir de ahí que mi investigación tomó la senda correcta.

Pero volvamos al año 2002. Mientras yo me ponía a trabajar en serio, un día recibí una llamada de mi marido. Empezaba a tener los primeros síntomas de un tumor cerebral, del que moriría en menos de cuatro meses.

Llevábamos casados cuarenta y un años. Tras mi vuelta al catolicismo, él había aceptado casarse conmigo en la vieja y enorme iglesia de mi infancia, y que un primo mío sacerdote oficiara la ceremonia. Fue una maravillosa concesión viniendo de un ateo militante. Pero mi esposo, por amor, accedió. Cuarenta y un años. Y ya no estaba conmigo.

¿Debo entender como un regalo el hecho de haber tenido un objetivo claro antes de que se produjera la tragedia, un objetivo que me ayudaría a superarla? Lo ignoro. Pero sí sé que durante las últimas semanas, mi marido, cuando estaba consciente, se volvió un santo; expresaba su amor por cuantos le rodeaban, comprendía a personas a las que no había comprendido nunca; quiso que se hicieran regalos a aquellos que le ayudaban en su enfermedad. Antes de eso había conseguido pintar, aun estando medio paralizado, tres cuadros asombrosos. No puedo dejar de mencionarlo. Luego, pasado ese período de amor y comprensión, cayó lentamente en un estado de coma hasta que falleció.

Dejó más de trescientos cuadros, todos hechos en un período de quince años, así como muchos libros de poesía —la mayoría publicados a lo largo de esos mismos años— y millares de poemas inéditos. Su galería conmemorativa será pronto trasladada de Nueva Orleans a Dallas (Tejas), su ciudad natal.

Mi investigación continuó durante la última fase de su

enfermedad. Mis libros me dieron fuerzas. Yo le contaba lo que estaba escribiendo, y a él le parecía maravilloso. Me hacía encendidos elogios.

Desde su muerte, en diciembre de 2002, hasta 2005, he estudiado el período del Nuevo Testamento, y ahora continúo estudiándolo. Leo sin cesar, día y noche.

Mis lecturas abarcaron todo tipo de escritos críticos escépticos, pero he bebido con voracidad y enorme placer en las fuentes de Josefo y Filo.

Dado que empecé sumergiéndome en la postura crítica, la que toma el relevo de los primeros escépticos de la Ilustración especializados en el Nuevo Testamento, esperaba descubrir que sus argumentos serían muy sólidos, y que el cristianismo, en el fondo, era una especie de fraude. Tendría que terminar compartimentando mi mente, con la fe en una parte y la verdad en la otra. ¿Y qué escribiría yo sobre mi Jesús? No tenía ni idea. Pero las perspectivas eran interesantes: pudo ser un progresista, pudo estar casado, tener hijos, ser homosexual o qué sé yo qué más. Pero, antes de escribir una sola palabra, tenía que completar mi investigación.

Estos eruditos escépticos parecían tremendamente seguros de sí mismos. Basaban sus libros en ciertas afirmaciones sin molestarse en analizar dichas afirmaciones. ¿Cómo iban a equivocarse? Los eruditos judíos exponían sus teorías con mucho esmero. Sin duda, Jesús fue simplemente un judío observante o un judío hasídico que acabó siendo crucificado. Fin de la historia.

Leí, leí y leí. A veces, durante la lectura, me parecía estar andando por el valle de la sombra de la muerte. Pero seguí adelante, dispuesta a correr cualquier riesgo. Tenía que saber quién era Jesús; mejor dicho, si alguien lo sabía, yo necesitaba saber qué sabía esa persona.

Aunque no puedo leer las lenguas antiguas, sí puedo seguir la lógica de una argumentación; ver las notas al pie y las referencias bibliográficas; ir al texto bíblico en inglés. Puedo cotejar todas las traducciones que tengo a mi disposición, y tengo todas aquellas cuya existencia conozco, desde Wycliffe hasta Lamsa, incluidas la *New Annotated Oxford Bible* y la vieja *English King James*, que adoro. Tengo la antigua traducción católica así como todas las traducciones literarias que he podido encontrar. Tengo traducciones insólitas que los entendidos no mencionan, como la de Barnstone y Schonfield. He comprado hasta la última traducción por si podía arrojar alguna luz sobre algún pasaje oscuro, por breve que éste fuera.

Lo que poco a poco vi con claridad fue que muchos de los argumentos escépticos —argumentos que insistían en que los Evangelios eran por lo general sospechosos, o que fueron escritos demasiado tiempo después para tratarse de relatos de un testigo fiable— pecaban de incoherentes. No eran elegantes. Todo cuanto hacía referencia a Jesús estaba lleno de especulaciones. Algunos de esos libros no eran más que suposiciones basadas en suposiciones. De un dato insignificante, o de ninguno en absoluto, se sacaban conclusiones absurdas.

En suma, toda esa historia acerca de un Jesús no divino que llegó casualmente a Jerusalén y fue crucificado por no se sabe quién y que nada tuvo que ver con la fundación del cristianismo y que se habría horrorizado de haberlo sabido —toda esa imagen que flotaba en los círculos progresistas que frecuenté como atea durante treinta y cinco años—, ese argumento no había sido expuesto. Es más, descubrí aquí algunos de los textos más malos y más tendenciosos que he leído nunca.

Apenas encontré una sola teoría escéptica que fuera

convincente, y los Evangelios, despedazados por los críticos, perdían toda intensidad al ser reconstruidos según los diversos teóricos. El Evangelio no era fiable considerado como testimonio histórico de «comunidades» posteriores.

No me dejé convencer por los alocados supuestos de quienes afirmaban ser hijos de la Ilustración. Y había intuido también otra cosa. A muchos de estos eruditos, gente que aparentemente había dedicado su vida al estudio del Nuevo Testamento, les disgustaba Jesucristo. Algunos se compadecían de él tildándolo de fracasado. Otros se mofaban simplemente, y otros más sentían por Jesús mero desprecio. Eran cosas que estaban entre líneas, que afloraban a la personalidad de los textos.

Nunca había encontrado tal grado de implicación emocional en ningún otro campo de estudio, al menos a este nivel. Era desconcertante.

La gente que se dedica a los estudios isabelinos no se propone demostrar que la reina Isabel I era una estúpida. No sienten antipatía por ella. No hacen comentarios burlones ni dedican toda su carrera a destrozar la reputación histórica del personaje. Es más, ni siquiera aplican esta antipatía, este recelo o este desdén a otras figuras isabelinas. Y si lo hacen, es porque la persona en cuestión no es el objeto principal del estudio. Sí, por supuesto, de vez en cuando alguno se centra en la figura de un villano, pero por regla general el autor acaba abogando por las buenas cualidades del villano o por su lugar en la historia, o por alguna circunstancia atenuante, que redime al texto en sí. Es cierto que quienes estudian las catástrofes de la historia pueden mostrarse muy críticos con los gobernantes de la época, pero no es habitual pasarse media vida en compañía de figuras históricas por las que se siente desprecio.

En cambio, hay estudiosos del Nuevo Testamento que detestan y desprecian a Jesucristo. Por supuesto, estamos en un campo profesional que goza de entera libertad; nos beneficiamos de la ingente cantidad de estudios bíblicos a los que tenemos acceso y al sinfín de aportaciones. No estoy abogando por la censura. Pero quizás estoy abogando por la sensibilidad en nombre de quienes leen estos libros. Quizás estoy abogando por un poco de precaución en lo que se refiere a este campo en general. Lo que parece terreno firme puede no serlo en absoluto.

Había otra cuestión que me inquietaba mucho.

Todos estos escépticos insistían en que los Evangelios eran documentos tardíos, que las profecías que contienen habían sido escritas tras la caída de Jerusalén. Pero cuanto más leía sobre este último hecho, menos lo entendía.

La caída de Jerusalén fue espantosa y entrañó una tremenda guerra, un desgarrador conflicto que duró años en Palestina, seguido de nuevas revueltas y persecuciones y leyes punitivas. Mientras leía sobre este hecho histórico en las páginas de S. G. F. Brandon, y en Josefo, me quedé asombrada por los detalles de esta catástrofe en la que el mayor templo de la antigüedad fue destruido para siempre.

Yo nunca había confrontado estos hechos anteriormente, nunca había tratado de asimilarlos. Y ahora me parecía imposible que los autores del Evangelio no hubieran incluido la caída del Templo de Jerusalén en su obra, si como los críticos insisten la habían escrito después.

No tenía, y no tiene, ningún sentido.

Estos autores pertenecían a un culto judeocristiano. Eso era el cristianismo; y la historia medular del judaísmo tiene que ver con la redención, redención de Egipto y de Babilonia. Y antes de Babilonia hubo una caída de Jerusalén a raíz de la cual los judíos fueron llevados a Babilonia. Y tenemos aquí esta horrible guerra. Si hubieran sido testigos, ¿no habrían escrito sobre ella los autores cristianos? ¿No habrían visto en la caída de Jerusalén un eco de la conquista babilónica? Por supuesto que sí. Ellos escribían para judíos y gentiles.

Por el modo en que los escépticos descartaban este tema, se entiende que supusieron que los Evangelios eran documentos tardíos debido a las profecías que aparecen en ellos. Esto no convence a nadie.

Antes de dejar de lado el asunto de la guerra de los judíos y la caída de Jerusalén, quiero hacer una sugerencia. Cuando los estudiosos judíos y cristianos empiecen a tomarse en serio esta guerra, cuando empiecen realmente a estudiar lo que sucedió durante los terribles años del asedio a Jerusalén, la destrucción del Templo y las revueltas que siguieron en Palestina durante todo el Bar Kokhbá, cuando se centren en la persecución que padecieron los cristianos en Palestina por parte de los judíos, en la guerra civil en Roma durante la sexta década de nuestra era —tan bien descrita por Kenneth L. Gentry en su obra *Before Jerusalem Fell*—, así como en la persecución de judíos en la Diáspora durante ese período, en suma, cuando toda esta época oscura sea puesta a la luz del análisis serio, los estudios bíblicos cambiarán.

Ahora mismo, los expertos descuidan o ignoran sin más las realidades de dicho período. A algunos les parece un engorro de hace dos mil años, y no estoy segura de entender por qué.

Sin embargo, estoy convencida de que la clave para comprender los Evangelios es que fueron escritos antes de que todo esto sucediera. Por eso fueron preservados a pesar de que se contradecían: venían de una época que quedó, para los últimos cristianos, irremisiblemente perdida.

Mientras perseveraba en mi investigación, descubrí un autor que se diferenciaba mucho de la obra de los escépticos: John A. T. Robinson, y en concreto su libro *The priority of John*. Leyendo sus descripciones, que tomaban muy en serio las palabras del Evangelio, vi lo que le ocurría a Jesús en el texto de Juan.

Fue un punto de inflexión. Pude acceder al Cuarto Evangelio y ver a Jesús vivo y en movimiento. Y lo que finalmente me quedó claro a partir de los Evangelios fue su peculiar coherencia, la personalidad de sus autores, la impronta inevitable de cada autor individual.

Por supuesto, John A. T. Robinson explicaba mucho mejor de lo que podría hacerlo yo su teoría de unos Evangelios escritos en fecha temprana. Lo hizo brillantemente en 1975, y luego puso a prueba a los eruditos progresistas y sus suposiciones en *Redating the New Testament*, pero lo que decía es tan cierto ahora como cuando escribió esas palabras.

Después de Robinson, hice muchos y grandes descubrimientos, entre ellos Richard Bauckham, quien en *The Gospels for all Christians* refuta con contundencia la idea de que los Evangelios surgieron de comunidades aisladas y demuestra lo que es evidente: que se escribieron para ser divulgados y leídos por todos.

La obra de Martin Hengel echa por tierra todo tipo de hipótesis, y sus logros son enormes. Sigo estudiando sus libros.

Los trabajos de Jacob Neusner nunca serán suficientemente elogiados. Sus traducciones de la Mishná y la Tosefta tienen un valor incalculable, y sus ensayos son brillantes. Es un coloso. Entre los expertos judíos, destacar a Géza Vermès y David Flusser. Este último me hizo ver ciertas cosas del Evangelio según san Lucas en las que no había reparado antes.

Entre los libros que tratan todo el desarrollo de Jesús en las artes quiero destacar *The Human Christ*, de Charlotte Allen, un ensayo que trata de cómo las primeras investigaciones sobre el Jesús histórico afectaron a la iconografía de Jesús en el cine y las novelas. La obra de Luke Timothy Johnson me ha sido siempre de ayuda, lo mismo que los trabajos de Raymond E. Brown y John P. Meier. La obra de Seán Freyne sobre Galilea es extraordinariamente importante, tanto como la de Eric M. Meyers.

Quiero mencionar también *Lord Jesus Christ*, de Larry Hurtado; *The Historical Reliability of John's Gospel*, de Craig Blomberg; y la obra de Craig S. Keener, que apenas he empezado a leer. Asimismo, admiro mucho a Kenneth L. Gentry, Jr.

Roger Aus siempre me enseña alguna cosa aunque discrepo totalmente de sus conclusiones. Los escritos de Mary S. Thompson son maravillosos.

También muy recomendables, las obras de Robert Alter y Frank Kermode sobre la Biblia en tanto que literatura, así como *Mimesis* de Erich Auerbach. En general, debo elogiar la obra de Ellis Rivkin, Lee I. Levine, Martin Goodman, Claude Tresmontant, Jonathan Reed, Bruce J. Malina, Kenneth Bailey, D. Moody Smith, C. H. Dodd, D. A. Carson, Leon Morris, R. Alan Culpepper y el gran Joachim Jeremias. Gracias especiales a *BibleGateway.com*.

Aprendí algo de todos y cada uno de los libros que examiné.

El experto que tal vez me haya dado las mejores pistas, y que continúa haciéndolo a través de su ingente producción, es N. T. Wright. Es uno de los autores más brillantes que jamás he leído, y su generosidad al estudiar a los escépticos y comentar sus teorías ha sido de gran inspiración para mí. Su fe es tan inmensa como vastos sus conocimientos.

En su libro *The Resurrection of the Son of God* responde con fundados argumentos a la pregunta que me ha acosado toda la vida. El cristianismo, según N. T. Wright, llegó donde llegó porque Jesús resucitó de entre los muertos. Fue este hecho lo que dio a los apóstoles la fuerza necesaria para crear y divulgar el cristianismo. No habría sido posible sin la resurrección.

Wright va mucho más allá de situar toda la cuestión en una perspectiva histórica. No puedo hacerle justicia en estas pocas líneas, tan sólo recomendarlo sin reservas y seguir estudiando su obra.

Naturalmente, mi búsqueda no ha concluido. Hay miles de páginas de los eruditos ya mencionados que aún debo leer y releer.

Me queda mucho por estudiar de la obra de Josefo, de Filo, de Tácito, de Cicerón, de Julio César. Y hay una ingente cantidad de textos de arqueología: debo volver a Freyne y a Eric Meyres, y hay nuevas excavaciones en Palestina, y mientras escribo esto se están imprimiendo más libros sobre los Evangelios.

Pero ahora veo una gran coherencia en la vida de Cristo y en el inicio del cristianismo que antes se me escapaba, y veo también la sutil transformación del mundo antiguo debido a su estancamiento económico y al asalto de los valores del monoteísmo, valores judíos mezclados con valores cristianos, algo para lo que esa sociedad no estaba quizá preparada.

Hay también teólogos que debería estudiar, leer más a Teihlard de Chardin, a Rahner, a san Agustín.

En algún momento de mi viaje particular, mientras me desilusionaba de los escépticos y sus frágiles conclusiones, comprendí algo respecto de mi libro: el reto era escribir sobre el Jesús de los Evangelios. ¡Por supuesto!

Cualquiera podía escribir sobre un Jesús progresista, un Jesús casado, un Jesús gay, un Jesús rebelde. La «búsqueda del Jesús histórico» había devenido una broma debido a las muchas definiciones que se habían adjudicado a Jesús.

El verdadero reto era tomar el Jesús de los Evangelios, esos Evangelios que yo veía cada vez más coherentes, que me atraían como testimonios elegantes en primera persona, dictados sin duda a escribas, pero sin duda también tempranos, los Evangelios confeccionados antes de que cayera Jerusalén; tomar el Jesús de los Evangelios e intentar entrar dentro de él e imaginar qué sentía.

Luego estaban las leyendas —los apócrifos—, como las tentadoras historias del Evangelio de Tomás, donde se describe a un Jesús muchacho matando a un niño de un golpe, devolviendo la vida a otro, convirtiendo pájaros de barro en seres vivos, además de otros milagros. Me había tropezado con esas historias en la primera fase de mi investigación y en múltiples ediciones, y no las había olvidado. Tampoco el mundo las olvidó. Eran historias fantásticas, en algunos casos cómicas, excepcionales todas, pero habían pervivido hasta la Edad Media e incluso más allá. No podía quitarme esas leyendas de la cabeza.

Finalmente decidí incorporar ese material, insertarlo en el armazón canónico lo mejor que pudiera. Estaba convencida de que contenía una verdad profunda, y quería conservarla. Esto, por supuesto, no es sino una conjetura, pero la asumí. Y tal vez, al asumir que Jesús manifestó efectivamente poderes sobrenaturales a temprana edad, estoy siendo fiel a la declaración del Concilio de Calcedonia: que Jesús fue Dios y Hombre en todo momento.

Intento ser fiel a Pablo cuando dijo que Nuestro Señor se vació por nosotros, en el sentido de que mi personaje se ha vaciado de su conciencia divina a fin de sufrir como ser humano.

Ofrezco este libro a todos los cristianos, a los fundamentalistas, a los católicos romanos, a los cristianos más progresistas, con la esperanza de que mi aceptación de doctrinas más conservadoras tenga para ellos cierta coherencia en el aquí y ahora de este libro. Lo ofrezco a los eruditos con la esperanza de que disfruten quizá viendo los frutos de mi investigación, y por supuesto lo ofrezco a aquellos a quienes tanto admiro y que han sido mis maestros, aunque no los conozca personalmente ni probablemente haya de conocerlos nunca.

Ofrezco este libro a aquellos que nada saben de Jesucristo, con la esperanza de que puedan verlo o intuirlo a través de estas páginas. Ofrezco esta novela con amor a los lectores que han seguido mi trayectoria en todos sus extraños giros, con la esperanza de que Jesús sea tan real para ellos como cualquiera de los personajes que he lanzado a este mundo que compartimos.

Después de todo, ¿no es Cristo Nuestro Señor el definitivo héroe sobrenatural, el *outsider* definitivo, el más inmortal de todos ellos?

Si el lector me ha seguido hasta aquí, le doy las gracias. Podría añadir a esta nota una bibliografía de aterradora longitud, pero no lo haré.

Permítaseme, para concluir, mostrar mi agradecimiento a las personas que me han apoyado y me han servido de inspiración a lo largo de estos años:

El padre Dennis Hayes, mi director espiritual, que siempre ha respondido con paciencia a mis preguntas teológicas.

El padre Joseph Callipare, cuyos sermones sobre el Evangelio de san Juan fueron brillantes y maravillosos. El tiempo que he pasado en su parroquia de Florida ha sido uno de los períodos más hermosos de mi investigación y de mi trabajo.

El padre Joseph Cocucci, cuyas cartas y charlas sobre teología han sido una gran inspiración.

Los padres redentoristas, los sacerdotes de mi parroquia en Nueva Orleans, cuyos sermones me han sustentado y cuyo ejemplo ha sido siempre una luz brillante. Me apena dejarlos. La educación de mi padre en el Seminario Redentorista de Kirkwood (Misuri) cambió sin duda el curso de mi vida. Nunca podré pagar mi deuda con los redentoristas.

Los padres Dean Robbins y Curtis Thomas, de la parroquia de la Natividad de Nuestro Señor, que me han acogido como nueva feligresa. Me apena dejarlos.

El hermano Becket Ghioto, cuyas cartas han sido pacientes, sabias y llenas de maravillosas revelaciones y respuestas.

Y para terminar, pero no por ello menos importante, dar las gracias a Amy Troxler, mi amiga y compañera, que me ha dado respuestas a tantas preguntas fundamentales y soportado mis incesantes desvaríos, que ha estado conmigo en misa y me ha traído la comunión cuando yo no podía ir, que me ayudó tanto como para que me sea imposible expresarlo de palabra. Fue Amy la que estuvo a mi lado aquella tarde de 1998 cuando pregunté si conocía a algún sacerdote que pudiera oírme en confesión, que pudiera ayudarme a volver a la Iglesia. Fue Amy quien buscó al sacerdote y me acompañó a verle. Fue el ejemplo de Amy en esos primeros meses de asistir a la misa en inglés lo que me ayudó a adaptarme a una liturgia que era completamente distinta de la que yo había abandonado tantos años atrás. Dejo a Amy, como dejo Nueva Orleans, con gran dolor de mi corazón.

Mi estimado personal, mis más queridos amigos, mi editora Vicky Wilson que leyó este manuscrito e hizo comentarios muy beneficiosos, mi familia, gracias a todos. Vivo en el entorno de su amor que me nutre. Soy muy afortunada.

En cuanto a mi hijo, esta novela está dedicada a él. Eso lo dice todo.

24 de febrero de 2005, 6 de la mañana

OTROS TÍTULOS
DE ESTA COLECCIÓN

ÁNGELES EN LAS TINIEBLAS

Anne Perry

Primera Guerra Mundial, marzo de 1916. Josep Reavley, gravemente herido en el intento de rescatar a un compañero de combate, es enviado a casa, en Cambridgeshire, para recuperarse al lado de su hermana Hannah. La inesperada visita de un amigo común les involucra en un invento que podría neutralizar el efecto devastador de los submarinos alemanes así como en el asesinato de uno de los científicos implicados en el mismo. La idea de que alguien esté filtrando información al enemigo hace imprescindible la ayuda de su hermano Matthew, agente de los servicios secretos británicos.

Anne Perry toma como hilo conductor la trayectoria vital de los hermanos Reavley para realizar el retrato humano del día a día de aquellos que participaron en la Gran Guerra. Sus vívidas evocaciones hacen de *Ángeles en las tinieblas* una novela difícil de olvidar.

LOS PUENTES DE LONDRES

James Patterson

A plena luz de día, en una zona desértica de los Estados Unidos, unos soldados evacuan la totalidad de la población de Sunrise Valley (Nevada). Minutos más tarde, una bomba explota arrasando por completo la zona.

Alex Cross recibe poco después una llamada: un hombre acaba de responsabilizarse de la explosión en Nevada. Se trata de El Lobo, considerado como uno de los criminales más peligrosos del mundo; su confesión parece sincera, poniendo en alerta no sólo a Cross, sino a todo el FBI.

Mientras tanto, varias ciudades del mundo —entre las que se cuentan Nueva York, Londres y París— reciben serias amenazas terroristas. Todo indica que El Lobo se encuentra una vez más implicado en las mismas y lo que es peor, parece que no actúa solo. A las amenazas se añade un terrible factor: los líderes mundiales tienen únicamente cuatro días como plazo para evitar el cataclismo. Alex Cross —conocedor de primera mano de la trayectoria de El Lobo— es asignado como uno de los principales encargados de la investigación. Ayudado por las fuerzas de Scotland Yard y la Interpol, Cross deberá sortear todo tipo de amenazas y peligros, descartar pistas falsas, así como coordinar el trabajo de numerosos agentes extranjeros, para llegar al corazón del conflicto.